後花園

——來自底層百姓的哀鳴，蕭紅短篇小

社會底層的無奈與嘆息
以犀利目光剖析窮人們的悲歌

蕭紅 著

目錄

目錄

王阿嫂的死

王阿嫂的死

一

草葉和菜葉都蒙蓋上灰白色的霜，山上黃了葉子的樹，在等候太陽。太陽出來了，又走進朝霞去。野甸上的花花草草，在飄送著秋天零落淒迷的香氣。

霧氣像雲煙一樣蒙蔽了野花、小河、草屋，蒙蔽了一切聲息，蒙蔽了遠近的山崗。

王阿嫂拉著小環，每天在太陽將出來的時候，到前村廣場上給地主們流著汗；小環雖是七歲，她也學著給地主們流著小孩子的汗。現在春天過了，夏天過了……王阿嫂什麼活計都做過，拔苗，插秧。秋天一來到，王阿嫂和別的村婦們都坐在茅簷下用麻繩把茄子穿成長串長串的，一直穿著。不管蚊蟲把臉和手搔得怎樣紅腫，也不管孩子們在屋裡喊媽媽吵斷了喉嚨。她只是穿啊，穿啊，兩隻手像紡紗車一樣，在旋轉著穿……

第二天早晨，茄子就和紫色成串的鈴鐺一樣，掛滿了王阿嫂家的前簷；就連用柳條編成的短牆上也掛滿著紫色的鈴鐺。別的村婦也和王阿嫂一樣，簷前盡是茄子。

可是過不了幾天，茄子晒成乾菜了。家家都從房簷把茄子解下來，送到地主的收藏室去。王阿嫂到冬天只吃著地主用以餵豬的爛馬鈴薯，連一片乾菜也不曾進過王阿嫂的嘴。

太陽在東邊照射著勞工的眼睛。滿山的霧氣退出，男人和女人，在田莊上忙碌著。羊群和牛群在野甸子間，在山坡間，踐踏並且尋食著秋天半憔悴的野花野草。

田莊上只是沒有王阿嫂的影子，這卻不知為了什麼？竹三爺每天到廣場上替張地主支配工人。現在竹三爺派一個正在拾馬鈴薯的小姑娘去找王阿嫂。

工人的頭目，楞三搶著說：

「不如我去的好，我是男人走得快。」

得到竹三爺的允許，不到兩分鐘的工夫，楞三就跑到王阿嫂的窗前了。

「王阿嫂，為什麼不去做工呢？」

裡面接著就是回答聲：

「叔叔來得正好，求你到前村把五妹子叫來，我頭痛，今天不去做工。」

小環坐在王阿嫂的身邊，她哭著，響著鼻子說：「不是呀！我媽媽扯謊，她的肚子太大了！不能做工，昨夜又是整夜的哭，不知是肚子痛還是想我的爸爸？」

王阿嫂的傷心處被小環擊打著，猛烈的擊打著，眼淚都從眼眶轉到嗓子方面去。她只是用手拍打著小環，她急性的，意思是不叫小環再說下去。

李楞三是王阿嫂男人的表弟。聽了小環的話，像動了親屬情感似的，跑到前村去了。

小環爬上窗臺，用她不會梳頭的小手，在給自己梳著毛蓬蓬的小辮。鄰家的小貓跳上窗臺，蹲踞在小環的腿上，貓像取暖似的遲緩的把眼睛睜開，又合攏來。

遠處的山反映著種種樣的朝霞的彩色。山坡上的羊群、牛群，就像小黑點似的，在雲霞裡爬走。

小環不管這些，只是在梳自己毛蓬蓬的小辮。

二

在村裡，五妹子、楞三、竹三爺，這都是公共的名稱。是凡傭工階級都是這樣簡單而不變化的名字。這就是工人階級一個天然的標識。

五妹子坐在王阿嫂的身邊，炕裡蹲著小環，三個人在寂寞著。後山上不知是什麼蟲子，一到中午，就吵叫出一種不可忍耐的幽默和淒怨情緒來。

小環雖是七歲，但是就和一個少女般的會憂愁，會思量。她聽著秋蟲吵叫的聲音，只是用她的小嘴在學著大人嘆氣。這個孩子也許因為母親死得太早的緣故？

小環的父親是一個雇工，在她還沒生下來的時候，她的父親就死了。在她五歲的時候她的母親又死了。她的母親是被張地主的大兒子張胡琦強姦後氣憤而死的。

五歲的小環，開始做個小流浪者了。從她貧苦的姑家，又轉到更貧苦的姨家。結果因為貧苦，不能養育她，最後她在張地主家過了一年煎熬的生活。竹三爺看不慣小環被虐待的苦處。當一天王阿嫂到張家去取米，小環正被張家的孩子們將鼻子打破，滿臉是血時，王阿嫂把米袋子丟落在院心，走近小環，給她擦著眼淚和血。小環哭著，王阿嫂也哭了。

由竹三爺做主，小環從那天起，就叫王阿嫂做媽媽了。那天小環是扯著王阿嫂的衣襟來到王阿嫂的家裡。

後山的蟲子，不間斷的，不曾間斷的在叫。王阿嫂擰著鼻涕，兩腮抽動，若不是肚子突出，她簡直瘦得像一條龍。她的手也正和爪子一樣，因為拔苗割草而骨節突出。她的悲哀像沉澱了的澱粉似的，濃重並且不可分解。她在說著她自己的話：

「五妹子，你想我還能再活下去嗎？昨天在田莊上張地主是踢了我一腳。那個野獸，踢得我簡直發暈了，你猜他為什麼踢我呢？早晨太陽一出就做工，好身子倒沒妨礙，我只是再也帶不動我的肚子了！又是個正午時候，我坐在地梢的一端喘兩口氣，他就來踢了我一腳。」

擰一擰鼻涕又說下去：

「眼看著他爸爸死了三個月了，那是剛過了五月節的時候，那時僅四個月，現在這個孩子快生下來了。咳！什麼孩子，就是寃家，他爸爸的性命是喪在張地主的手裡，我也非死在他們的手裡不可，我想誰也逃不出地主們的手去！」

五妹子扶她一下，把身子翻動一下：

「喲，可難為你了！肚子這樣你可怎麼在田莊上爬走啊？」

王阿嫂的肩頭抽動得加速起來。五妹子的心跳著，它在悔恨的跳著，她開始在悔恨：

「自己太不會說話，在人家最悲哀的時節，怎能用得著十分體貼的話語來激動人家悲哀的感情呢？」

五妹子又轉過話頭來：

「人一輩子就是這樣，都是你忙我忙，結果誰也不是一個死嗎？早死晚死不是一樣嗎？」

說著她用手巾給王阿嫂擦著眼淚，揩著她一生流不盡的眼淚：

「嫂子你別太想不開呀！身子這種樣，一勁憂愁，並且你看著小環也該寬心。那個孩子太知好歹了。你憂愁，你哭，孩子也跟著憂愁，跟著哭。倒是讓我做點飯給你吃，看外邊的日影快晌午了。」

五妹子心裡這樣相信著：

「她的肚子被踢得胎兒活動了！危險……死……」

她打開米桶，米桶是空著。

五妹子打算到張地主家去取米，從桶蓋上拿下個小盆。王阿嫂嘆息著說：

「不要去呀！我不願看他家那種臉色，叫小環到後山竹三爺家去借點吧！」

小環捧著瓦盆爬上坡，小辮在脖子上摔搭摔搭的走向山後去了。山上的蟲子在憔悴的野花間，叫著憔悴的聲音啊！

三

王大哥在三個月前給張地主趕著起糞的車，因為馬腿給石頭砸斷，張地主扣留他一年的工錢。王大哥氣憤之極，整天醉酒，夜裡不回家，睡在人家的草堆上。後來他簡直是瘋了。看著小孩子也打，狗也打，並且在田莊上亂跑，亂罵。張地主趁他睡在草堆的時候，遣人偷著把草堆點著了。王大哥在火焰裡翻滾，在張地主的火焰裡翻滾；他的舌頭伸在嘴唇以外，他號叫出不是人的聲音來。

有誰來救他呢？窮人連妻子都不是自己的。王阿嫂只是在前村田莊上拾馬鈴薯，她的男人卻在後村給人家燒死了。

當王阿嫂奔到火堆旁邊，王大哥的骨頭已經燒斷了！四肢脫落，腦殼竟和半個破葫蘆一樣，火雖熄滅，但王大哥的氣味卻在全村飄漾。

四圍看熱鬧的人們，有的擦著眼睛說：

「死得太可憐！」

也有的說：

「死了倒好，不然我們的孩子要被這個瘋子打死呢！」

王阿嫂拾起王大哥的骨頭來，裹在衣襟裡，緊緊的抱著，發出滔天的哭聲來。她的悽慘沁血的聲音，飄過草原，穿過樹林的老樹，直到遠處的山間，發出迴響來。

每個看熱鬧的女人，都被這個滴著血的聲音誘惑得哭了。每個在哭的婦人都在生著錯覺，就像自己的男人被燒死一樣。

別的女人把王阿嫂的懷裡緊抱著的骨頭，強迫的丟開，並且勸說著：

「王阿嫂你不要這樣啊！你抱著骨頭又有什麼用呢？要想後事。」

王阿嫂不聽別人的，她看不見別人，她只有自己。把骨頭又搶著瘋狂的包在衣襟下，她不知道這骨頭沒有靈魂，也沒有肉體，一切她都不能辨明。她在王大哥死屍被燒的氣味裡打滾，她向不可解脫的悲痛用盡全力的哭啊！

滿是眼淚的小環臉轉向王阿嫂說：

「媽媽，你不要哭瘋了啊！爸爸不是因為瘋了才被人燒死的嗎？」

王阿嫂，她聽不到小環的話，鼓著肚子，漲開肺葉般的哭。她的手撕著衣裳，她的牙齒在咬著嘴唇。她和一匹吼叫的獅子一樣。

後來張地主手提著蠅拂，和一隻陰毒的老鷹一樣，振動著翅膀，眼睛突出，鼻子向裡勾曲著，調著他那有尺寸的階級的步調從前村走來，用他壓迫的口腔來勸說王阿嫂：

「天快黑了，還一勁哭什麼？一個瘋子死就死了吧，他的骨頭有什麼值錢！你回家做你以後的打算好了。現在我遣人把他埋到西崗子去。」

說著他向四周的男人們下個口令：

「這種氣味……越快越好！」

婦人們的集團在低語：

「總是張老爺子，有多麼慈心；什麼事情，張老爺子都是幫忙的。」

王大哥是張老爺子燒死的，這事情婦人們不知道，一點不知道。田莊上的麥草打起流水樣的波紋，煙筒裡吐出來的炊煙，在人家的房頂上旋捲。

蠅拂子擺動著吸人血的姿勢，張地主走回前村去。

窮漢們，和王大哥同類的窮漢們，搖煽著闊大的肩膀，王大哥的骨頭被運到西崗上了。

四

三天過了，五天過了，田莊上不見王阿嫂的影子，拾馬鈴薯和割草的婦人們嘴裡念叨這樣的話：

「她太艱苦了！肚子那麼大，真是不能做工了！」

「那天張地主踢了她一腳，五天沒到田莊上來。大概是孩子生了，我晚上去看看。」

「王大哥被燒死以後，我看王阿嫂就沒心思過日子了。一天東哭一場，西哭一場的，最近更厲害了！那天不是一面拾馬鈴薯，一面流著眼淚！」

又一個婦人皺起眉毛來說：

「真的，她流的眼淚比馬鈴薯還多。」

另一個又接著說：

「可不是嗎？王阿嫂拾得的馬鈴薯，是用眼淚換得的。」

熱情在激動著，一個抱著孩子拾馬鈴薯的婦人說：

「今天晚上我們都該到王阿嫂家去看看，她是我們的同類呀！」

田莊上十幾個婦人用響亮的嗓子在表示贊同。

張地主走來了，她們都低下頭去工作著。張地主走開，她們又都抬起頭來；就像被風颳倒的麥草一樣，風一過去，草梢又都伸立起來。她們說著方才的話：

「她怎能不傷心呢？王大哥死時，什麼也沒給她留下。眼看又來到冬天，我們雖是有男人，怕是棉衣也預備不齊。她又怎麼辦呢？小孩子若生下來她可怎麼養活呢？我算知道，有錢人的兒女是兒女，窮人的兒女，分明就是孽障。」

「誰不說呢？聽說王阿嫂有過三個孩子都死了！」

其中有兩個死去男人，一個是年輕的，一個是老太婆。她們在想起自己的事，老太婆想著自己男人被軋死的事，年輕的婦人想著自己的男人吐血而死的事，只有這倆婦人什麼也不說。

張地主來了，她們的頭就和向日葵似的在田莊上彎彎的垂下去。

小環的叫喊聲在田莊上、在婦人們的頭上響起來：

「快……快來呀！我媽媽不……不能，不會說話了！」

小環是一個被大風吹著的蝴蝶，不知方向，她驚恐的翅膀痙攣的在振動；她的眼淚在眼眶裡急得和水銀似的不定型的滾轉；手在捉住自己的小辮，跺著腳、破著聲音喊：

「我媽……媽怎麼了……她不說話……不會呀！」

五

等到村婦擠進王阿嫂屋門的時候，王阿嫂自己已經在炕上發出她最後沉重的嚎聲，她的身子早被自己的血浸染著，同時在血泊裡也有一個小的、新的動物在掙扎。

王阿嫂的眼睛像一個大塊的亮珠，雖然閃光而不能活動。她的嘴張得怕人，像猿猴一樣，牙齒拚命的向外突出。

村婦們有的哭著，也有的躲到窗外去，屋子裡散散亂亂，掃帚、水壺、破鞋，滿地亂擺。鄰家的小貓蹲縮在窗臺上。小環低垂著頭在牆角間站著，她哭，她是沒有聲音的在哭。

王阿嫂就這樣的死了！新生下來的小孩，不到五分鐘也死了！

六

月亮穿透樹林的時節，棺材帶著哭聲向西崗子移動。村婦們都來相送，拖拖落落，穿著種種樣樣擦滿油泥的衣服，這正表示和王阿嫂同一個階級。

竹三爺手攜著小環，走在前面。村狗在遠處驚叫。小環並不哭，她依持別人，她的悲哀似乎分給大家擔負似的，她只是隨了竹三爺踏著貼在地上的樹影走。

王阿嫂的棺材被抬到西崗子樹林裡。男人們在地面上掘坑。

小環，這個小幽靈，坐在樹根下睡了。林間的月光細碎的飄落在小環的臉上。她兩手扣在膝蓋間，頭搭在手上，小辮在脖子上給風吹動著，她是個天然的小流浪者。

棺材合著月光埋到土裡了，像完成一件工作似的，人們擾攘著。

竹三爺走到樹根下摸著小環的頭髮：

「醒醒吧，孩子，回家了！」

小環閉著眼睛說：

「媽媽，我冷呀！」

竹三爺說：

「回家吧！你那裡還有媽媽？可憐的孩子別說夢話！」

醒過來了，小環才明白媽媽今天是不再摟著她睡了。她在樹林裡，月光下，媽媽的墳前，打著滾哭啊……

「媽媽……你不要……我了！讓我跟跟跟誰睡……睡覺呀？」

「我……還要回到……張……張張地主家去挨打嗎？」她咬住嘴唇哭。

「媽媽，跟……跟我回……回家吧……」

遠近處顫動這小姑娘的哭聲，樹葉和小環的哭聲一樣交接的在響，竹三爺同別的人一樣在擦揉眼睛。

林中睡著王大哥和王阿嫂的墳墓。

村狗在遠近的人家吠叫著斷續的聲音……

1933.5.21

（刊於何處未詳，收入哈爾濱五畫印刷社1933年10月初版《跋涉》）

看風箏

看風箏

一

拖著鞋，頭上沒有帽子，鼻涕在鬍鬚上結起網羅似的冰條來，縱橫的網羅著鬍鬚。在夜間，在冰雪閃著光芒的時候，老人依著街頭電線杆，他的黑色影子纏住電杆。他在想著這樣的事：

「窮人活著沒有用，不如死了！」

老人的女兒三天前死了，死在工廠裡。

老人希望得幾個贍養費，他奔波了三天了！拖著鞋奔波，夜間也是奔波，他到工廠，從工廠又要到工廠主家去。他三天沒有吃飯，實在不能再走了！他不覺得冷，因為他整個的靈魂在纏住他的女兒，已死了的女兒。

半夜了！老人才一步一挨的把自己運到家門，這是一件多麼不容易的事：鬍鬚顫抖，他走起路來誰看著都要聯想起被大風吹搖就要坍塌的土牆，或是房屋，眼望磚瓦四下分離的游動起來。老人在冰天雪地裡，在夜間沒人走的道路上篩著他的鬍鬚，篩著全身在游離的筋肉。他走著，他的靈魂也像解了體的房屋一樣，一面在走，一面坍落。

老人自己把身子再運到炕上，然後他喘著牛馬似的呼吸，他全身的肉體坍落盡了，為了他的女兒而坍落盡的，因為在他女兒的背後埋著這樣的事：

「女兒死了！自己不能做工，贍養費沒有，兒子出外三年不見回來。」

老人哭了！他想著他的女兒哭，但哭的卻不是他的女兒，是哭著他女兒死了以後的事。

屋子裡沒有燈火，黑暗是一個大輪廓，沒有線條，也沒有顏色的大輪廓。老人的眼淚在他有皺紋的臉上爬，橫順的在黑暗裡爬，他的眼淚變成了無數的爬蟲了，個個從老人的內心出發。

外面的風在號叫，夾著冬天枯樹的聲音。風捲起地上的積雪，撲向窗紙打來，唰唰的響。

二

劉成在他父親給人做僱農的時候，他在中學裡讀過書，不到畢業他就混進某個團體了！他到農村去過。不知他潛伏著什麼作用，他也曾進過工廠。後來他沒有蹤影了！三年沒有蹤影。關於他妹妹的死，他不知道，關於他父親的流浪，他不知道，同時他父親也不知道他的流浪。

劉成下獄的第三個年頭被釋放出來，他依然是一個沒有感情的人，他的臉色還是和從前一樣，冷靜、沉著。他內心從沒有念及他父親一次過。不是沒念及，因為他有無數的父親，一切受難者的父親他都當作他的父親，他一想到這些父親，只有走向一條路，一條根本的路。

他明白他自己的感情，他有一個定義：熱情一到用得著的時候，就非冷靜不可，所以冷靜是有用的熱情。

這是他被釋放的第三天了！看起來只是額際的皺紋算是入獄的痕跡，別的沒有兩樣。當他在農村和農民們談話的時候，比從前似乎更有力，更堅決，他的手高舉起來又落下去，這大概是表示壓榨的意思，也有時把手從低處用著猛力抬到高處，這大概是表示不受壓迫的意思。

每個字從他的嘴裡跳出來，就和石子一樣堅實並且剛硬，這石子也一個一個投進農民的腦袋裡，也是永久不化的石子。

坐在馬棚旁邊開著衣鈕的老農婦，她發起從沒有這樣愉快的笑，她觸了他的男人李福一下，用著例外的聲音邊說邊笑：

「我做了一輩子牛馬，哈哈！那時候可該做人了！我做牛馬做夠了！」

老農婦在說末尾這句話時，也許她是想起了生在農村最痛苦的事。她頓時臉色都跟著不笑了！冷落下去。

別的人都大笑一陣，帶著奚落的意思大笑，婦人們藉著機會似的向老農婦奚落去：

「老婆婆從來是規矩的，笑話我們年輕多嘴，老婆婆這是為了什麼呢？」

過了一個時間安靜下去。劉成還是把手一舉一落的說下去，馬在馬棚裡吃草的聲音，夾雜著鼻子聲在響，其餘都在安靜裡浸沉著。只是劉成的談話沉重的字眼連綿的從他齒間往外擠。不知什麼話把農民們擊打著了！男人們在抹眼睛，女人們卻響著鼻子。和在馬棚裡吃草的馬一樣。

人們散去了，院子裡的蚊蟲四下的飛，結團的飛，天空有圓圓的月，這是一個夏天的夜，這是劉成出獄三天在鄉村的第一夜。

三

劉成當夜是住在農婦王大嬸的家裡，王大嬸的男人和劉成談著話，桌上的油燈暗得昏黃，坐在炕沿他們說著，不絕的在說，直到最後才停止，直到王大嬸的男人說出這樣的話來：

「啊！劉成這個名字。東村住著孤獨的老人常提到這個名字，你可認識嗎？」

劉成他不回答，也不問下去，只是眼光和不會轉彎的箭一樣，對準什麼東西似的在放射，在一分鐘內他的臉色轉變了又轉！

王大嬸抱著孩子，在考察劉成的臉色，她在下斷語：

「一定是他爹爹，我聽老人坐在樹蔭常提到這個名字，並且每當他提到的時候，他是傷著心。」

王大嬸男人的袖子在搖振，院心蚊蟲的群給他衝散了！圓月在天空隨著他跑。他跑向一家脊背彎曲的草房去，在沒有紙的窗櫺上鼓打，急遽的鼓打。睡在月光裡整個東村的夜被他驚醒了！睡在籬笆下的狗，和雞雀吵叫。

老人睡在土炕的一端，把自己的帽子包著破鞋當作枕頭，身下鋪著的是一條麻袋。滿炕是乾稻草，這就是老人的財產，其餘什麼是不屬於他的。他照顧自己，保護自己。月光映滿了窗櫺，人的枕頭上，鬍鬚上……

睡在土炕的另一端也是一個老人，他倆是同一階級，因為他也是枕著破鞋睡，他們在朦朧的月影中，直和兩捆乾草或是兩個糞堆一樣。他們睡著，在夢中他們的靈魂是彼此看守著。窗櫺上殘破的窗紙在作響。

其中的一個老人的神經被鼓打醒了！他坐起來，抖擻著他滿身的月光，抖擻著滿身的窗櫺格影，他不睜眼睛，把鬍鬚抬得高高的盲目的問：

「什麼勾當？」

「劉成不是你的兒嗎？他今夜住在我家。」老人聽了這話，他的鬍鬚在蹀躞。三年前離家的兒子，在眼前飛轉。他心裡生了無數的蝴蝶，白色的空中翻著金色閃著光的翅膀在空中飄著飛。此刻凡是在他耳邊的空氣，都變成大的小的音波，他能看見這音波，又能聽見這音波。平日不會動的村莊和草堆現在都在活動，沿著旁邊的大樹，他在夢中走著。向著王大嬸的家裡，向著他兒子方向走。老人像一個要會見媽媽的小孩子一樣，被一種感情追逐在大路上跑，但他不是孩子，他蹀躞著鬍鬚，他的腿笨重，他有滿臉的皺紋。

老人又聯想到女兒死的事情，工廠怎樣的不給恤金，他怎樣的飄流到鄉間，鄉間更艱苦，他想到餓和凍的滋味。他需要躺在他媽媽懷裡哭訴。可是他去會見兒子。

老人像拾得意外的東西，珍珠似的東西，一種極度的歡欣使他恐懼。他體驗著驚險，走在去會見兒子的路上。

王大嬸的男人在老人旁邊走，看著自家的短牆處有個人的影像，模糊不清，走近一點只見那裡有人在擺手。再走近點，知道是王大嬸在那裡擺手。

老人追著他希望的夢，抬舉他興奮的腿，一心要去會見兒子，其餘的什麼，他不能覺察。王大嬸的男人跑了幾步，王大嬸對他皺豎眼眉低聲慌張的說：

「那個人走了！搶著走了！」

老人還是追著他的夢向前走，向王大嬸的籬笆走，老人帶著一顆充血的心來會見他的兒子。

四

劉成搶著走了！還不待他父親走來他先跑了！他父親充了血的心給他摔碎了！他是一個野獸，是一條狼，一條沒有心腸的狼。

劉成不管他父親，他怕他父親，為的是把整個的心，整個的身體獻給眾人。他沒有家，什麼也沒有，他為著農人，工人，為著這樣的階級而下過獄。

五

半年過後，大領袖被捕的消息傳來了！也就是劉成被捕的消息傳來了！鄉間也傳來了！那是一個初春正月的早晨，鄉村裡的土場上，小孩子們群集著，天空裡飄起顏色鮮明的風箏來，三個五個，近處飄著大的風箏遠處飄著小的風箏，孩子們在拍手，在笑。老人——劉成的父親也在土場上依著拐杖同孩子們看風箏。就是這個時候消息傳來了！

劉成被捕的消息傳到老人的耳邊了！

1933.6.9

（刊於1933年6月30日哈爾濱

《哈爾濱公報·公田》，署名悄吟，後收入《跋涉》）

啞老人

啞老人

孫女——小嵐大概是回來了吧，門響了下。秋晨的風潔靜得有些空涼，老人沒有在意，他的煙管燃著，可是煙紋不再做環形了，他知道這又是風颳開了門。他面向外轉，從門口看到了荒涼的街道。

他睡在地板的草簾上，也許麻袋就是他的被縟吧，堆在他的左近，他是前月才患著半身肢體不能運動的病，他更可憐了。滿窗碎紙都在鳴叫，老人好像睡在墳墓裡似的，任憑野甸上是春光也好，秋光也好，但他並不在意，抽著他的煙管。

秋涼毀滅著一切，老人的煙管轉走出來的煙紋也被秋涼毀滅著。

這就是小嵐吧，她沿著破落的街走，一邊扭著她的肩頭，走到門口，她想為什麼門開著——可是她進來了，沒有驚疑。

老人的煙管沒煙紋走出，也像老人一樣的睡了。小嵐站在老人的背後，沉思了一刻，好像是在打主意——喚醒祖父呢——還是讓他睡著。

地上兩張草簾是別的兩個老乞丐的舖位，可是空閒著。小嵐在空虛的地板上繞走，她想著工廠的事吧。

非常沉重的老人的鼾聲停住了，他衰老的靈魂震動了一下。那是門聲，門又被風颳開了，老人真的以為是孫女回來給他送飯。他歪起頭來望一望，孫女跟著他的眼睛走過來了。

小嵐看著爺爺震顫的鬍鬚，她美麗、淒涼的眼笑了，說：「好了些吧？右半身活動得更自由了些嗎？」

這話是用眼睛問的，並沒有聲音。只有她的祖父，別人不會明白或懂得這無聲的話，因為啞老人的耳朵也隨著他的喉嚨有些啞了，小嵐把手遞過去，抬動老人的右臂。

老人啞著——咔……咔……哇……

老人的右臂仍是不大自由，有些痛，他開始尋望小嵐的周身。小嵐自愧的火熱般的心跳了，她只為思索工廠要裁她的事，從街上帶回來的包子被忘棄著，冰涼了。

包子交給爺爺：「爺爺，餓了吧？」

其實，她的心一看到包子早已慚愧著，惱恨著，可是不會意想到的，老人就拿著這冰冷的包子已經在笑了。

可愛的包子倒惹他生氣，老人關於他自己吃包子，感覺十分有些不必須。他開始做手勢：扁扁的，長圓的，大樹葉樣的；他頭搖著，他的手不意的、困難而費力的在比作。

小嵐在習慣上她是明白。這是一定要她給買大餅子（玉米餅）。小嵐也做手勢，她的手向著天，比作月亮大小的圓環，又把手指張開作一個西瓜形，送到嘴邊去假吃。她說：

「爺爺，今天是過八月節啦，所以爺爺要吃包子的。」

這時老人的鬍鬚蕩動著，包子已經是吞掉了兩個。

也許是為著過節，小嵐要到街上去倒壺開水來。她知道自家是沒有水壺，老人有病，罐子也擺在窗沿，好像是休息，小嵐提著罐子去倒水。

窗紙在自然的鳴叫，老人點起他的煙管了。

這是十分難能的事，五個包子卻留下一個。小嵐把水罐放在老人的身邊，老人用煙管點給她……咔……哇……

小嵐看著白白的小小的包子，用她淒愴的眼睛，快樂的笑了，又惘然的哭了，她為這個包子偉大的愛，喚起了她內心脆弱得差不多徹底的悲哀。

小嵐的哭驚慌的停止。這時老人啞著的嗓子更啞了，頭伏在枕上搖搖，或者他的眼淚沒有流下來，鬍鬚震盪著，窗紙鳴得更響了。

「嵐姊，我來找你。」

一個女孩子，小嵐工廠的同伴，進門來，她接著說：

「你不知道工廠要裁你嗎？我搶著跑來找你。」

小嵐回轉頭向門口做手勢，怕祖父聽了這話，平常她知道祖父是聽不清的，可是現在她神經質了，她過於神經質了。

可是那個女孩子還在說：

「嵐姊，女工頭說你夜工做得不好，並且每天要回家兩次。女工頭說小嵐不是沒有父母嗎？她到工廠來，不說她是個孤兒嗎？所以才留下了她。——也許不會裁了你！你快走吧。」

老人的眼睛看著什麼似的那樣自揣著，他只當又是鄰家姑娘來同小嵐上工去。

使老人生疑的是小嵐臨行時對他的搖手，為什麼她今天不做手勢，也不說一句話呢？老人又在自解，也許是工廠太忙。

老人的煙管是點起來的，幽閒的他望著煙紋，也望著空虛的天花板。涼澹的秋的氣味像侵襲似的，老人把麻袋蓋了蓋，他一天的工作只有等孫女。孫女走了，再就是他的煙管。現在他又像是睡了，又像等候他孫女晚上次來似的睡了。

當別的兩個老乞丐在草簾上吃著飯類東西的時候，不管他們的鐵罐搬得怎樣響，老人仍是睡著，直到別的老乞丐去取那個盛熱水的罐時，他算是醒了。可是打了個招呼，他又睡了。

「他是有福氣的，他有孫女來養活他，假若是我患著半身不遂的病，老早就該死在陰溝了。」

「我也是一樣。」

兩個老乞丐說著，也要點著他們的煙管，可是沒有煙了，要去取啞老人的。

忽然一個包子被發現了，拿過來，說給另一個聽：

「三哥，給你吃吧，這一定是他剩下來的。」

回答著：「我不要，你吃吧。」

可是另一個在說「我不要」這三個字以前，包子已經落進他的嘴裡，好像他讓三哥吃的話是含著包子說的。

他們談著關於啞老人的話：

「在一月以前，那時你還不是沒住在這裡嗎？他討要過活，和我們一樣。那時孫女縫窮，後來孫女入了工廠，工廠為了做夜工是不許女工回家的，記得老人一夜沒有回來。第二天早晨，我到街頭看他，已睡在牆根，差不多和死屍一樣了。我把他拖回房裡，可是他已經不省人事了。後來他的孫女每天回來看護他，從那時起，他就患著病了。」

「他沒有家人嗎？」

「他的兒子死啦，媳婦嫁了人。」

兩個老乞丐也睡在草簾上，止住了他們的講話，直到啞老人睡得夠了，他們湊到一起講說著，啞老人雖然不能說話，但也笑著。

這是怎麼樣呢？天快黑了，小嵐該到回來的時候了。老人覺到餓，可是只得等著。那兩個又出去尋食，他們臨出去的時候，罐子撞得門框發響，可是啞老人只得等著。

一夜在思量。第二個早晨，啞老人的煙管不間斷的燃著，望望門口。聽聽風聲，都好像他孫女回來的聲音。秋風竟忍心欺騙啞老人，不把孫女帶給他。

又燃著了煙管，望著天花板，他咳嗽著。這咳嗽聲經過空冷的地板，就像一塊銅擲到冰山上一樣，響出透亮而凌寒的聲來。當老人一想到孫女為了工廠忙，雖然他是怎樣的餓，也就耐心的望著煙紋在等。

窗紙也像同情老人似的，耐心的鳴著。

小嵐死了，遭了女工頭的毒打而死，老人卻不知道他的希望已經斷了路。他後來自己扶著自己顫顫的身子，把往日討飯的傢伙從窗沿取來，掛了滿身，那些會活動的罐子，配著他直挺的身體，在做出痛心的可笑的模樣。他又向門口走了兩步，架了長杖，他年老而蹀躞的身子上有幾隻罐子在湊趣般的搖動著，那更可笑了，可笑得會更痛心。

驀然的，他的兩個老夥伴開門了，這是一個奇異的表情，似一朵鮮紅的花突然飛到落了葉的枯枝上去。走進來的兩個老乞丐正是這樣，他們悲慘而酸心的臉上，突然作笑。他們說：

「老哥，不要到街上去，小嵐是為了工廠忙，你的病還沒好，你是七十多歲的人了，這裡有我們三個人的飯呢，坐下來先吃吧，小嵐會回來的。」

講這些話的聲音，有些特別。並且嘴唇是不自然的起落，啞老人聽不清他們究竟說的是什麼，就坐下來吃。

啞老人算是吃飽了，其餘的兩個，是假裝著吃，知道飯是不夠的。他不能走路，他顫顫著腿，像爬似的走回他的舖位。

「女工頭太狠了。」

「那樣的被打死，太可憐，太慘。」

啞老人還沒睡著的時候，他們的議論好像在提醒他。他支住腰身坐起來，皺著眉想——死……誰死了呢？

啞老人的動作呆得笑人，彷彿是個笨拙的偵探，在偵查一個難解的案件。眉皺著，眼瞪著，心卻糊塗著。

那兩個老乞丐，躡著腳，拿著煙管想走。

依舊是破落的家屋，地板有洞，三張草簾仍在地板上，可是都空著，窗戶用麻袋或是破衣塞堵著，有陰風在屋裡飄走。終年沒有陽光，終年黑灰著，啞老人就在這洞中過他殘老的生活。

現在冬天，孫女死了，冬天比較更寒冷起來。

門開處，老人幽靈般的出現在門口，他是爬著，手腳一起落地的在爬著，正像個大爬蟲一樣。他的手插進雪地去，而且大雪仍然是飄飄落著，這是怎樣一個悲慘的夜呀，天空掛著寒月。

並沒有什麼吃的，他的罐子空著，什麼也沒討到。

別的兩個老乞丐，同樣是這洞裡爬蟲的一分子，回來了說：「不要出去呀，我們討回來的東西只管吃，這麼大的年紀。」

啞老人沒有回答，用呵氣來溫暖他的手，腫得蘿蔔似的手。飯是給啞老人吃了，別人只得又出去。

屋子和從前一樣破落，陰沉的老人也和從前一樣吸著他的煙管。可是老人他只剩煙管了，他更孤獨了。

從草簾下取出一張照片來，不敢看似的他哭了，他絕望的哭，把軀體偎作個絕望的一團。

當窗紙不作鳴的時候，他又在抽菸。

只要掄動一次手臂，在他全像搬轉一隻鐵鐘似的，要費幾分鐘。

在他模糊中，煙火墜到草簾上，火燒到鬍鬚時，他還沒有覺察。

他的孫女死了，夥伴沒在身邊，他又啞，又聾，又患病，無處不是充滿給火燒死的條件。就這樣子，窗紙不作鳴聲，老人滾著，他的鬍鬚在煙裡飛著，白白的。

1933.8.27

（刊於1933年8月27日、9月3日長春《大同報．夜哨》第3期、第4期，署名悄吟）

夜風

夜風

一

老祖母幾夜沒有安睡，現在又是抖著她的小棉襖了。小棉襖一拿在祖母的手裡，就怪形的在作恐嚇相。彷彿小棉襖會說出祖母所不敢說出的話似的，外面風聲又起了……唰唰……

祖母變得那樣可憐，小棉襖在手裡總是那樣拿著。窗紙也響了。沒有什麼，是遠村的狗吠，身影在壁間搖搖，祖母滅了燭，睡了。她的小棉襖又放在被邊，可是這也沒有什麼，祖母幾夜都是這樣睡的。

屋中並不黑沉，雖是祖母熄了燭。披著衣裳的五嬸娘，從裡間走出來，這時陰慘的月光照在五嬸娘的臉上，她站在地心用微而顫的聲音說：

「媽媽，遠處許是來了馬隊，聽，有馬蹄響呢！」

老祖母還沒忘掉做婆婆特有的口語向五嬸娘說：

「可惡的 ××× 又在尋死。不礙事，睡覺吧。」

五嬸娘回到自己的房裡，想喚醒她的丈夫，可是又不敢。因為她的丈夫從來就英勇，在村中是著名的，沒怕過什麼人。槍放得好，馬騎得好。前夜五嬸娘吵著 ××× 是挨了丈夫的罵。

不礙事，這話正是礙事，祖母的小棉襖又在手中顛倒了。她把袖子當作領來穿。沒有燃燭，斜歪著站起來。可是又坐下了。這時，已經把壁間落滿灰塵的鉛彈槍取下來，在裝子彈。她想走出去上炮臺望一下，其實她的腿早已不中用了，她並不敢放槍。

遠村的狗吠得更甚了，像人馬一般的風聲也上來了。院中的幾個炮手，還有老婆婆的七個兒子通統起來了。她最小的兒子還沒上炮臺，在他自己的房中抱著他新生的小寶寶。

老祖母罵著：

「呵！太不懂事務了，這是什麼時候？還沒有急性呀！」

這個兒子，平常從沒挨過罵，現在也挨罵了。接著小寶寶哭叫起來，別的房中，別的寶寶，也哭叫起來。

可不是嗎？馬蹄響近了，風聲更惡，站在炮臺上的男人們持著槍桿，伏在地下的女人們抱著孩子。不管那一個房中都不敢點燈，聽說×××是找光明的。

大院子裡的馬棚和牛棚，安靜著，像等候惡運似的。可是不然了，雞、狗和鴨鵝們，都鬧起來，就連放羊的童子也在院中亂跑。

馬，認清是馬形了；人，卻分不清是什麼人。天空是月，滿山白雪，風在回轉著，白色的山無止境的牽連著。在浩蕩的天空下，南山坡口，游動著馬隊，蛇般的爬來了。二叔叔在炮臺裡看見這個，他想災難算是臨頭了，一定是來攻村子的。他跑向下房去，每個僱農給一支槍，僱農們歡喜著，他們想：

「地主多麼好啊！張二叔叔多麼仁慈啊！老早就把我們當作家人看待的，現在我們共同來禦敵吧！」

往日地主苛待他們，就連他們最反對的減工資，現在也不恨了，只有禦敵是當前要做的。不管廚夫，也不管是別的役人，都喜歡著提起槍跑進炮臺去。因為槍是主人從不放鬆給他們拿在手裡。尤其歡喜的是牧羊的那個童子——長青。他想，我有一支槍了，我也和地主的兒子們一樣的拿著槍了。長青的衣裳太破，褲子上的一個小孔，在搶著上炮臺時裂了個大洞。

人馬近了，大道上飄著白煙，白色的山和遠天相結，天空的月澈底的照著，馬像跑在空中似的。這也許是開了火吧！……砰砰……炮手們看得清是幾個探兵作的槍聲。

長青在炮臺的一角，把住他的槍，也許是不會放，站起來，把槍嘴伸出去，朝著前邊的馬隊。這馬隊就是地主的敵人。他想這是機會了。二叔叔在後面止住他：

「不要放，等近些放！」

繞路去了，數不盡的馬的尾巴漸漸消失在月夜中了。牆外的馬響著鼻子，馬棚裡的馬聽了也在響鼻子。這時，老祖母歡喜的喊著孫兒們：

「不要盡在冷風裡，你們要進屋來暖暖，喝杯熱茶。」

她的孫兒們強健的回答：

「奶奶，我們全穿皮襖，我們在看守著，怕賊東西們再轉回來。」

炮臺裡的人稀疏了。是凡地主和他們的兒子都轉回屋去，可是長青仍蹲在那裡，做一個小炮手的模樣，槍嘴向前伸著，但棉褲後身做了個大洞，他冷得幾乎是不能耐，要想回房去睡。但是沒有當真那麼做。因為他想起了地主張二叔叔平常對他們的訓話了：「為人要忠。你沒看古來有忠臣孝子嗎？忍餓受寒，生死不怕，真是可佩服的。」

長青覺得這正是盡忠，也是盡孝的時候，恐怕錯了機會似的，他在捧著槍，也在做一個可佩服的模樣。褲子在屁股間裂著一個大洞。

二

這人是誰呢？頭髮蓬著，臉沒有輪廓，下垂的頭遮蓋住，暗色的房間破亂得正像地主們的馬棚。那人在啼哭著，好像失去丈夫的烏鴉一般。屋裡的燈滅了，窗上的影子飄忽失去。

兩棵立在門前的大樹光著身子在號叫已經失去的它們的生命。風止了，籬笆也不響了。整個的村莊默得不能再默。兒子，長青，回來了。

在屋裡啼哭著，窮困的媽媽聽得外面有踏雪聲，她想這是她的兒子吧？可是她又想，兒子十五天才回一次家，現在才十天，並且腳步也不對，她想這是一個過路人。

柴門開了，柴門又關了，籬笆上的積雪，被震動落下來，發響。

媽媽出去像往日一樣，把兒子接進來，長青的腿軟得支不住自己的身子，他是斜歪著走回來的，所以腳步差錯得使媽媽不能聽出。現在是躺在炕上，臉兒青青的流著鼻涕；媽媽不曉得是發生了什麼事。

心痛的媽媽急問：

「兒呀，你又牧失了羊嗎？主人打了你嗎？」

長青閉著眼睛搖頭。媽媽又問：

「那是發生了什麼事？來對媽媽說吧！」

長青是前夜看守炮臺凍病了的，他說：

「媽媽，前夜你沒聽著馬隊走過嗎？張二叔叔說 ××× 是萬惡之極的，又說專來殺小戶人家。我舉著槍在炮臺裡站了半夜。」

「站了半夜又怎麼樣呢？張二叔打了你嗎？」

「媽媽，沒有，人家都稱我們是小戶人家，我怕馬隊殺媽媽，所以我在等候著打他們！」

「我的孩子，你說吧，你怎麼會弄得這樣呢？」

「我的褲子不知怎麼弄破了，於是我就病了！」

媽媽的心好像是碎了！她想丈夫死去三年，家裡從沒買過一尺布和一斤棉。於是她把兒子的棉襖脫了下來，面著燈照了照，一塊很厚的，另一塊是透著亮。

長青抽著鼻子哭，也許想起了爸爸。媽媽放下了棉襖，把兒子抱過來。

豆油燈像在打寒顫似的，火苗哆嗦著。唉，窮媽媽抱著病孩子。

三

張老太太又在抖著她的小棉襖了。因為她的兒子們不知辛苦了多少年，才做了個地主；幾次沒把財產破壞在土匪和叛兵的手裡，現在又鬧×軍，她當然要抖她的小棉襖囉。

張二叔叔走過來，看著媽媽抖得怪可憐的，他安慰著：

「媽媽，這算不了什麼，您想，我們的炮手都很能幹呢。並且惡霸們有天理來昭彰，媽媽您睡下吧，不要起來，沒有什麼事。」

「可是我不能呢，我不放心！」

張老太太說著，外面槍響了。全家的人像上次一樣，男的提槍，女的抱著孩子。風聲似乎更緊，樹林在嘯。

這是一次虛驚，前村捉著個小偷。一陣風雲又過了。在鄉間這樣的風雲是常常鬧的。老祖母的驚慌似乎成了癖。全家的人，管誰都在暗笑她的小棉襖。結果就是什麼事沒發生，但，她的小棉襖仍是不留意的拿在手裡，雖然是她只穿著件睡覺的單衫。

張二叔叔同他所有的弟兄們坐在老太太的炕沿上，老六開始說：

「長青那個孩子，怕不行，可以給他結帳的。有病不能幹活計的孩子，活著又有什麼用？」

說著，把菸捲放在嘴裡，抱起他三年前就患著癱病的兒子走回自己的房子去了。

張老太太說：

「長青那是我叫他來的，多做活少做活的不說，就算我們行善，給他碗飯吃，他那樣貧寒。」

大媳婦含著煙袋，她是四十多歲的婆子。二媳婦是個獨腿人，坐在她自己的房裡。三媳婦也含著煙袋在喊三叔叔回房去睡覺。老四、老五，以至於老七這許多兒媳婦都向老太太問了晚安才退去。老太太也覺得困了似的，合起眼睛抽她的長煙袋。

長青的媽媽——洗衣裳的婆子來打門，溫聲的說：

「老太太，上次給我吃的咳嗽藥再給我點吃吧！」

張老太太也是溫和著說：

「給你這片吃了，今夜不會咳嗽的，可是再給你一片吧。」

洗衣裳的婆子暗自非常感謝張老太太，退回那間靠近草棚的黑屋子去睡了。

第二天，天將黑的時候，在大院的繩子上，掛滿了黑色的、白色的，地主的小孩的衣裳，以及女人的褲子。就是這個時候，晒在繩子上的衣服有濃霜透出來，凍得挺硬，風颳得有鏗鏘聲。洗衣裳的婆子咳嗽著，她實在不能再洗了，於是走到張老太太的房裡：

「張老太太，我真是廢物呢，人窮又生病！」

她一面說一面咳嗽：

「過幾天我一定來把所有餘下的衣服洗完。」

她到地心那個桌子下，取她的包袱，裡面是張老太太給她的破氈鞋；二嬸子和別的嬸子給她的一些棉花和褲子之類。這時，張老太太在炕裡含著她的長煙袋。

洗衣裳的婆子有個破落無光的家屋，穿的是張老太太穿剩的破氈鞋。可是張老太太有著明亮的鑲著玻璃的溫暖的家，穿的是從城市裡新買回來的氈鞋。這兩個老婆婆比在一起，是非常有趣的。很巧，牧羊的長青走進來，張二叔叔也走進來。老婆婆是這樣兩個不同形的，生出來的兒子當然兩樣：一個是擲著鞭子的牧人，一個是把著算盤的地主。

張老太太扭著她不是心思的嘴角問：

「我說，老李，你一定要回去嗎？明天不能再洗一天嗎？」

用她昏花的眼睛望著老李。老李說：

「老太太，不要怪我，我實在做不下去了！」

「窮人的骨頭想不到這樣值錢。我想，你兒子不知是靠誰的力量才在這裡呆得住。也好。那麼，昨夜給你那藥片，為著今夜你咳嗽來吃它，現在你可以回家去養著去了，把藥片給我吧，那是很貴呢，不要白費了！」

老李把深藏在包袱裡的那片預備今夜回家吃的藥片拿出來。

老李每月要來給張地主洗五次衣服，每次都是給她一些蘿蔔或馬鈴薯，這次都沒給。

老婆子夾著幾件地主的媳婦們給她的一些破衣服，這也就是她的工銀。

老李走在有月光的大道上，冰雪閃著寂寂的光。她寡婦的腳踏在雪地上，就像一隻單身的雁，在哽咽著她孤飛的寂寞。樹空著枝幹，沒有鳥雀。什麼人全都睡了。在樹兒的那端有她的家屋出現。

打開了柴門，連個狗兒也沒有，誰出來迎接她呢？

四

兩天過後，風聲又緊了！真的 × 軍要殺小戶人家嗎？怎麼都潛進破落村戶去？李婆子家也曾住過那樣的人。

長青真的結了帳了，背著自己的小行李走在風雪的路上。好像一個流浪的、喪失了家的小狗，一進家屋他就哭著，他覺得絕望。吃飯，媽媽是沒有米的，他不用媽媽問他就自己訴說怎樣結了帳，怎樣趕他出來，他越想越沒路可走，哭到委屈的時候，腳在炕上跳，用哀慘的聲音呼著他的媽媽：

「媽媽，我們吊死在爹爹墳前的樹上吧！」

可是這次，出乎意料的，媽媽沒有哭，沒有同情他，只是說：

「孩子，不要胡說了，我們有辦法的。」

長青拉著媽媽的手，奇怪的，怎麼媽媽會變了呢？怎麼變得和男人一樣有主意呢？

五

前村的消息傳來的時候，張二叔叔的家裡還沒吃早飯。

整個的前村和 × 軍混成一團了。有的說是在宣傳，有的說是在焚房屋，屠殺貧農。

張二叔叔放探出去，兩個炮手背上大槍和小槍，用鞭子打著馬，刺面的嚴冬的風奪面而過。可是他們沒有走到地點就回來了，報告是這樣：

「不知這是什麼埋伏，村民安靜著，雞犬不驚的，不知在做些什麼？」

張二叔叔問：「那麼你們看見些什麼呢？」

「我們是站在山坡往下看的，沒有馬槽，把草攤在院心，馬匹在急吃著草，那些惡棍們和家人一樣在院心搭著爐，自己做飯。」

全家的人擠在老祖母的門裡門外，眼睛瞪著。全家好像窒息了似的。張二叔叔點著他的頭：「唔！你們去吧！」

這話除了他自己，別人似乎沒有聽見。關閉的大門外面有重車輪軋軋經過的聲音。

可不是嗎？敵人來了！方才嚇得像木雕一般的張老太太也扭走起來。

夜風

張二叔叔和一群小地主們捧著槍不放，希望著馬隊可以繞道過去。馬隊是過去了一半，這次比上次的馬匹更多。使張二叔叔納悶的是後半部的馬隊還夾雜著爬犁小車，並且車上像有婦女們坐著。更近了，張二叔叔是千真萬確看見了一些僱農：李三、劉福、小禿……一些熟識的佃農。張二叔叔氣得仍要動起他地主的怒來大罵。

兵們從東牆回轉來，把張二叔叔的房舍包圍了，開了槍。

這不是夜，沒有風。這是在光明的朝陽下，張二叔叔是第一個倒地。在他一秒鐘清醒的時候，他看見了長青和他的媽媽——李婆子，也坐在爬犁上，在揮動著拳頭……

1933.8.27

（刊於1933年9月24日至10月8日長春《大同報·夜哨》第7至9期，署名悄吟，後收入《跋涉》）

離去

離去

黎文近兩天盡是幻想著海洋；白色的潮呵！驚天的潮呵！拍上紅日去了！海船像隻大鳥似的行走在浪潮中。海震撼著，滾動著，自己渺小得被埋在海中似的！

黎文他似乎不能再想。他走在路中，他向朋友家走去，朋友家的窗子忽然閃過一個影子。

黎文開門了！黎文進來了！即使不進來，也知道是他來了！因為他每天開門是那種聲音，急速而響動。站到門欄，他的面色不如往日。他說話聲，更沉埋了。

「昨晚我來，你們不在這，我明天走。」

「決定了嗎？」

「決定了。」

「集到多少錢？」

「三十塊。」

這在朋友的心中非常刺痛，連一元錢路費也不能幫助！他的朋友看一看自己的床，看一看自己的全身，連一件衣服為著行路人也沒有。在地板上黎文拿起他行路用的小提包。他檢查著：灰色的襯衫，白色的襯衫，再翻一翻，再翻一翻，沒有什麼了！碎紙和本子在裡面。

一件棉外套，領子的皮毛張起著，裡面露著棉花，黎文他現在穿一件夾的，他說：

「我拿這件大氅送回主人去。」

「為什麼要送回去？他們是有衣服穿的，把它當了去，或是賣都好。」

「這太不值錢，連一元錢也賣不到。」

「那麼你送回家去好啦！」

「家嗎？我不回家。」

黎文的臉為這突然的心跳，而充血，而轉白。他的眼睛像是要流淚樣，假若誰再多說一句話關於他的家。

昨天黎文回家取襯衫，在街口遇見了小弟弟。小弟弟一看見哥哥回來，就像報喜信似的叫喊著：「哥哥回來了！」每次回家，每次是這樣，小弟弟顫動著賣菸捲的托盤在胸前，先跑回家去。

媽媽在廚房裡問著：「事忙嗎？怎麼五六天不回家？」

因為他近兩個月每天回家，媽媽欣喜著兒子找到職業。黎文的職業被辭退已是一星期，媽媽仍是欣喜著。又問下去：

「你的事忙嗎？你的臉色都不很好，太累了吧！」

他願意快些找到他的襯衫，他願快些離開這個家。

「你又是想要走嗎？這回可不許你走，你走到那就跟到那！」

他像個啞人，不回答什麼！後來媽媽一面縫著兒子的衣裳，一面把眼淚抹到袖邊，她是偷偷抹著。

他哄騙著母親：「快要吃完了吧！過兩天我能買回來一袋子麵。是不是？那夠吃多半個月呢？」

媽媽的悲哀像孩子的悲哀似的，受著騙岔過去了。

他這次是最後的一次離家，將來或者能夠再看見媽媽，或者不能夠。因為媽媽現在就夠衰老的了。就是不衰老，或者會被憂煩壓倒。

黎文的心就像被搖著的鈴似的，要把持也不能把持住。任意的搖吧！瘋狂的搖吧！他就這樣離開家門。弟弟、媽媽並沒出來相送，媽媽知道兒子是常常回家的。

離去

黎文他坐在朋友家中，他又幻想著海了！他走在馬路上，他彷彿自己的腳是踏在浪上。彷彿自己是一隻船浮在馬路上，街市一切的聲音，好像海的聲音。

他向前走著，他只怕這海洋，同時他願意早些臨近這可驚怕的海洋。

2月13日

（作於1934年2月13日，刊於同年3月10、11日哈爾濱
《國際協報·國際公園》，署名悄吟。
後收入上海文化生活出版社1936年11月初版《橋》）

手

手

在我們的同學中，從來沒有見過這樣的手：藍的，黑的，又好像紫的；從指甲一直變色到手腕以上。

她初來的幾天，我們叫她「怪物」。下課以後大家在地板上跑著，也總是繞著她。關於她的手，但也沒有一個人去問過。

教師在點名，使我們越忍越忍不住了，非笑不可了。

「李潔！」

「到。」

「張楚芳！」

「到。」

「徐桂真！」

「到。」

迅速而有規律性的站起來一個，又坐下去一個。但每次一喊到王亞明的地方，就要費一些時間了。

「王亞明，王亞明……叫到你啦！」別的同學有時要催促她，於是她才站起來，把兩隻青手垂得很直，肩頭落下去，面向著棚頂說：

「到，到，到。」

不管同學們怎樣笑她，她一點也不感到慌亂，仍舊弄著椅子響，莊嚴的，似乎費掉了幾分鐘才坐下去。

有一天上英文課的時候，英文教師笑得把眼鏡脫下來在擦著眼睛：

「你下次不要再答『黑耳』了，就答『到』吧！」

全班的同學都在笑，把地板擦得很響。

第二天的英文課，又喊到王亞明時，我們又聽到了「黑耳——黑——耳」。

「你從前學過英文沒有？」英文教師把眼鏡移動了一下。

「不就是那英國話嗎？學是學過的，是個麻子臉先生教的……鉛筆叫

『噴絲兒』，鋼筆叫『盆』。可是沒學過『黑耳』。」

「here 就是『這裡』的意思，你讀： here ！ here ！」

「喜兒！喜兒。」她又讀起「喜兒」來了。這樣的怪讀法，全課堂都笑得顫慄起來。可是王亞明，她自己卻安然的坐下去，青色的手開始翻轉著書頁。並且低聲讀了起來：

「華提……賊死……阿兒……」

數學課上，她讀起算題來也和讀文章一樣：

「2x+y ＝…… x2=……」

午餐的桌上，那青色的手已經抓到了饅頭，她還想著「地理」課本：「墨西哥產白銀……雲南……唔，雲南的大理石。」

夜裡她躲在廁所裡邊讀書，天將明的時候，她就坐在樓梯口。只要有一點光亮的地方，我常遇到過她。有一天落著大雪的早晨，窗外的樹枝掛著白絨似的穗頭，在宿舍的那邊，長筒過道的盡頭，窗臺上似乎有人睡在那裡了。

「誰呢？這地方多麼涼！」我的皮鞋拍打著地板，發出一種空洞洞的嗡聲，因是星期日的早晨，全個學校出現在特有的安寧裡。一部分的同學在化著妝；一部分的同學還睡在眠床上。

還沒走到她的旁邊，我看到那攤在膝頭上的書頁被風翻動著。

「這是誰呢？禮拜日還這樣用功！」正要喚醒她，忽然看到那青色的手了。

「王亞明，噯……醒醒吧…」我還沒有直接招呼過她的名字，感到生澀和直硬。

「喝喝……睡著啦！」她每逢說話總是開始鈍重的笑笑。

「華提……賊死，右……愛……」她還沒找到書上的字就讀起來。

「華提……賊死，這英國話，真難……不像咱們中國字：什麼字旁，什麼字頭……這個：委曲拐彎的，好像長蟲爬在腦子裡，越爬越糊塗，越爬越記不住。英文先生也說不難，不難，我看你們也不難。我的腦筋笨，鄉下人的腦筋沒有你們那樣靈活。我的父親還不如我，他說他年輕的時候，就記他這個『王』字，記了半頓飯的工夫還沒記住。右……愛……右……阿兒……」說完一句話，在末尾不相干的她又讀起單字來。

風車嘩啦嘩啦的響在壁上，通氣窗時時有小的雪片飛進來，在窗臺上結著些水珠。

她的眼睛完全爬滿著紅絲條；貪婪，把持，和那青色的手一樣在爭取她不能滿足的願望。

在角落裡，在只有一點燈光的地方我都看到過她，好像老鼠在嚙嚼什麼東西似的。

她的父親第一次來看她的時候，說她胖了：

「媽的，吃胖了，這裡吃的比自家吃的好，是不是？好好幹吧！幹下三年來，不成聖人吧，也總算明白明白人情大道理。」

在課堂上，一個星期之內人們都是學著王亞明的父親。第二次，她的父親又來看她，她向她父親要一副手套。

「就把我這副給你吧！書，好好念書，要一副手套還沒有嗎？等一等，不用忙……要戴就先戴這副，開春啦！我又不常出什麼門，明子，上冬咱們再買，是不是？明子！」在接見室的門口嚷嚷著，四周已經是圍滿著同學，於是他又喊著明子明子的，又說了一些事情：

「三妹妹到二姨家去串門啦，去了兩三天啦！小肥豬每天又多加兩把豆子，胖得那樣你沒看見，耳朵都掙掙起來了……姊姊又來家醃了兩罐子鹹蔥……」

正講得他流汗的時候，女校長穿過人群站到前面去：

「請到接見室裡面坐吧——」

「不用了，不用了，耽擱工夫，我也是不行的，我還就要去趕火車……趕回去，家裡一群孩子，放不下心……」他把皮帽子放在手上，向校長點著頭，頭上冒著氣，他就推開門出去了。好像校長把他趕走似的，可是他又轉轉身來，把手套脫下來。

「爹，你戴著吧，我戴手套本來是沒用的。」

她的父親也是青色的手，比王亞明的手更大更黑。

在閱報室裡，王亞明問我：

「你說，是嗎？到接見室去坐下談話就要錢的嗎？」

「那裡要錢！要的什麼錢！」

「你小點聲說，叫她們聽見，她們又談笑話了。」她用手掌指點著我讀著的報紙，「我父親說的，他說接見室裡擺著茶壺和茶碗，若進去，怕是校役就給倒茶了，倒茶就要錢了。我說不要，他可是不信，他說連小店房進去喝一碗水也多少得賞點錢，何況學堂呢？你想學堂是多麼大的地方！」

校長已說過她幾次：

「你的手，就洗不淨了嗎？多加點肥皂！好好洗洗，用熱水燙一燙。早操的時候，在操場上豎起來的幾百條手臂都是白的，就是你，特別呀！真特別。」女校長用她貧血得和化石一般透明的手指去觸動王亞明的青色手，看那樣子，她好像是害怕，好像微微有點抑止著呼吸，就如同讓她去接觸黑色的已經死掉的鳥類似的。「是褪得很多了，手心可以看到皮膚了。比你來的時候強得多，那時候，那簡直是鐵手……你的功課趕得上了嗎？多用點功，以後，早操你就不用上，學校的牆很低，春天裡散步的外國人又多，他們常常停在牆外看的。等你的手褪掉顏色再上早操吧！」校長告訴她，停止了她的早操。

「我已經向父親要到了手套，戴起手套來不就看不見了嗎？」打開了書箱，取出她父親的手套來。

校長笑得發著咳嗽，那貧血的面孔立刻旋動著紅的顏色：「不必了！既然是不整齊，戴手套也是不整齊。」

假山上面的雪消融了去，校役把鈴子也打得似乎更響些，窗前的楊樹抽著芽，操場好像冒著煙似的，被太陽蒸發著。上早操的時候，那指揮官的口笛振鳴得也遠了，和窗外樹叢中的人家起著回應。

我們在跑在跳，和群鳥似的在噪雜。帶著糖質的空氣迷漫著我們，從樹梢上面吹下來的風混和著嫩芽的香味。被冬天枷鎖了的靈魂和被束掩的棉花一樣舒展開來。

正當早操剛收場的時候，忽然聽到樓窗口有人在招呼什麼，那聲音被空氣負載著向天空響去似的：

「好和暖的太陽！你們熱了吧？你們……」在抽芽的楊樹後面，那窗口站著王亞明。

等楊樹已經長了綠葉，滿院結成了蔭影的時候，王亞明卻漸漸變成了乾縮，眼睛的邊緣發著綠色，耳朵也似乎薄了一些，至於她的肩頭一點也不再顯出蠻野和強壯。當她偶然出現在樹蔭下，那開始陷下的胸部使我立刻從她想到了生肺病的人。

「我的功課，校長還說跟不上，倒也是跟不上，到年底若再跟不上，喝喝！真會留級的嗎？」她講話雖然仍和從前一樣「喝喝」的，但她的手卻開始畏縮起來，左手背在背後，右手在衣襟下面突出個小丘。

我們從來沒有看到她哭過，大風在窗外倒拔著楊樹的那天，她背向著教室，也背向著我們，對著窗外的大風哭了，那是那些參觀的人走了以後的事情，她用那已經開始在褪著色的青手捧著眼淚。

「還哭！還哭什麼？來了參觀的人，還不躲開。你自己看看，誰像你這樣特別！兩隻藍手還不說，你看看，你這件上衣，快變成灰的了！別人都是藍上衣，那有你這樣特別，太舊的衣裳顏色是不整齊的……不能因為你一個人而破壞了制服的規律性……」她一面嘴唇與嘴唇切合著，一面用她慘白的手指去撕著王亞明的領口，「我是叫你下樓，等參觀的走了再上來，誰叫你就站在過道呢？在過道，你想想，他們看不到你嗎？你倒戴起了這樣大的一副手套……」

說到「手套」的地方，校長的黑色漆皮鞋，那亮晶的鞋尖去踢了一下已經落到地板上的一隻：

「你覺得你戴上了手套站在這地方就十分好了嗎？這叫什麼玩藝兒？」她又在手套上踏了一下，她看到那和馬車伕一樣肥大的手套，抑止不住的笑出聲來了。

王亞明哭了這一次，好像風聲都停止了，她還沒有停止。

暑假以後，她又來了。夏末簡直和秋天一樣涼爽，黃昏以前的太陽染在馬路上使那些鋪路的石塊都變成了朱紅色。我們集著群在校門裡的山丁樹下吃著山丁。就是這時候，王亞明坐著的馬車從「喇嘛臺」那邊嘩啦嘩啦的跑來了。只要馬車一停下，那就全然寂靜下去。她的父親搬著行李，她抱著面盆和一些零碎。走上臺階來了，我們並不立刻為她閃開，有的說著：「來啦！」「你來啦！」有的完全向她張著嘴。

等她父親腰帶上掛著的白毛巾一抖動一抖動的走上了臺階，就有人在說：

「怎麼！在家住了一個暑假，她的手又黑了呢？那不是和鐵一樣了嗎？」

秋季以後，宿舍搬家的那天，我才真正注意到這鐵手。我似乎已經睡著了，但能聽到隔壁在吵叫著：

「我不要她，我不和她並床……」

「我也不和她並床。」

我再細聽了一些時候，就什麼也聽不清了，只聽到嗡嗡的笑聲和絞成一團的吵嚷。夜裡我偶然起來到過道去喝了一次水。長椅上睡著一個人，立刻就被我認出來，那是王亞明。兩隻黑手遮著臉孔，被子一半脫落在地板上，一半掛在她的腳上。我想她一定又是藉著過道的燈光在夜裡讀書，可是她的旁邊也沒有什麼書本，並且她的包袱和一些零碎就在地板上圍繞著她。

第二天的夜晚，校長走在王亞明的前面，一面走一面響著鼻子，她穿過床位，她用她的細手推動那一些連成排的鋪平的白床單：

「這裡，這裡的一排七張床，只睡八個人，六張床還睡九個呢！」她翻著那被子，把它排開一點，讓王亞明把被子就夾在這地方。

王亞明的被子展開了，為著高興的緣故，她還一邊鋪著床鋪，一邊嘴裡似乎打著哨子，我還從沒聽到過這個，在女學校裡邊，沒有人用嘴打過哨子。

她已經鋪好了，她坐在床上張著嘴，把下顎微微向前抬起一點，像是安然和舒暢在鎮壓著她似的。校長已經下樓了，或者已經離開了宿舍，回家去了。但，舍監這老太太，鞋子在地板上擦擦著，頭髮完全失掉了光澤，她跑來跑去：

「我說，這也不行……不講衛生，身上生著蝨類，什麼人還不想躲開她呢？」她又向角落裡走了幾步，我看到她的白眼球好像對著我似的。「看這被子吧！你們去嗅一嗅，隔著二尺遠都有氣味了……挨著她睡著，滑稽不滑稽！誰知道……蝨類不會爬了滿身嗎？去看看，那棉花都黑得什麼樣子啦！」

舍監常常講她自己的事情，她的丈夫在日本留學的時候，她也在日本，也算是留學。同學們問她：

「學的什麼呢？」

「不用專學什麼！在日本說日本話，看看日本風俗，這不也是留學嗎？」她說話總離不了「不衛生，滑稽不滑稽……骯髒」，她叫虱子特別要叫蟲類。

「人骯髒手也骯髒。」她的肩頭很寬，說著骯髒她把肩頭故意抬高了一下，好像寒風忽然吹到她似的，她跑出去了。

「這樣的學生，我看校長可真是……可真是多餘要……」打過熄燈鈴之後，舍監還在過道裡和別的一些同學在講說著。

第三天夜晚，王亞明又提著包袱，捲著行李，前面又是走著白臉的校長。

「我們不要，我們的人數夠啦！」

校長的指甲還沒接觸到她們的被邊時，她們就嚷了起來，並且換了一排床鋪也是嚷了起來：

「我們的人數也夠啦！還多了呢！六張床，九個人，還能再加了嗎？」

「一二三四……」校長開始計算，「不夠，還可以再加一個，四張床，應該六個人，你們只有五個……來！王亞明！」

「不，那是留給我妹妹的，她明天就來……」那個同學跑過去，把被子用手按住。

最後，校長把她帶到別的宿舍去了。

「她的虱子，我不挨著她……」

「我也不挨著她……」

「王亞明的被子沒有被裡，棉花貼著身子睡，不信，校長看看！」

後來她們就開著玩笑，竟至於說出害怕王亞明的黑手而不敢接近她。

以後，這黑手人就睡在過道的長椅上。我起得早的時候，就遇到她在捲著行李，並且提著行李下樓去。我有時也在地下儲藏室遇到她，那當然是夜晚，所以她和我談話的時候，我都是看看牆上的影子，她搔著頭髮的手，那影子印在牆上也和頭髮一樣顏色。

「慣了，椅子也一樣睡，就是地板也一樣，睡覺的地方，就是睡覺，管什麼好歹！念書是要緊的⋯⋯我的英文，不知在考試的時候，馬先生能給我多少分數？不夠六十分，年底要留級的嗎？」

「不要緊，一門不能夠留級。」我說。

「爹爹可是說啦！三年畢業，再多半年，他也不能供給我學費⋯⋯這英國話，我的舌頭可真轉不過彎來。喝喝⋯⋯」

全宿舍的人都在厭煩她，雖然她是住在過道裡。因為她夜裡總是咳嗽著⋯⋯同時在宿舍裡邊她開始用顏料染著襪子和上衣。

「衣裳舊了，染染差不多和新的一樣。比方，夏季制服，染成灰色就可以當秋季制服穿⋯⋯比方，買白襪子，把它染成黑色，這都可以⋯⋯」

「為什麼你不買黑襪子呢？」我問她。

「黑襪子，他們是用機器染的，礬太多⋯⋯不結實，一穿就破的⋯⋯還是咱們自己家染的好⋯⋯一雙襪子好幾毛錢⋯⋯破了就破了，還得了嗎？」

禮拜六的晚上，同學們用小鐵鍋煮著雞子。每個禮拜六差不多總是這樣，她們要動手燒一點東西來吃。以小鐵鍋煮好的雞子，我也看到的，是黑的，我以為那是中了毒。那端著雞子的同學，幾乎把眼鏡咆哮得掉落下來：

「誰幹的好事！誰？這是誰？」

王亞明把面孔向著她們來到了廚房，她擁擠著別人，嘴裡喝喝的：

「是我，我不知道這鍋還有人用，我用它煮了兩雙襪子⋯⋯喝喝⋯⋯我去⋯⋯」

「你去幹什麼？你去⋯⋯」

「我去洗洗它！」

「染臭襪子的鍋還能煮雞子吃！還要它？」鐵鍋就當著眾人在地板上咣啷咣啷的跳著，人咆哮著，戴眼鏡的同學把黑色的雞子好像拋著石頭似的用力拋在地上。

人們都散開的時候，王亞明一邊拾著地板上的雞子，一邊在自己說著話：

「喲！染了兩雙新襪子，鐵鍋就不要了！新襪子怎麼會臭呢？」

冬天，落雪的夜裡，從學校出發到宿舍去，所經過的小街完全被雪片占據了。我們向前衝著，撲著，若遇到大風，我們就風雪中打著轉，倒退著走，或者是橫著走。清早，照例又要從宿舍出發，在十二月裡，每個人的腳都凍木了，雖然是跑著也要凍木的。所以我們咒詛和怨恨，甚至於有的同學已經在罵著，罵著校長是「混蛋」，不應該把宿舍離開學校這樣遠，不應該在天還不亮就讓學生們從宿舍出發。

有些天，在路上我單獨的遇到王亞明。遠處的天空和遠處的雪都在閃著光，月亮使得我和她踏著影子前進。大街和小街都看不見行人。風吹著路旁的樹枝在發響，也時時聽到路旁的玻璃窗被雪掃著在呻叫。我和她談話的聲音，被零度以下的氣溫所反應也增加了硬度。等我們的嘴唇也和我們的腿部一樣感到了不靈活，這時候，我們總是終止了談話，只聽著腳下被踏著的雪，乍乍乍的響。

手在按著門鈴，腿好像就要自己脫離開，膝蓋向前時時要跪了下去似的。

我記不得那一個早晨，腋下帶著還沒有讀過的小說，走出了宿舍，我轉過身去，把欄柵門拉緊。但心上總有些恐懼，越看遠處模糊不清的房子，越聽後面在掃著的風雪，就越害怕起來。星光是那樣微小，月亮也許落下去了，也許被灰色的和土色的雲彩所遮蔽。

走過一丈遠，又像增加了一丈似的，希望有一個過路的人出現，但又害怕那過路人，因為在沒有月亮的夜裡，只能聽到聲音而看不見人，等一看見人影那就從地面突然長了起來似的。

我踏上了學校門前的石階，心臟仍在發熱，我在按鈴的手，似乎已經失去了力量。突然石階又有一個人走上來了：

「誰？誰？」

「我！是我。」

「你就走在我的後面嗎？」因為一路上我並沒聽到有另外的腳步聲，這使我更害怕起來。

「不，我沒走在你的後面，我來了好半天了。校役他是不給開門的，我招呼了不知道多大工夫了。」

「你沒按過鈴嗎？」

「按鈴沒有用，喝喝，校役開了燈，來到門口，隔著玻璃向外看看……可是到底他不給開。」

裡邊的燈亮起來，一邊罵著似的咣啷啷啷的把門給閃開了：

「半夜三更叫門……該考背榜不是一樣考背榜嗎？」

「幹什麼？你說什麼？」我這話還沒有說出來，校役就改變了態度：

「蕭先生，您叫門叫了好半天了吧？」

我和王亞明一直走進了地下室，她咳嗽著，她的臉蒼黃得幾乎是打著皺紋似的顫索了一些時候。被風吹得而掛下來的眼淚還停留在臉上，她就打開了課本。

「校役為什麼不給你開門？」我問。

「誰知道？他說來得太早，讓我回去，後來他又說校長的命令。」

「你等了多少時候了？」

「不算多大工夫，等一會，就等一會，一頓飯這個樣子。喝喝……」

她讀書的樣子完全和剛來的時候不一樣，那喉嚨漸漸窄小了似的，只是喃喃著，並且那兩邊搖動的肩頭也顯著緊縮和偏狹，背脊已經弓了起來，胸部卻平了下去。

我讀著小說，很小的聲音讀著，怕是攪擾了她；但這是第一次，我不知道為什麼這只是第一次？

她問我讀的什麼小說，讀沒讀過《三國演義》？有時她也拿到手裡看看書面，或是翻翻書頁。「像你們多聰明！功課連看也不看，到考試的時候也一點不怕。我就不行，也想歇一會，看看別的書……可是那就不成了……」

有一個星期日，宿舍裡面空朗朗的，我就大聲讀著《屠場》上正是女工馬利亞昏倒在雪地上的那段，我一面看著窗外的雪地一面讀著，覺得很感動。王亞明站在我的背後，我一點也不知道。

「你有什麼看過的書，也借給我一本，下雪天氣，實在沉悶，本地又沒有親戚，上街又沒有什麼買的，又要花車錢……」

「你父親很久不來看你了嗎？」我以為她是想家了。

「哪能來！火車錢，一來回就是兩元多……再說家裡也沒有人……」

我就把《屠場》放在她的手上，因為我已經讀過了。

她笑著，「喝喝」著，她把床沿顫了兩下，她開始研究著那書的封面。等她走出去時，我聽在過道裡她也學著我把那書開頭的第一句讀得很響。

以後，我又不記得是那一天，也許又是什麼假日，總之，宿舍是空朗朗的，一直到月亮已經照上窗子，全宿舍依然被剩在寂靜中。我聽到床頭上有沙沙的聲音，好像什麼人在我的床頭摸索著，我仰過頭去，在月光下我看到了是王亞明的黑手，並且把我借給她的那本書放在我的旁邊。

我問她：「看得有趣嗎？好嗎？」

起初，她並不回答我，後來她把臉孔用手掩住，她的頭髮也像在抖著似的。她說：

「好。」

我聽她的聲音也像在抖著，於是我坐了起來。她卻逃開了，用著那和頭髮一樣顏色的手橫在臉上。

過道的長廊空朗朗的，我看著沉在月光裡的地板的花紋。

「馬利亞，真像有這個人一樣，她倒在雪地上，我想她沒有死吧！她不會死吧……那醫生知道她是沒有錢的人，就不給她看病……喝喝！」很高的聲音她笑了，藉著笑的抖動眼淚才滾落下來，「我也去請過醫生，我母親生病的時候，你看那醫生他來嗎？他先向我要馬車錢，我說錢在家裡，先坐車來吧！人要不行了……你看他來嗎？他站在院心問我：『你家是幹什麼的？你家開染缸房嗎？』不知為什麼，一告訴他是開『染缸房』的，他就拉開門進屋去了……我等他，他沒有出來，我又去敲門，他在門裡面說：『不能去看這病，你回去吧！』我回來了……」她又擦了擦眼睛才說下去：「從這時候我就照顧著兩個弟弟和兩個妹妹。爹爹染黑的和藍的，姊姊染紅的……姊姊定親的那年，上冬的時候，她的婆婆從鄉下來住在我們家裡，一看到姊姊她就說：『唉呀！那殺人的手！』從這起，爹爹就說不許某個人專染紅的，某個人專染藍的。我的手是黑的，細看才帶點紫色，那兩個妹妹也都和我一樣。」

「你的妹妹沒有讀書？」

「沒有，我將來教她們，可是我也不知道我讀得好不好，讀不好連妹妹都對不起……染一匹布多不過三毛錢……一個月能有幾匹布來染呢？衣裳每件一毛錢，又不論大小，送來染的都是大衣裳居多……去掉火柴錢，去掉顏料錢……那不是嗎！我的學費……把他們在家吃鹹鹽的錢都給我拿來啦……我那能不用心念書，我那能？」她又去摸觸那本書。

我仍然看著地板上的花紋，我想她的眼淚比我的同情高貴得多。

還不到放寒假時，王亞明在一天的早晨整理著手提箱和零碎，她的行李已經束得很緊，立在牆根的地方。

並沒有人和她去告別，也沒有人和她說一聲再見。我們從宿舍出發，一個一個的經過夜裡王亞明睡覺的長椅，她向我們每個人笑著，同時也好像從窗口在望著遠方。我們使過道起著沉重的騷音，我們下著樓梯，經過了院宇，在欄柵門口，王亞明也趕到了，並且呼喘，並且張著嘴：

「我的父親還沒有來，多學一點鐘是一點鐘……」她向著大家在說話一樣。

這最後的每一點鐘都使她流著汗，在英文課上她忙著用小冊子記下來黑板上所有的生字。同時讀著，同時連教師隨手寫的已經是不必要的讀過的熟字她也記了下來，在第二點鐘地理課上她又費著力氣模仿著黑板上教師畫的地圖，她在小冊子上也畫了起來……好像所有這最末一天經過她的思想都重要起來，都必得留下一個痕跡。

在下課的時間，我看了她的小冊子，那完全記錯了：英文字母，有的脫落一個，有的她多加上一個……她的心情已經慌亂了。

夜裡，她的父親也沒有來接她，她又在那長椅上展了被縟，只有這一次，她睡得這樣早，睡得超過平常以上的安然。頭髮接近著被邊，肩頭隨著呼吸放寬了一些。今天她的左右並不擺著書本。

早晨，太陽停在顫抖的掛著雪的樹枝上面，鳥雀剛出巢的時候，她的父親來了。停在樓梯口，他放下肩上背來的大氈靴，他用圍著脖子的白毛巾擄去鬍鬚上的冰溜：

「你落了榜嗎？你……」冰溜在樓梯上融成小小的水珠。

「沒有，還沒考試，校長告訴我，說我不用考啦，不能及格的……」

她的父親站在樓梯口，把臉向著牆壁，腰間掛著的白手巾動也不動。

行李拖到樓梯口了，王亞明又去提著手提箱，抱著面盆和一些零碎，她把大手套還給她的父親。

「我不要，你戴吧！」她父親的氈靴一移動就在地板上壓了幾個泥圈圈。

因為是早晨，來圍觀的同學們很少。王亞明就在輕微的笑聲裡邊戴起了手套。

「穿上氈靴吧！書沒念好，別再凍掉了兩隻腳。」她的父親把兩隻靴子相連的皮條解開。

靴子一直掩過了她的膝蓋，她和一個趕馬車的人一樣，頭部也用白色的絨布包起。

「再來，把書回家好好讀讀再來。喝……喝。」不知道她向誰在說著。當她又提起了手提箱，她問她的父親：

「叫來的馬車就在門外嗎？」

「馬車，什麼馬車？走著上站吧……我背著行李……」

王亞明的氈靴在樓梯上撲撲的拍著，父親走在前面，變了顏色的手抓著行李的角落。

那被朝陽拖得苗長的影子，跳動著在人的前面先爬上了木柵門。從窗子看去，人也好像和影子一般輕浮，只能看到他們，而聽不到關於他們的一點聲音。

出了木柵門，他們就向著遠方，向著迷漫著朝陽的方向走去。

雪地好像碎玻璃似的，越遠那閃光就越剛強。我一直看到那遠處的雪地刺痛了我的眼睛。

1936 年 3 月

（刊於 1936 年 4 月 15 日上海

《作家》第 1 卷第 1 期，署名蕭紅。後收入《橋》）

馬房之夜

等他看見了馬頸上的那串銅鈴，他的眼睛就早已昏盲了，已經分辨不出那坐在馬背上的就是他少年的同伴。

馮山——十年前他還算是老獵人。可是現在他只坐在馬房裡細心的剝著山兔的皮毛……鹿和狍子是近年來不常有的獸類，所以只有這山兔每天不斷的翻轉在他的手裡。他常常把刀子放下，向著身邊的剝著的山兔說：

「這樣的射法，還能算個打獵的！這正是肉厚的地方就是一槍……這叫打獵？打什麼獵呢！這叫開後堵……照著屁股就是一槍……」

「會打山兔的是打腿……楊老三，那真是……真是獨手……連點血都不染……這可倒好……打個牢實，跑不了……」他一說到楊老三，就不立刻接下去。

「我也是差一點呢！怎樣好的打手也怕犯事。楊老三去當鬍子那年，我才二十三歲，真是差一芝麻粒，若不是五東家，我也到不了今天。三翻四覆的想要去……五東家勸我：還是就這樣幹吧！吃勞金，別看撈錢少。年輕輕的……當鬍子是逃不了那最後一條路。若不是五東家就可真幹了，年輕的那一夥人，到現在怕是只有五東家和我了。那時候，他開燒鍋……見一見，三十多年沒有見面。老兄弟……從小就在一塊……」他越說越沒有力量，手下剝著的山兔皮，用小刀在肚子上劃開了，他開始撕著，「這他媽的還算回事！去吧！沒有這好的心腸剝你們了……」拉著凳子，他坐到門外去抽菸。

飛著清雪的黃昏，什麼也看不見，他一隻手摸著自己的長統氈靴，另一隻手舉著他的煙袋。

從他身邊經過的拉柴的老頭向他說：「老馮，你在喝西北風嗎？」

幫助廚夫燒火的凍破了腳的孩子向他說：「馮二爺，這冷的天，你摸你的鬍子都上霜啦。」

馮山的肩頭很寬，個子很高，他站起來幾乎是觸到了房簷。在馬房裡他仍然是坐在原來的地方。他的左邊有一條板凳，擺著已經剝好了的山兔；右邊靠牆的釘子上掛著一排一排的毛皮。這次他再動手工作就什麼也不講了，直到夜裡他困在炕上。假若有人問他：「馮二爺，你喝酒嗎？」這時候，他也是把頭搖搖，連一個「不」字也不想說。並且在他搖頭的時候，看得出他的牙齒在嘴裡邊一定咬得很緊。

在雞鳴以前，那些獵犬被人們掛了頸鈴，哐啷啷的走上了曠野。那鈴子的聲音好像隔著村子，隔著樹林，隔著山坡那樣遙遠了去。

馮山捋著鬍子，使頭和枕頭離開一點，他聽聽：

「半里路以外……」他點燃了煙袋，那鈴聲還沒有完全消失。

「嗯……許家村過去啦！嗯……也許停在白河口上，嗯！嗯……白河……」他感受到了顫索，於是把兩臂縮進被子裡邊。煙袋就自由的橫在枕頭旁邊。冒著煙，發著小紅的火光。為著多日不洗刷的煙管，嗞嗞的，像是鳴唱似的叫著。在他用力吸著的時候，煙管就好像在房脊上的鴿子在睡覺似的……咕……咕……咕……

假若在人們準備著出發的時候他醒來。他就說：「慢慢的，不要忘記了乾糧，人還多少能挨住一會，狗可不行……餓牠就隨時要吃，不管野雞，不管兔子。也說不定，人若肚子空了，那就更糟，走幾步，就滿身是汗，再走幾步那就不行了……怕是遇到了狼也逃不脫啦……」

假若他醒，只看到被人們換下來的氈靴，連鈴子也聽不到的時候，他就越感受到孤獨，好像被人們遺棄了似的。

今夜，雖然不是完全沒有聽到一點鈴聲，但是孤獨的感覺卻無緣無故的被響亮的曠野上的鈴子所喚起……在馮山的心上經過的是：遠方、山、河……樹林……槍聲……他想到了楊老三，想到了年輕時的那一群夥伴：

「就只剩五東家了……見一見……」

他換了一袋煙的時間，鈴聲完全斷絕下去。

「嗯！說不定過了白河啦……」因為他想不出昏沉的曠野上獵犬們跑著的蹤跡。

「四十來年沒再見到，怕是不認識了……」他無意識的又捋了一下鬍子，摸摸鼻頭和眼睛。

煙管伴著他那遙遠的幻想，嘶嘶的鳴叫時時要斷落下來。於是他下唇和棉絨一般白鬍子也就緊靠住了被邊。

三月裡的早晨，馮山一推開馬房的門扇，就撞掉了幾顆掛在簷頭的冰溜。

他看一看獵犬們完全沒有上鎖，任意跑在前面的平原上，孩子們也咆哮在平原上。

他拖著氈靴向平原奔去。他想在那裡問問孩子們，五東家要來是不是真事？馬倌這野孩子是不是扯謊？

白河在前邊橫著了。他在河面上幾次都是要跑下去。那些冰排，那些發著響的，灰色的，亮晶晶的被他踏碎了的一塊一塊的冰塊，使他疑心到：「不會被這河葬埋了吧？」

他跑到平原，隨意抓到一個結著辮子的孩子，他們在融解掉白雪的冰地上丟著銅錢。

「小五子是要來嗎？多少時候來？馬倌不扯謊？」小五子是五東家年輕的時候留給他的稱呼。

「幹什麼呀？馮二爺……你給人家踏破了界線！」小姑娘推開了他，用一隻腳跳著去取她的銅錢。

「回家去問問你娘，五東家要來嗎？多少時候來？你爹是趕車的，他是來回跑北荒的，他準知道。」

他從平原上次來的時候，連自己也不知道為什麼一路上總是向北方看去，那一層一層的小山嶺，山後面被雲彩所瀰漫著，山後面的遠方，他是想看也看不到的，因為有山隔著。就是沒有山，他的眼睛也不能看得那麼遠了。於是他想著通到北荒去的大道，多年了……幾十年……從和小五子分開，就沒再到北荒去。那道路……嗯……恐怕也改變啦……手裡拿著四耳帽子，膝蓋向前一弓一弓的過了白河，河冰在下面咯吱的呻叫。

他自己說：「雁要來了，白河也要開了。」

大風的下午，馮山看著那黃澄澄的天色。

馬倌聯著幾匹馬在簷下遇到了他：

「你還不信嗎？你到院裡去問問，五東家明天晌午不到，晚飯的時候一定到……」在馬身上他高抬著右手，恰巧大門洞裡走進去一匹騎馬，又加上馬倌那擺擺的袖子，馮山感到有什麼在心上爆裂了一陣。

「扯謊的小東西，你不騙我？你這小鬼頭，你的話，我總是信一半，疑一半……」馮山向大門洞的方向走去，已經走了一丈路他還說，「你這小子扯謊的毛頭……五東家，他就能來啦！也是六十歲的人了……出門不容易……」他回頭去看看馬倌坐在馬背上連頭也不回的跑去了。

馮山也跑了起來：「可是真的？明天就來！」他越跑，大風就好像潮水似的越阻止著他的膝蓋。

第一個，他問的少東家，少東家說：「是，來的。」

他又去問倒髒水的老頭，他也說：「是。」

可是他總有點不相信：「這是和我開玩笑的圈套吧？」於是他又去問趕馬爬犁的馬伕：「李山東，我說……北荒的五東家明天來？可是真的？你聽見老太太也是說嗎？」

「俺山東不知道這個。」他用寬大的掃帚掃著，爬犁上的草末絞著風，撲上了人臉。

馮山想：「這爬犁也許就是進城的吧？」但是他離了他，他想去問問井口正在飲馬的鬧嚷嚷的一群人。他向馬群裡去的時候，他聽到馮廚子在什麼地方招呼他：「馮二爺，馮二爺……你的老老朋友明明天天就來到啦！」

他反過身來，從馬群撞出來，他看到馬群也好像有幾百匹似的在阻攔著他。

「這是真的了！馮廚子，那麼報信的已經來啦！」

「來啦！在在，在大上房裡吃吃飯！」

馮山在廚房的門口打著轉，煙袋插在煙口袋裡去，他要給馮廚子吃一袋煙。馮廚子的絡腮鬍子在他看來也比平日更莊嚴了些。

「這真是正經人，不瞎開玩笑……」他點燃一根火柴，又燃了一根火柴。

在他們旁邊的窗子哐的摔落下來。這時候他們走進廚房去，坐在那靠牆壁的小凳上。他正要打聽馮廚子關於五東家今夜是停在河西還是河東？他聽到上房門口有人為著那報情的人而喚著：「馮廚子，來熱一熱酒！」

馮山他總想站到一群孩子的前面，右手齊到眉頭的地方，向遠方照著。雖然他是顫抖著鬍子，但那看，卻和孩子們的一樣。

中午的時候，連東家的太太們也都來到了高崗，高崗下面就臨著大路。只要車子或是馬匹一轉過那個山腰，用不了半里路，就可以跑到人們的腳下。人們都望著那山腰發白的道路。馮山也望著山腰也望著太陽，眼睛終於有些花了起來，他一抬頭好像那高處的太陽就變成了無數個。眼睛起了金花，好像那山腰的大道也再看不見了。太陽快要靠近了山邊的時候，就更紅了起來，並且也大了，好像大盆一樣停在山頭上。

他一看那山腰，他就看到了那大紅的太陽，連山腰也不能再看了。於是低下頭去，扯著腰間的藍布腰帶的一端揩著眼睛。

孩子們說：「馮二爺哭啦！馮二爺哭啦……」

他連忙把腰帶放下去，為的是給孩子們看看：「那裡哭……把眼睛看花啦……」

山腰上出現了兩輛車子和一匹騎馬。

「來啦！來啦！……騎黑馬……」

「正正是，去接的不就是兩輛車子嗎？」

「是……是……」

孩子們，有的下了高崗順著大道跑去了。馮山的白鬍子像是混雜了金絲似的閃光，他扶了孩子們的肩頭，好像要把自己來抻高一點：「來到什麼地方了呢？來到——」有人說：「過了太平溝的橋了！」有人說：「不對……那不是有排小樹嗎？樹後面不就是井家崗嗎？井家崗是在橋這邊。」

「井家崗也不過就是兩袋煙的工夫。」

看得見騎黑馬的人是戴著土黃色的風帽，並且騎馬漸漸離開車子而走在前邊，並且那馬串鈴的聲響也聽得到了。

馮山的兩隻手都一齊的遮上了眉頭，等他看見了馬頸上的那串銅鈴，他的眼睛就早已昏盲了，已經分辨不出那坐在馬背上的就是他少年時的同伴。

他走了一步，他再走了一步，已經走下了高崗。他過去，他扒住了那馬的轡頭，他說：「老五……」他就再什麼也不說了。

太陽在西邊，在山頂上的，只劃著半個盆邊的形狀，扯扯拖拖的，馮山伴著一些孩子們和五東家走進了上房。

在吃酒的時候他和五東家是對面坐著，他們說著楊老三是那年死的，單明德是那年死的……還有張國光……這一些都是他們年輕時的同伴。酒喝得多了一些的時候，馮山想要告訴他，某年某年他還勾搭了一個寡婦。但他看看周圍站著的東家的太太們或姑娘們，他又感覺得這是不方便說了。

五東家走了的那天夜晚，他好像只記住了那紅色的鞍，那土黃色的風帽。他送他過了太平溝的時候，他才看到站在橋上的都是五東家的家族……他後悔自己就沒有一個家族。

馬房裡的特有的氣味，一到春天就漸漸的恢復起來。那夜又是颳著狂風的夜，所有的近處的曠野都在發著嘯……他又像被人們遺忘了，又好像年輕的時候出去打獵在曠野上迷失了。

他好像聽到送馬匹的人不知在什麼地方喊著：「啊喔呼……長冬來在白河口……啊噢……長冬來在白河口……」

馬倌餵馬的時候，他喊著馬倌：「給老馮來燙兩盅酒。」

等他端起酒杯來，他又不想喝了，從那深陷下去的眼窠裡，卻安詳的溢出兩條寂寞的淚流。

5月6日

（作於1936年5月6日，刊於同年5月15日上海《作家》第1卷第2期，署名蕭紅）

王四的故事

王四的故事

紅眼睛的、走路時總愛把下巴抬得很高的王四，只要人一走進院門來，那沿路的草莖或是孩子們丟下來的玩物，就塞滿了他的兩隻手。有時他把拾到了的銅元塞到耳洞裡：

「他媽的……是誰的呀？快來拿去！若不快些來，它就要鑽到我的耳朵不出來啦……」他一面搖著那尖頂的草帽一邊蹲下來。

孩子們搶著銅元的時候，撕痛了他的耳朵。

「啊哈！這些小東西們，他媽的，不拾起來，誰也不要，看成一塊爛泥土，拾起來，就都來啦！你也要，他也要……好像一塊金寶啦……」

他仍把下巴抬得很高，走進廚房去。他住在主人家裡，十年或者也超出了。但在他的感覺上，他一走進這廚房就好像走進他自己的家裡那麼一種感覺，也好像這廚房在他管理之下不止十年或二十年，已經覺察不出這廚房是被他管理的意思，已經是他的所有了！這廚房，就好像從主人的手裡割給了他似的。

……碗櫥的二層格上扣著幾隻碗和幾隻盤子，三層格上就完全是藍花的大海碗了。至於最下一層，那些瓦盆，那一個破了一個邊，那一個盆底出了一道紋，他都記得清清楚楚。

有時候吃完晚飯在他洗碗的時候，他就把燈滅掉，他說是可以省下一些燈油。別人若問他：

「不能把家具碰碎啦？」

他就說：

「也不就是一個碗櫥嗎？好大一件事情……碗櫥裡那個角落爬著個蟑螂，伸手就摸到……那是有方向的，有尺寸的……耳朵一聽嗎，就知道多遠了。」

他的生活就和溪水上的波浪一樣：安然，平靜，有規律。主人好像在幾年前已經不叫他「王四」了，叫他「四先生」。從這以後，他就把自己看成和主人家的人差不多了。

但，在吃飯的時候，總是最末他一個人吃；支取工錢的時候，總是必須拿著手折。有一次他對少主人說：

「我看手折……也用不著了吧！這些年……還用畫什麼押？都是一家人一樣，誰還信不著誰……」

他的提議並沒有被人接受。再支工錢時，仍是拿著手折。

「唉……這東西，放放倒不占地方，就是……哼……就是這東西不同別的，是銀錢上的……掛心是真的。」

他展開了行李，他看看四面有沒有人，他的樣子簡直像在偷東西。

「哼！好啦。」他自己說，一面用手壓住褥子的一角，雖然手折還沒有完全放好，但他的習慣是這樣。到夜深，再取出來，把它換個地方，常常是塞在枕頭裡邊。十幾年，他都是這樣保護著他的手折。手折也換過了兩三個，因為都是畫滿了押，蓋滿了圖章。

另外一次，他又去支取工錢，少主人說：

「王老四……真是上了年紀……眼睛也花了，你看，你把這押畫在什麼地方去了呢？畫到線外去啦！畫到上次支錢的地方去啦……」

王四拿起手折來，一看到那已經歪到一邊去的押號，他就哈哈的張著嘴：「他媽……」他剛想要說，可是想到這是和少主人說話，於是停住了。他站在少主人的一邊，想了一些時候，把視線經過了鼻子之後，四面掃了一下，難以確定他是在看什麼：「『王老四』……不是多少年就『四先生』了嗎？怎麼又『王老四』……不是多少年就『四先生』了嗎？怎麼又『王老四』呢？」

他走進廚房去，坐在長桌的一頭，一面喝著燒酒，一面想著：「這可不對……」他隨手把青辣椒在醬碗裡觸了觸：「他媽的……」好像他罵著的時侯順便就把辣椒吃下去了。

多吃了幾盅燒酒的緣故，他覺得碗櫥也好像換了地方，米缸……水桶……甚至連房梁上終年掛著的那塊臘肉也像變小一些。他說：「不好……少主人也怕變了心腸……今年一定有變。」於是又看了看手折：

「若把手折丟了，我看事情可就不好辦！沒有支過來的……那些前幾年就沒有支清的工錢就要……我看就要算不清。」這次，他沒有把手折塞進枕頭去，就放在腰帶上的荷包裡去了。

王四好像真的老了，院子裡的細草，他不看見；下雨時，就在院心孩子們的車子他也不管了。夜裡很早他就睡下，早晨又起得很晚。牽牛花的影子，被太陽一個一個的印在紙窗上。他想得遠，他想到了十多年在山上伐木頭的時候……他就像又看到那白楊倒下來一樣……嘩嘩的……他好像聽到了鋸齒的聲音。他又想到在漁船上當水手的時候：那桅杆……那標竿上掛著的大魚……真是銀魚一樣。「他媽的……」他伸手去摸，只是手背在眼前劃了一下，什麼也沒摸到。他又接著想：十五歲離開家的那年……在半路上遇到了野狗的那回事……他摸一摸小腿：「他媽的，這疤……」他確實的感覺到手下的疤了。

他常常檢點著自己的東西，應該不要的，就把它丟掉……破毯子和一雙破氈鞋，他向換破東西的人換了幾塊糖球來分給孩子們吃了。

他在掃院子時候，遇到了棍棒之類，他就拿在手裡試一試結實不結實……有時他竟把棍子扛在肩上，試一試挑著行李可夠長短？若遇到繩子之類，也總把它掛在腰帶上。

他一看那廚房裡的東西，總不像原來的位置，他就不願意再看下去似的。所以閒下來他就坐在井臺旁邊去，一邊結起那些拾得的繩頭，就一邊計算著手折上面的還存著的工錢的數目。

秋天的晚上，他聽到天空的一陣陣的烏鴉的叫聲，他想：「鳥也是飛來飛去的……人也總是要移動的……」於是他的下巴抬得很高，視線經過了鼻子之後，看到牆角上去了，正好他的眼睛看到牆角上掛的一張香菸牌子的大畫，他把它取下來，壓在行李的下面。

王四的眼睛更紅了，抬起來的下巴，比從前抬得更高了一些。後來他就總是想著：「到漁船上去還是到山上去？到山上去，怕是老夥伴還有呢！漁船，一時恐怕找不到熟人，可不知道人家要不要……張帆……要快……」他站在蓆子上面，做著張帆的樣子，全身痙攣一般的振搖著：

「還行嗎？」他自己問著自己。

河上漲水的那天，王四好像又感覺自己是變成和主人家的人一樣了。

他扛著主人家的包袱，扛著主人家的孩子，把他們送到高崗上去。

「老四先生……真是個力氣人……」他恍恍惚惚的聽著人們說的就是他，後來他留一留意，那是真的……不只是「四先生」還說「老四先生」呢！他想：「這是多麼被人尊敬啊！」於是他更快的跑著，直到那水漲得比腰還深的時候，他還是在水裡面走著。一個下午他也沒有停下來。主人們說：

「四先生，那些零碎東西不必著急去拿它；要拿，明天慢慢的拿……」

他說：「那怎麼行！一夜不是讓人偷光了嗎？」他又不停的來回的跑著。

他的手折，不知在什麼時候離開了他的荷包，沉到水底去了。

他發現了自己的空荷包，他就想：「這算完了。」他就把頭頂也淹在水裡，那手折是紅色的，可是他總也看不到那紅色的東西。

他說：「這算完了。」他站起來，向著高崗走過來。水溼的衣服冰涼的黏住了皮膚。他抖擻著，他感到了異樣的寒冷，他看不清那站在高崗上屋前的人們。只聽到從那些人們傳來的笑聲：

「王四摸魚回來啦！」「王四摸魚回來啦。」

1936 年東京

（作於 1936 年 8 月，刊於同年 9 月 20 日上海《中流》第 1 卷第 3 期，署名蕭紅。後收入上海文化生活出版社 1937 年 5 月初版《牛車上》）

牛車上

牛車上

金花菜在三月的末梢就開遍了溪邊。我們的車子在朝陽裡軋著山下的紅綠顏色的小草，走出了外祖父的村梢。

車伕是遠族上的舅父，他打著鞭子，但那不是打在牛的背上，只是鞭梢在空中繞來繞去。

「想睡了嗎？車剛走出村子呢！喝點梅子湯吧！等過了前面的那道溪水再睡。」外祖父家的女傭人，是到城裡去看她的兒子的。

「什麼溪水，剛才不是過的嗎？」從外祖父家帶回來的黃貓，也好像要在我的膝頭上睡覺了。

「後塘溪。」她說。

「什麼後塘溪？」我並沒有注意她，因為外祖父家留在我們的後面，什麼也看不見了，只有村梢上廟堂前的紅旗杆還露著兩個金頂。

「喝一碗梅子湯吧，提一提精神。」她已經端了一杯深黃色的梅子湯在手裡，一邊又去蓋著瓶口。

「我不提，提什麼精神，你自己提吧！」

他們都笑了起來，車伕立刻把鞭子抽響了一下。

「你這姑娘……頑皮……巧舌頭……我……我……」他從車轅轉過身來，伸手要抓我的頭髮。

我縮著肩頭跑到車尾上去。村裡的孩子沒有不怕他的，說他當過兵，說他捏人的耳朵也很痛。

五雲嫂下車去給我採了這樣的花，又採了那樣的花，曠野上的風吹得更強些，所以她的頭巾好像是在飄著。因為鄉村留給我尚沒有忘卻的記憶，我時時把她的頭巾看成烏鴉或是鵲雀。她幾乎是跳著，幾乎和孩子一樣。回到車上，她就唱著各種花朵的名字，我從來沒看到過她像這樣放肆一般的歡喜。

車伕也在前面哼著低粗的聲音，但那分不清是什麼詞句。那短小的煙管順著風時時送著煙氛，我們的路途剛一開始，希望和期待還離得很遠。

我終於睡了，不知是過了後塘溪，或是什麼地方，我醒過一次，模模糊糊的好像那管鴨的孩子仍和我打著招呼，也看到了坐在牛背上的小根和我告別的情景……也好像外祖父拉住我的手又在說：「回家告訴你爺爺，秋涼的時候讓他來鄉下走走……你就說你姥爺醃的鵪鶉和頂好的高粱酒，等著他來一塊喝呢……你就說我動不了，若不然，這兩年，我總也去……」

喚醒我的不是什麼人，而是那響的車輪。我醒來，第一下我看到的是那黃牛自己走在大道上，車伕並不坐在車轅上。在我尋找的時候，他被我發現在車尾上，手上的鞭子被他的煙管代替著，左手不住的在擦著下頦，他的眼睛順著地平線望著遼闊的遠方。

我尋找黃貓的時候，黃貓坐到五雲嫂的膝頭上去了，並且她還撫摸貓的尾巴。我看著她的藍布頭巾已經蓋過了眉頭，鼻子上顯明的皺紋因為掛了塵土，更顯明起來。

他們並沒有注意到我的醒轉。

「到第三年，他就不來信啦！你們這當兵的人……」

我就問她：「你丈夫也是當兵的嗎？」

趕車的舅舅，抓了我的辮髮，把我向後拉了一下。

「那麼以後……就總也沒有信來？」他問她。

「你聽我說呀！八月節剛過……可記不得那一年啦，吃完了早飯，我就在門前餵豬，一邊的敲著槽子，一邊『嘮嘮的叫著豬……那裡聽得著呢？南村王家的二姑娘喊著：『五雲嫂，五雲嫂……』一邊跑著一邊喊著：『我娘說，許是五雲哥給你捎來的信！』真是，在我眼前的真是一封信，等我把信拿到手哇！看看……我不知為什麼就止不住心酸起來……

他還活著嗎！他⋯⋯眼淚就掉在那紅籤條上，我就用手去擦，一擦，這紅圈子就印到白的上面去。把豬食就丟在院心⋯⋯進屋摸了件乾淨衣裳，我就趕緊跑。跑到南村的學房，見了學房的先生，我一面笑著，就一面流著眼淚⋯⋯我說：『是外頭人來的信，請先生看看⋯⋯一年來的沒來過一個字。』學房先生接到手裡一看，就說不是我的。那信我就丟在學房裡跑回來啦⋯⋯豬也沒有餵，雞也沒有上架，我就躺在炕上啦⋯⋯好幾天，我像失了魂似的。」

「從此就沒有來信？」

「沒有。」她打開了梅子湯的瓶口，喝了一碗，又喝一碗。

「你們這當兵的人，只說三年二載⋯⋯可是回來，回來個什麼呢！回來個靈魂給人看看吧⋯⋯」

「什麼？」車伕說，「莫不是陣亡在外嗎⋯⋯」

「是，就算吧！音信皆無過了一年多。」

「是陣亡？」車伕從車上跳下去，拿了鞭子，在空中抽了兩下，似乎是什麼爆裂的聲音。

「還問什麼⋯⋯這當兵的人真是凶多吉少。」她折皺的嘴唇好像撕裂了的綢片似的，顯得輕浮和單薄。

車子一過黃村，太陽就開始斜了下去，青青的麥田上飛著鵲雀。

「五雲哥陣亡的時候，你哭嗎？」我一面捉弄著黃貓的尾巴，一面看著她。但她沒有睬我，自己在整理著頭巾。

等車伕顛跳著來在了車尾，扶了車欄，他一跳就坐在了車轅。在他沒有抽菸之前，他的厚嘴唇好像關緊了的瓶口似的嚴密。

五雲嫂的說話，好像落著小雨似的，我又順著車欄睡下了。

等我再醒來，車子停在一個小村頭的井口邊，牛在飲著水，五雲嫂也許是哭過，她陷下的眼睛高起來了，並且眼角的皺紋也張開來。車伕從井口絞了一桶水提到車子旁邊：

「不喝點嗎？清涼清涼……」

「不喝。」她說。

「喝點吧，不喝，就是用涼水洗洗臉也是好的。」他從腰帶上取下手巾來，浸了浸水，「揩一揩！塵土迷了眼睛……」

當兵的人，怎麼也會替人拿手巾？我感到了驚奇。我知道的當兵的人就會打仗，就會打女人，就會捏孩子們的耳朵。

「那年冬天，我去趕年市……我到城裡去賣豬鬃，我在年市上喊著：『好硬的豬鬃來……好長的豬鬃來……』後一年，我好像把他爹忘下啦……心上也不牽掛……想想那沒有個好，這些年，人還會活著！到秋天，我也到田上去割高粱，看我這手，也吃過氣力……春天就帶著孩子去做長工，兩個月三個月的就把家拆了。冬天又把家歸攏起來。什麼牛毛啦……豬毛啦……還有些收拾來的鳥雀的毛。冬天就在家裡收拾，收拾乾淨啦呀……就選一個暖和的天氣進城去賣。若有順便進城去的車呢，把禿子也就帶著……那一次沒有帶禿子。偏偏天氣又不好，天天下清雪，年市上不怎麼熱鬧；沒有幾捆豬鬃也總賣不完。一早就蹲在市上，一直蹲到太陽偏西。在十字街口，一家人買賣的牆頭上貼著一張大紙，人們來來往往的在那裡看，像是從一早那張紙就貼出來了！也許是晌午貼的……有的還一邊看一邊念出來幾句。我不懂得那一套……人們說是『告示，告示』，可是告的什麼，我也不懂那一套……『告示』倒知道，是官家的事情，與我們做小民的有什麼長短！可不知為什麼看的人就那麼多……聽說麼，是捉逃兵的『告示』……又聽說麼……又聽說幾天就要送到縣城槍斃……」

「那一年？民國十年槍斃逃兵二十多個的那回事嗎？」車伕把捲起的衣袖在下意識裡把它放下來，又用手掃著下頦。

「我不知道那叫什麼年……反正槍斃不槍斃與我何干，反正我的豬鬃賣不完就不走運氣……」她把手掌互相擦了一會，猛然像是拍著蚊蟲似的，憑空打了一下：

「有人念著逃兵的名字……我看著那穿黑馬褂的人……我就說：『你再念一遍！』起先豬毛還拿在我的手上……我聽到了姜五雲姜五雲的，好像那名字響了好幾遍……我過了一些時候才想要嘔吐……喉管裡像有什麼腥氣的東西噴上來，我想嚥下去！……又嚥不下去！……眼睛冒著火苗……那些看『告示』的人往上擠著，我就退在了旁邊。我再上前去看看，腿就不做主啦！看『告示』的人越多，我就退下來了！越退越遠啦……」

她的前額和鼻頭都流下汗來。

「跟了車，回到鄉裡，就快半夜了。一下車的時候，我才想起了豬毛……那裡還記得起豬毛……耳朵和兩張木片似的啦……包頭巾也許是掉在路上，也許是掉在城裡……」

她把頭巾掀起來，兩個耳朵的下梢完全丟失了。

「看看，這是當兵的老婆……」

這回她把頭巾束得更緊了一些，所以隨著她的講話，那頭巾的角部也起著小小的跳動。

「五雲倒還活著，我就想看看他，也算夫婦一回……」

「……二月裡，我就背著禿子，今天進城，明天進城……『告示』聽說又貼過了幾回，我不去看那玩藝兒，我到衙門去問，他們說：『這裡不管這事。』讓我到兵營裡去！……我從小就怕見官……鄉下孩子，沒有見過。那些帶刀掛槍的，我一看到就發顫……去吧！反正他們也不是見人就殺……後來常常去問，也就不怕了。反正一家三口，已經有一口拿在他們的手心裡……他們告訴我，逃兵還沒有送過來。我說什麼時候才送過來呢？他們說：『再過一個月吧！』……等我一回到鄉下，就聽說逃兵已從什麼縣城，那是什麼縣城？到今天我也記不住那是什麼縣城……就是聽說送過來啦就是啦……都說若不快點去看，人可就沒有了。我再背著禿子，再進城……去問問，兵營的人說：『好心急，你還要問個百八十回。不知道，也許就不送過來。』……有一天，我看著一個大官，坐著馬車，叮咚叮咚的響著鈴子，從營房走出來了……我把禿子放在地上，我就跑過去，正好馬車是向著這邊來的，我就跪下了，也不怕馬蹄就踏在我的頭上。」

「『大老爺，我的丈夫……姜五……』我還沒有說出來，就覺得肩膀上很沉重……那趕馬車的把我往後面推倒了，好像跌了跤似的我爬在道邊去。只看到那趕馬車的也戴著兵帽子。」

「我站起來，把禿子又背在背上……營房的前邊，就是一條河，一個下半天都在河邊上看著水。有些釣魚的，也有些洗衣裳的。遠一點，在那河灣上那水就深了，看著那浪頭一排排的從眼前過去。不知道幾百條浪頭都坐著看過去了。我想把禿子放到河邊上，我一跳就下去吧！留他一條小命，他一哭就會有人把他收了去。」

「我拍著那個小胸脯，我好像說：『禿兒，睡吧。』我還摸摸那圓圓的耳朵，那孩子的耳朵，真是，長得肥滿，和他爹的一模一樣，一看到那孩子的耳朵，就看到他爹了。」

她為了讚美而笑了笑。

「我又拍著那小胸脯，我又說：『睡吧！禿兒。』我想起了，我還有幾弔錢，也放在孩子的胸脯裡吧！正在伸，伸手去放……放的時節……孩子睜開眼睛了……又加上一隻風船轉過河灣來，船上的孩子喊媽的聲音我一聽到，我就從沙灘上面……把禿子抱……抱在……懷裡了……」

她用包頭巾像是緊了緊她的喉嚨，隨著她的手，眼淚就流了下來。

「還是……還是背著他回家吧！那怕討飯，也是有個親娘……親娘的好……」

那藍色頭巾的角部，也隨著她的下頦顫抖了起來。

我們車子的前面正過著一堆羊群，放羊的孩子口裡響著用柳條做成的叫子，野地在斜過去的太陽裡邊分不出什麼是花什麼是草了！只是混混黃黃的一片。

車伕跟著車子走在旁邊，把鞭梢在地上蕩起著一條條的煙塵。

「……一直到五月，營房的人才說：『就要來的，就要來的。』」

「……五月的末梢，一隻大輪船就停在了營房門前的河沿上。不知怎麼這樣多的人！比七月十五看河燈的人還多……」

她的兩隻袖子在招搖著。

「逃兵的家屬，站在右邊……我也站過去，走過一個戴兵帽子的人，還每個人給掛了一張牌子……誰知道，我也不認識那字……」

「要搭跳板的時候，就來了一群兵隊，把我們這些掛牌子的……就圈了起來……『離開河沿遠點，遠點……』他們用槍把子把我們趕到離開那輪船有三四丈遠……站在我旁邊的，一個白鬍子的老頭，他一隻手裡提著一個包裹，我問他：『老伯，為啥還帶來這東西？』……『哼！不！我有一個兒子和一個侄子……一人一包……回陰曹地府，不穿潔淨衣裳是不上高的……』」

「跳板搭起來了……一看跳板搭起來就有哭的……我是不哭，我把腳跟立得穩穩噹噹的，眼睛往船上看著……可是，總不見出來……過了一會，一個兵官，挎著洋刀，手扶著欄杆說：『讓家屬們再往後退退……就要下船……』聽著『嘮』一聲，那些兵隊又用槍把子把我們向後趕了過去，一直趕上道旁的豆田，我們就站在豆秧上，跳板又呼隆隆的搭起了一塊……走下來了，一個兵官領頭……那腳鐐子，嘩啦嘩啦的……我還記得，第一個還是個小矮個……走下來五六個啦……沒有一個像禿子他爹寬寬肩膀的，是真的，很難看……兩條胳臂直伸伸的……我看了半天工夫，才看出手上都是戴了銬子的。旁邊的人越哭，我就特別更安靜。我只把眼睛看著那跳板……我要問問他爹：『為啥當兵不好好當，要當逃兵……你看看，你的兒子，對得起嗎？』」

「二十來個，我不知道那個是他爹，遠看都是那麼個樣兒。一個青年的媳婦……還穿了件綠衣裳，發瘋了似的，穿開了兵隊搶過去了……當兵的那肯叫她過去……就把她抓回來，她就在地上打滾。她喊：『當了兵還不到三個月呀……還不到……』兩個兵隊的人就把她抬回來，那頭髮都披散開啦。又過了一袋煙的工夫，才把我們這些掛牌子的人帶過去……越走越近了，越近也就越看不清楚那個是禿子他爹……眼睛起了白蒙……又加上別人都嗚嗚啕啕的，哭得我多少也有點心慌……」

「還有的嘴上抽著菸捲，還有的罵著……就是笑的也有。當兵的這種人……不怪說，當兵的不信命……」

「我看看，真是沒有禿子他爹，哼！這可怪事……我一轉身，就把一個兵官的皮帶抓住：『姜五雲呢？』『你是他的什麼人？』『是我的丈夫。』我把禿子可就放在地上啦……放在地上，那不作美的就哭起來，我啪的一聲，給禿子一個嘴巴……接著，我就打了那兵官：『你們把人消滅到什麼地方去啦？』」

「『好的……好傢伙……夠朋友……』那些逃兵們就連起聲來跺著腳喊。兵官看看這情形，趕快叫當兵的把我拖開啦……他們說：『不只姜五雲一個人，還有兩個沒有送過來，明後天，下一班船就送來……逃兵裡他們三個是頭目。』」

「我背著孩子就離開了河沿，我就掛著牌子走下去了。我一路走，一路兩條腿發顫。奔來看熱鬧的人滿街滿道啦……我走過了營房的背後，兵營的牆根下坐著拿兩個包裹的老頭，他的包裹只剩了一個。我說：『老伯，你的兒子也沒來嗎？』我一問他，他就把背脊弓了起來，用手把鬍子放在嘴唇上，咬著鬍子就哭啦！」

「他還說：『因為是頭目，就當地正法了咧！』當時，我還不知道這『正法』是什麼……」

她再說下去，那是完全不相接連的話頭。

「又過三年，禿子八歲的那年，把他送進了豆腐房……就是這樣：一年我來看他兩回。二年回家一趟……回來也就是十天半月的……」

車伕離開車子，在小毛道上走著，兩隻手放在背後。太陽從橫面把他拖成一條長影，他每走一步，那影子就分成了一個叉形。

「我也有家小……」他的話從嘴唇上流下來似的，好像他對著曠野說的一般。

「喲！」五雲嫂把頭巾放鬆了些。

「什麼！」她鼻子上的折皺抖動了一些時候，「可是真的……兵不當啦也不回家……」

「哼！回家！就背著兩條腿回家？」車伕把肥厚的手揩扭著自己的鼻子笑了。

「這幾年，還沒多少賺幾個？」

「都是想賺幾個呀！才當逃兵去啦！」他把腰帶更束緊了一些。

我加了一件棉衣，五雲嫂披了一張毯子。

「嗯！還有三里路……這若是套的馬……嗯！一顛搭就到啦！牛就不行，這牲口性子沒緊沒慢，上陣打仗，牛就不行……」車伕從草包取出棉襖來，那棉襖順著風飛著草末，他就穿上了。

黃昏的風，卻是和二月裡的一樣。車伕在車尾上打開了外祖父給祖父帶來的酒罈。

「喝吧！半路開酒罈，窮人好賭錢……喝上兩杯。」他喝了幾杯之後，把胸膛就完全露在外面。他一面嚙嚼著肉乾，一邊嘴上起著泡沫。風從他的嘴邊走過時，他唇上的泡沫也宏大了一些。

我們將奔到的那座城，在一種灰色的氣候裡，只能夠辨別那不是曠野，也不是山崗，又不是海邊，又不是樹林……

車子越往前進，城座看來越退越遠。臉孔上和手上，都有一種黏黏的感覺……再往前看，連道路也看不到盡頭……

車伕收拾了酒罈，拾起了鞭子……這時候，牛角也模糊了去。

「你從出來就沒回過家？家也不來信？」五雲嫂的問話，車伕一定沒有聽到，他打著口哨，招呼著牛。後來他跳下車去，跟著牛在前面走著。

對面走過一輛空車，車轅上掛著紅色的燈籠。

「大霧！」

「好大的霧！」車伕彼此招呼著。

「三月裡大霧……不是兵災，就是荒年……」

兩個車子又過去了。

1936 年

（作於 1936 年 8 月，刊於同年 10 月 1 日上海《文季月刊》第 1 卷第 5 期，署名蕭紅。後收入《牛車上》）

紅的果園

紅的果園

五月一開頭這果園就完全變成了深綠。在寂寞的市梢上，遊人也漸漸增多了起來。那河流的聲音，好像瘖啞了去，交織著的是樹聲、蟲聲和人語的聲音。

園前切著一條細長的閃光的河水，園後，那白色樓房的中學裡邊，常常有鋼琴的聲音，在夜晚散布到這未熟的果子們的中間。

從五月到六月，到七月，甚至於到八月，這園子才荒涼下來。那些樹，有的在三月裡開花，有的在四月裡開花。但，一到五月，這整個的園子就完全是綠色的了，所有的果子就在這期間肥大了起來。後來，果子開始變紅，後來全紅，再後來——七月裡——果子們就被看園人完全摘掉了。再後來，就是看園人開始掃著那些從樹上自己落下的黃葉的時候。

園子在風聲裡面又收拾起來了。

但那沒有和果子一起成熟的戀愛，繼續到九月也是可能的。

園後那學校的教員室裡的男子的戀愛，雖然沒有完結，也就算完結了。

他在教員休息室裡也看到這園子，在教室裡站在黑板前面也看到這園子，因此他就想到那可怕的白色的冬天。他希望剛走去了的冬天接著再來，但那是不可能。

果園一天一天的在他的旁邊成熟，他嗅到果子的氣味就像坐在園裡的一樣。他看見果子從青色變成紅色，就像拿在手裡看得那麼清楚。同時園門上插著的那張旗子，也好像更鮮明了起來。那黃黃的顏色使他對著那旗子起著一種生疏、反感和沒有習慣的那種感覺。所以還不等果子紅起來，他就把他的窗子換上了一張藍色的窗圍。

他怕那果子會一個一個的透進他的房裡來，因此他怕感到什麼不安。

果園終於全紅起來了，一個禮拜，兩個禮拜，差不多三個禮拜，園子還是紅的。

他想去問問那看園子的人，果子究竟要紅到什麼時候。但他一走上那去果園的小路，他就心跳，好像園子在眼前也要顫抖起來。於是他背向著那紅色的園子擦擦眼睛，又順著小路回來了。

在他走上樓梯時，他的胸膛被幻想猛烈的攻擊了一陣：他看見她就站在那小道上，蝴蝶在她旁邊的青草上飛來飛去。「我在這裡……」他好像聽到她的喊聲似的那麼震動。他又看到她等在小夾樹道的木凳上。他還回想著，他是跑了過去的，把她牽住了，於是聲音和人影一起消失到樹叢裡去了。他又想到通夜在園子裡走著的景況和人影一起消失到樹叢裡去了。他又想到通夜在園子裡走著的那景況……有時熱情來了的時候，他們和蟲子似的就靠著那樹叢接吻了。朝陽還沒有來到之前，他們的頭髮和衣裳就被夜露完全打溼了。

他在桌上翻開了學生作文的卷子，但那上面寫著些什麼呢？

「皇帝登極，萬民安樂……」

他又看看另一本，每本開頭都有這麼一段……他細看時，那並不是學生們寫的，是用鉛字已經替學生們印好了的。他翻開了所有的卷子，但鉛字是完全一樣。

他走過去，把藍色的窗圍放下來，他看到那已經熟悉了的看園人在他的窗口下面掃著園地。

看園人說：「先生！不常過來園裡走走？總也看不見先生呢？」

「嗯！」他點著頭，「怎麼樣？市價還好？」

「不行啦。先生，你看……這不是嗎？」那人用竹帚的把柄指著太陽快要落下來的方向，那面飄著一些女人的花花的好像口袋一樣大的袖子。

「這年頭，不行了啊！不是年頭……都讓她們……讓那些東西們摘了去啦……」他又用竹帚的把柄指打著樹枝，「先生……看這裡……真的難以栽培，折的折，掉枝的掉枝……招呼她們不聽，又那敢招呼呢？人家是日本二大爺……」他又問：「女先生，那位，怎麼今年也好像總也沒有看見？」

他想告訴他：「女先生當 ×× 軍去了。」但他沒有說。他聽到了園門上旗子的響聲，他向著旗子的方向看了看，也許是什麼假日，園門口換了一張大的旗……黃色的……好像完全黃色的。

看園子的人已經走遠了，他的指甲還在敲著窗上的玻璃。他看著，他聽著，他對著這「園子」和「旗」起著興奮的情感。於是被敲著的玻璃更響了，假若遊園的人經過他的窗下，也能夠聽到他的聲音。

1936.9 東京

（刊於 1936 年 9 月 15 日上海

《作家》第 1 卷第 6 期，署名蕭紅。後收入《牛車上》）

家族以外的人

我蹲在樹上，漸漸有點害怕，太陽也落下去了；樹葉的聲響也唰唰的了；牆外街道上走著的行人也都和影子似的黑叢叢的；院裡房屋的門窗變成黑洞了，並且野貓在我旁邊的牆頭上跑著叫著。

我從樹上溜下來，雖然後門是開著的，但我不敢進去，我要看看母親睡了還是沒有睡？還沒經過她的窗口，我就聽到了蒲子的聲音：

「小死鬼……你還敢回來！」

我折回去，就順著廂房的牆根又溜走了。

在院心空場上的草叢裡邊站了一些時候，連自己也沒有注意到我是折碎了一些草葉咬在嘴裡。白天那些所熟識的蟲子，也都停止了鳴叫，在夜裡叫的是另外一些蟲子，他們的聲音沉靜，清脆而悠長。那埋著我的高草，和我的頭頂一平，它們平滑，它們在我的耳邊唱著那麼微細的小歌，使我不能相信倒是聽到還是沒有聽到。

「去吧……去……跳跳攢攢的……誰喜歡你……」

有二伯回來了，那喊狗的聲音一直繼續到廂房的那面。

我聽到有二伯那拍響著的失掉了後跟的鞋子的聲音，又聽到廂房門扇的響聲。

「媽睡了沒睡呢？」我推著草葉，走出了草叢。

有二伯住著的廂房，紙窗好像閃著火光似的明亮。我推開門，就站在門口。

「還沒睡？」

我說：「沒睡。」

他在灶口燒著火，火叉的尖端插著玉米。

「你還沒有吃飯？」我問他。

「吃什……麼……飯？誰給留飯！」

我說：「我也沒吃呢！」

「不吃，怎麼不吃？你是家裡人哪……」他的脖子比平日喝過酒之後更紅，並且那脈管和那正在燒著的小樹枝差不多。

「去吧……睡睡……覺去吧！」好像不是對我說似的。

「我也沒吃飯呢！」我看著已經開始發黃的玉米。

「不吃飯，幹什麼來的……」

「我媽打我……」

「打你！為什麼打你？」

孩子的心上所感到的溫暖是和大人不同的，我要哭了，我看著他嘴角上流下來的笑痕。只有他才是偏著我這方面的人，他比媽媽還好。立刻我後悔起來，我覺得我的手在他身旁抓起一些柴草來，抓得很緊，並且許多時候沒有把手鬆開，我的眼睛不敢再看到他的臉上去，只看到他腰帶的地方和那腳邊的火堆。我想說：

「二伯……再下雨時我不說你『下雨冒泡，王八戴草帽』啦……」

「你媽打你……我看該打……」

「怎麼……」我說，「你看……她不讓我吃飯！」

「不讓你吃飯……你這孩子也太好去啦……」

「你看，我在樹上蹲著，她拿火叉了往下叉我……你看……把胳臂都給叉破皮啦……」我把手裡的柴草放下，一隻手捲著袖子給他看。

「叉破皮……為啥叉的呢……還有個緣由沒有呢？」

「因為拿了饅頭。」

「還說呢……有出息！我沒見過七八歲的姑娘還偷東西……還從家裡偷東西往外邊送！」他把玉米從叉子上拔下來了。

火堆仍沒有滅，他的鬍子在玉米上，我看得很清楚是掃來掃去的。

「就拿三個……沒多拿……」

「嗯！」把眼睛斜著看我一下，想要說什麼但又沒有說。只是鬍子在玉米上像小刷子似的來往著。

「我也沒吃飯呢！」我咬著指甲。

「不吃……你願意不吃……你是家裡人！」好像抛給狗吃的東西一樣，他把半段玉米打在我的腳上。

有一天，我看到母親的頭髮在枕頭上已經蓬亂起來，我知道她是睡熟了，我就從木格子下面提著雞蛋筐子跑了。

那些鄰居家的孩子就等在後院的空磨房裡邊。我順著牆根走了回來的時候，安全，毫沒有意外，我輕輕的招呼他們一聲，他們就從窗口把籃子提了進去，其中有一個比我們大一些的，叫他小哥哥的，他一看見雞蛋就抬一抬肩膀，伸一下舌頭。小啞巴姑娘，她還為了特殊的得意啊啊了兩聲。

「噯！小點聲……花姊她媽剝她的皮呀……」

把窗子關了，就在碾盤上開始燒起火來，樹枝和乾草的煙圍蒸騰了起來；老鼠在碾盤底下跑來跑去；風車站在牆角的地方，那大輪子上邊蓋著蛛網，羅櫃旁邊餘留下來的穀類的粉末，那上面掛著許多種類蟲子的皮殼。

「咱們來分分吧……一人幾個，自家燒自家的。」

火苗旺盛起來了，夥伴們的臉孔，完全照紅了。

「燒吧！放上去吧……一人三個……」

「可是多一個給誰呢？」

「給啞巴吧！」

她接過去，啊啊的。

「小點聲，別吵！別把到肚的東西吵沒啦。」

「多吃一個雞蛋……下回別用手指畫著罵人啦！啊！啞巴？」

蛋皮開始發黃的時候，我們為著這心上的滿足，幾乎要冒險叫喊了。

「唉呀！快要吃啦！」

「預備著吧，說熟就快的⋯⋯」

「我的雞蛋比你們的全大⋯⋯像個大鴨蛋⋯⋯」

「別叫⋯⋯別叫。花姊她媽這半天一定睡醒啦⋯⋯」

窗外有哽哽的聲音，我們知道是大白狗在扒著牆皮的泥土。但同時似乎聽到了母親的聲音。

母親終於在叫我了！雞蛋開始爆裂的時候，母親的喊聲也在尖利的刺著紙窗了。

等她停止了喊聲，我才慢慢從窗子跳出去，我走得很慢，好像沒有睡醒的樣子，等我站到她面前的那一刻，無論如何再也壓制不住那種心跳。

「媽！叫我幹什麼？」我一定慘白了臉。

「等一會⋯⋯」她轉身去找什麼東西的樣子。

我想她一定去拿什麼東西來打我，我想要逃，但我又強制著忍耐了一刻。

「去把這孩子也帶去玩⋯⋯」把小妹妹放在我的懷中。

我幾乎要抱不動她了，我流了汗。

「去吧！還站在這幹什麼⋯⋯」其實磨房的聲音，一點也傳不到母親這裡來，她到鏡子前面去梳她的頭髮。

我繞了一個圈子，在磨房的前面，那鎖著的門邊告訴了他們：

「沒有事⋯⋯不要緊⋯⋯媽什麼也不知道。」

我離開那門前，走了幾步，就有一種異樣的香味撲了來，並且飄滿了院子。等我把小妹妹放在炕上，這種氣味就滿屋都是了。

「這是誰家炒雞蛋，炒得這樣香⋯⋯」母親很高的鼻子在鏡子裡使我有點害怕。

「不是炒雞蛋……明明是燒的，哈！這蛋皮味，誰家……呆老婆燒雞蛋……五里香。」

「許是吳大嬸她們家？」我說這話的時候，隔著菜園子看到磨房的窗口冒著煙。

等我跑回了磨房，火完全滅了。我站在他們當中，他們幾乎是摸著我的頭髮。

「我媽說誰家燒雞蛋呢？誰家燒雞蛋呢？我就告訴她，許是吳大嬸她們家。哈！這是吳大嬸？這是一群小鬼……」

我們就開朗的笑著。站在碾盤上往下跳著，甚至於多事起來，他們就在磨房裡捉耗子。因為我告訴他們，我媽抱著小妹妹出去串門去了。

「什麼人啊！」我們知道是有二伯在敲著窗欞。

「要進來，你就爬上來！還招呼什麼？」我們之中有人回答他。

起初，他什麼也沒有看到，他站在窗口，擺著手。後來他說——

「看吧！」他把鼻子用力抽了兩下，「一定有點故事……那來的這種氣味？」

他開始爬到窗臺上面來，他那短小健康的身子從窗臺跳進來時，好像一張磨盤滾了下來似的，土地發著響。他圍著磨盤走了兩圈。他上唇的紅色的小胡為著鼻子時時抽動的緣故，像是一條秋天裡的毛蟲在他的唇上不住的滾動。

「你們燒火嗎？看這碾盤上的灰……花子……這又是你領頭！我要不告訴你媽的……整天價領一群野孩子來作禍……」他要爬上窗口去了，可是他看到了那隻筐子，「這是什麼人提出來的呢？這不是咱家裝雞蛋的嗎？花子……你不定又偷了什麼東西……你媽沒看見！」

他提著筐子走的時候，我們還嘲笑著他的草帽。「像個小瓦盆……像個小水桶……」

但夜裡，我是挨打了。我伏在窗臺上用舌尖舐著自己的眼淚。

「有二伯……有老虎……什麼東西……壞老頭子……」我一邊哭著一邊咒詛著他。

但過不多久，我又把他忘記了，我和許多孩子們一道去抽開了他的腰帶，或是用桿子從後面掀掉了他的沒有邊沿的草帽。我們嘲笑他和嘲笑院心的大白狗一樣。

秋末，我們寂寞了一個長久的時間。

那些空房子裡充滿了冷風和黑暗；長在空場上的高草，乾敗了而倒了下來；房後菜園上的各種秧棵完全掛滿了白霜；老榆樹在牆根邊仍舊隨風搖擺它那還沒有落完的葉子；天空是髮灰色的，雲彩也失去了形狀，有時帶來了雨點，有時又帶來了細雪。

我為著一種疲倦，也為著一點新的發現，我蹬著箱子和櫃子，爬上了裝舊東西的屋子的棚頂。

那上面，黑暗，有一種完全不可知的感覺，我摸到了一個小木箱，來捧著它，來到棚頂洞口的地方，藉著洞口的光亮，看到木箱是鎖著一個發光的小鐵鎖，我把它在耳邊搖了搖，又用手掌拍一拍……那裡面咚啷咚啷的響著。

我很失望，因為我打不開這箱子，我又把它送了回去。於是我又往更深和更黑的角落處去探爬。因為我不能站起來走，這黑洞洞的地方一點也不規則，走在上面時時有跌倒的可能。所以在爬著的當兒，手指所觸到的東西，可以隨時把它們摸一摸。當我摸到了一個小琉璃罐，我又回到了亮光的地方……我該多麼高興，那裡面完全是黑棗，我一點也沒有再遲疑，就抱著這寶物下來了，腳尖剛接觸到那箱子的蓋頂，我又和小蛇一樣把自己落下去的身子縮了回來，我又在棚頂蹲了好些時候。

我看著有二伯打開了就是我上來的時候蹬著的那個箱子。我看著他開了很多時候，他用牙齒咬著他手裡的那塊小東西……他歪著頭，咬得咯啦啦的發響，咬了之後又放在手裡扭著它，而後又把它觸到箱子上去試一試。最後一次那箱子上的銅鎖發著彈響的時候，我才知道他扭著的是一段鐵絲。他把帽子脫下來，把那塊盤捲的小東西就壓在帽頂裡面。

他把箱子翻了好幾次：紅色的椅墊子，藍色粗布的繡花圍裙……女人的繡花鞋子……還有一團滾亂的花色的線，在箱子底上還躺著一隻湛黃的銅酒壺。

後來他伸出那布滿了筋絡的兩臂，震撼著那箱子。

我想他可不是把這箱子搬開！搬開我可怎麼下去？

他抱起好幾次，又放下好幾次，我幾乎要招呼住他。

等一會，他從身上解下腰帶來了，他彎下腰去，把腰帶橫在地上，一張一張的把椅墊子堆起來，壓到腰帶上去，而後打著結，椅墊子被束起來了。他喘著呼喘，試著去提一提。

他怎麼還不快點出去呢？我想到了啞巴，也想到了別人，好像他們就在我的眼前吃著這東西似的使我得意。

「啊哈……這些……這些都是油烏烏的黑棗……」

我要向他們說的話都已想好了。

同時這些棗在我的眼睛裡閃光，並且很滑，又好像已經在我的喉嚨裡上下的跳著。

他並沒有把箱子搬開，他是開始鎖著它。他把銅酒壺立在箱子的蓋上，而後他出去了。

我把身子用力去拖長，使兩個腳掌完全牢牢實實的踏到了箱子，因為過於用力抱著那琉璃罐，胸脯感到了發疼。

有二伯又走來了，他先提起門旁的椅墊子，而後又來拿箱蓋上的銅酒壺，等他把銅酒壺壓在肚子上面，他才看到牆角站著的是我。

他立刻就笑了，我還從來沒有看到過他笑得這樣過分，把牙齒完全露在外面，嘴唇像是缺少了一個邊。

「你不說嗎？」他的頭頂站著無數很大的汗珠。

「說什麼……」

「不說，好孩子……」他拍著我的頭頂。

「那麼，你讓我把這個琉璃罐拿出去？」

「拿吧！」

他一點也沒有看到我，我另外又在門旁的筐子裡抓了五個饅頭跑，等母親說丟了東西的那天我也站到她的旁邊去。

我說：「那我也不知道。」

「這可怪啦……明明是鎖著……可那兒來的鑰匙呢？」母親的尖尖的下頦是向著家裡的別的人說的。後來那歪脖的年輕的廚夫也說：

「哼！這是誰呢？」

我又說：「那我也不知道。」

可是我腦子上走著的，是有二伯怎樣用腰帶捆了那些椅墊子，怎樣把銅酒壺壓在肚子上，並且那酒壺就貼著肉的。並且有二伯好像在我的身體裡邊咬著那鐵絲咖啷啷的響著似的。我的耳朵一陣陣的發燒，我把眼睛閉了一會。可是一睜開眼睛，我就向著那敞開的箱子又說：

「那我也不知道。」

後來我竟說出了：「那我可沒看見。」

等母親找來一條鐵絲，試著怎樣可以做成鑰匙，她扭了一些時候，那鐵絲並沒有扭彎。

「不對的……要用牙咬，就這樣……一咬……再一扭……再一咬……」很危險，舌頭若一滑轉的時候，就要說了出來。我看見我的手已經在做著式子。

我開始把嘴唇咬得很緊，把手臂放在背後在看著他們。

「這可怪啦……這東西，又不是小東西……怎麼能從院子走得出？除非是晚上……可是晚上就是來賊也偷不出去的……」母親很尖的下頦使我害怕，她說的時候，用手推了推旁邊的那張窗子：

「是啊！這東西是從前門走的，你們看……這窗子一夏就沒有打開過……你們看……這還是去年秋天糊的窗縫子。」

「別絆腳！過去……」她用手推著我。

她又把這屋子的四邊都看了看。

「不信……這東西去路也沒有幾條……我也能摸到一點邊……不信……看著吧……這也不行啦。春天丟了一個銅火鍋……說是放忘了地方啦……說是慢慢找，又是……也許借出去啦！那有那麼一回事……早還了輸贏帳啦……當他家裡人看待……還說不拿他當家裡人看待，好哇……慢慢把房梁也拆走啦……」

「啊……啊！」那廚夫抓住了自己的圍裙，擦著嘴角。那歪了的脖子和一根蠟簽似的，好像就要折斷下來。

母親和別人完全走完了時，他還站在那個地方。

晚飯的桌上，廚夫向著有二伯：

「都說你不吃羊肉，那麼羊腸你吃不吃呢？」

「羊腸也是不能吃。」他看著他自己的飯碗說。

「我說，有二爺，這炒辣椒裡邊，可就有一段羊腸，我可告訴你！」

「怎麼早不說，這……這……這……」他把筷子放下來，他運動著又要紅起來的脖頸，把頭掉轉過去，轉得很慢，看起來就和用手去轉動一隻瓦盆那樣遲滯。

「有二是個粗人，一輩子……什麼都吃……就……是……不吃……這……羊……身上……的……不戴……羊……皮帽……子……不穿……

羊……皮……衣裳……」他一個字一個字平板的說下去：

「下回……他說……楊安……你炒什麼……不管菜湯裡頭……若有那羊身上的呀……先告訴我一聲……有二不是那嘴饞的人！吃不吃不要緊……就是吃口鹹菜……我也不吃那……羊……身……上……的……」

「可是有二爺，我問你一件事……你喝酒用什麼酒壺喝呢？非用銅酒壺不可？」楊廚子的下巴舉得很高。

「什麼酒壺……還不一樣……」他又放下了筷子，把旁邊的錫酒壺格格的蹲了兩下，「這不是嗎？……錫酒壺……喝的是酒……酒好……就不在壺上……哼！也不……年輕的時候，就總愛……這個……錫酒壺……把它擦得閃光湛亮……」

「我說有二爺……銅酒壺好不好呢？」

「怎麼不好……一擦比什麼都亮堂……」

「對了，還是銅酒壺好喔……哈……哈哈……」廚子笑了起來。他笑得在給我裝飯的時候，幾乎是搶掉了我的飯碗。

母親把下唇拉長著，她的舌頭往外邊吹一點風，有幾顆飯粒落在我的手上。

「哼！楊安……你笑我……不吃……羊肉，那真是吃不得：比方，我三個月就……沒有了娘……羊奶把我長大的……若不是……還活了六十多歲……」

楊安拍著膝蓋：「你真算是個有良心的人，為人沒做過昧良心的事？是不是？我說，有二爺……」

「你們年輕人，不信這話……這都不好……人要知道自家的來路……不好反回頭去倒咬一口……人要知恩報恩……說書講古上都說……比方羊……就是我的娘……不是……不是……我可活六十多歲？」他挺直了背脊，把那盤羊腸炒辣椒用筷子推開了一點。

吃完了飯，他退了出去，手裡拿著那沒有邊沿的草帽。沿著磚路，他走下去了，那泥汙的，好像兩塊朽木頭似的……他的腳後跟隨著那掛在腳尖上的鞋片在磚路上拖拖著，而那頭頂就完全像個小鍋似的冒著氣。

母親跟那廚夫在起著高笑。

「銅酒壺……啊哈……還有椅墊子呢……問問他……他知道不知道？」楊廚夫，他的脖子上的那塊疤痕，我看也大了一些。

我有點害怕母親，她的完全露著骨節的手指，把一條很肥的雞腿，送到嘴上去，撕著，並且還露著牙齒。

又是一回母親打我，我又跑到樹上去，因為樹枝完全沒有了葉子，母親向我飛來的小石子差不多每顆都像小鑽子似的刺痛著我的全身。

「你再往上爬……再往上爬……拿桿子把你攪下來。」

母親說著的時候，我覺得抱在胸前的那樹幹有些顫了，因為我已經爬到了頂梢，差不多就要爬到枝子上去了。

「你這小貼樹皮，你這小妖精……我可真就算治不了你……」她就在樹下徘徊著……許多工夫沒有向我打著石子。

許多天，我沒有上樹，這感覺很新奇，我向四面望著，覺得只有我才比一切高了一點，街道上走著的人，車，附近的房子都在我的下面，就連後街上賣豆芽菜的那家的幌桿，我也和它一般高了。

「小死鬼……你滾下來不滾下來呀……」母親說著「小死鬼」的時候，就好像叫著我的名字那般平常。

「啊！怎樣的？」只要她沒有牢牢實實的抓到我，我總不十分怕她。

她一沒有留心，我就從樹幹跑到牆頭上去：「啊哈……看我站在什麼地方？」

「好孩子啊……要站到老爺廟的旗杆上去啦……」回答著我的，不是母親，是站在牆外的一個人。

「快下來……牆頭不都是踏堆了嗎？我去叫你媽來打你。」是有二伯。

「我下不來啦，你看，這不是嗎？我媽在樹根下等著我……」

「等你幹什麼？」他從牆下的板門走了進來。

「等著打我！」

「為啥打你？」

「尿了褲子。」

「還說呢……還有臉？七八歲的姑娘……尿褲子……滾下來？牆頭踏壞啦！」他好像一隻豬在叫喚著。

「把她抓下來……今天我讓她認識認識我！」

母親說著的時候，有二伯就開始捲著褲腳。

我想這是做什麼呢？

「好！小花子，你看著……這還無法無天啦呢……你可等著……」

等我看見他真的爬上了那最低級的樹杈，我開始要流出眼淚來，喉管感到特別發脹。

「我要……我要說……我要說……」

母親好像沒有聽懂我的話，可是有二伯沒有再進一步，他就蹲在那很粗的樹杈上：

「下來……好孩子……不礙事的，你媽打不著你，快下來，明天吃完早飯二伯領你上公園……省得在家裡她們打你……」

他抱著我，從牆頭上把我抱到樹上，又從樹上把我抱下來。

我一邊抹著眼淚一邊聽著他說：

「好孩子……明天咱們上公園。」

第二天早晨，我就等在大門洞裡邊，可是等到他走過我的時候，他也並不向我說一聲：「走吧！」我從身後趕了上去，我拉住他的腰帶：

「你不說今天領我上公園嗎？」

「上什麼公園……去玩去吧！去吧……」只看著前面的道路，他並不看著我。昨天說的話好像不是他。

後來我就掛在他的腰帶上，他搖著身子，他好像擺著貼在他身上的蟲子似的擺脫著我。

「那我要說，我說銅酒壺……」

他向四邊看了看，好像是嘆著氣：

「走吧？絆腳星……」

一路上他也不看我，不管我怎樣看中了那商店窗子裡擺著的小橡皮人，我也不能多看一會，因為一轉眼……他就走遠了。等走在公園門外的板橋上，我就跑在他的前面。

「到了！到了啊……」我張開了兩隻胳臂，幾乎自己要飛起來那麼輕快。

沒有葉子的樹，公園裡面的涼亭，都在我的前面招呼著我。一步進公園去，那跑馬戲的鑼鼓的聲音，就震著我的耳朵，幾乎把耳朵震聾了的樣子，我有點不辨方向了。我拉著有二伯煙荷包上的小圓葫蘆向前走。經過白色布棚的時候，我聽到裡面喊著：

「怕不怕？」

「不怕。」

「敢不敢？」

「敢哪……」

不知道有二伯要走到什麼地方去？

棚棚戲，西洋景……耍猴的……耍熊瞎子的……唱木偶戲的。這一些我們都走過來了，再往那邊去，就什麼也看不見了。並且地上的落葉也厚了起來。樹葉子完全蓋著我們在走著的路徑。

「二伯！我們不看跑馬戲的？」

我把煙荷包上的小圓葫蘆放開，我和他距離開一點，我看著他的臉色：

「那裡頭有老虎……老虎我看過。我還沒有看過大象。人家說這夥馬戲團隊是有三匹象：一匹大的兩匹小的，大的……大的……人家說，那鼻子，就只一根鼻子比咱家燒火的叉子還長……」

他的臉色完全沒有變動。我從他的左邊跑到他的右邊，又從右邊跑到左邊：

「是不是呢？有二伯，你說是不是……你也沒看見過？」

因為我是倒退著走，被一條露在地面上的樹根絆倒了。

「好好走！」他也並沒有拉我。

我自己起來了。

公園的末角上，有一座茶亭，我想他到這個地方來，他是渴了！但他沒有走進茶亭去，在茶亭後邊，有和房子差不多，是蓆子搭起來的小房。

他把我領進去了，那裡邊黑洞洞的，最裡邊站著一個人，比畫著，還打著什麼竹板。有二伯一進門，就靠邊坐在長板凳上，我就站在他的膝蓋前，我的腿站得麻木了的時候，我也不能懂得那人是在幹什麼？他還和姑娘似的帶著一條辮子，他把腿伸開了一隻，像打拳的樣子，又縮了回來，又把一隻手往外推著……就這樣走了一圈，接著又「叭」打了一下竹板。唱戲不像唱戲，耍猴不像耍猴，好像賣膏藥的，可是我也看不見有人買膏藥。

後來我就不向前邊看，而向四面看，一個小孩也沒有。前面的板凳一空下來，有二伯就帶著我升到前面去，我也坐下來，但我坐不住，我總想看那大象。

「有二伯，咱們看大象去吧，不看這個。」

他說：「別鬧，別鬧，好好聽……」

「聽什麼，那是什麼？」

「他說的是關公斬蔡陽……」

「什麼關公哇？」

「關老爺，你沒去過關老爺廟嗎？」

我想起來了，關老爺廟裡，關老爺騎著紅色的馬。

「對吧！關老爺騎著紅色……」

「你聽著……」他把我的話截斷了。

我聽了一會還是不懂，於是我轉過身來，面向後坐著，還有一個瞎子，他的每一個眼球上蓋著一個白泡。還有一個一條腿的人，手裡還拿著木杖。坐在我旁邊的人，那人的手包了起來，用一條布帶掛到脖子上去。

等我聽到「叭叭叭」的響了一陣竹板之後，有二伯還流了幾顆眼淚。

我是一定要看大象的，回來的時候再經過白布棚我就站著不動了。

「要看，吃完晌飯再來看……」有二伯離開我慢慢的走著，「回去，回去吃完晌飯再來看。」

「不嗎！飯我不吃，我不餓，看了再回去。」我拉住他的煙荷包。

「人家不讓進，要買『票』的，你沒看見……那不是把門的人嗎？」

「那咱們不好也買『票』！」

「那來的錢……買『票』兩個人要好幾十吊錢。」

「我看見啦，你有錢，剛才在那棚子裡你不是還給那個人錢來嗎？」我貼到他的身上去。

「那才給幾個銅錢！多啦沒有，你二伯多啦沒有。」

「我不信，我看有一大堆！」我蹺著腳尖！掀開了他的衣襟，把手探進他的衣兜裡去。

「是吧！多啦沒有吧！你二伯多啦沒有，沒有進財的道……也就是個月七成的看個小牌，贏兩吊……可是輸的時候也不少。哼哼。」他看著拿在我手裡的五六個銅元。

「信了吧！孩子，你二伯多啦沒有……不能有……」一邊走下了木橋，他一邊說著。

那馬戲團隊的喊聲還是那麼熱烈的在我們的背後反覆著。

有二伯在木橋下那圍著一群孩子抽籤子的地方也替我拋上兩個銅元去。

我一伸手就在鐵絲上拉下一張紙條來，紙條在水碗裡面立刻變出一個通紅的「五」字。

「是個幾？」

「那不明明是個五嗎？」我用肘部擊撞著他。

「我那認得呀！你二伯一個字也不識，一天書也沒念過。」

回來的路上，我就不斷的吃著這五個糖球。

第二次，我看到有二伯偷東西，好像是第二年的夏天，因為那馬蛇菜的花，開得過於鮮紅，院心空場上的高草，長得比我的年齡還快，它超過我了，那草場上的蜂子，蜻蜓，還更來了一些不知名的小蟲，也來了一些特殊的草種，它們還會開著花，淡紫色的，一串一串的，站在草場中，它們還特別的高，所以那花穗和小旗子一樣動盪在草場上。

吃完了午飯，我是什麼也不做，專等著小朋友們來，可是他們一個也不來。於是我就跑到糧食房子去，因為母親在清早端了一個方盤走進去過。我想那方盤中……哼……一定是有點什麼東西？

母親把方盤藏得很巧妙，也不把它放在米櫃上，也不放在糧食倉子上，她把它用繩子吊在房梁上了。我正在看著那奇怪的方盤的時候，我聽到板倉裡好像有耗子，也或者牆裡面有耗子……總之，我是聽到了一點響動……過了一會竟有了喘氣的聲音，我想不會是黃鼠狼子？我有點害怕，就故意用手拍著板倉，拍了兩下，聽聽就什麼也沒有了……可是很快又有什麼東西在喘氣……嚇嚇的……好像肺管裡面起著泡沫。

這次我有點暴躁：

「去！什麼東西……」

有二伯的胸部和他紅色的脖子從板倉伸出來一段……當時，我疑心我也許是在看著木偶戲！但那頂窗透進來的太陽證明給我，被那金紅色液體的東西染著的正是有二伯尖長的突出的鼻子……他的胸膛在白色的單衫下面不能夠再壓制得住，好像小波浪似的在雨點裡面任意的跳著。

他一點聲音也沒有作，只是站著，站著……他完全和一隻受驚的公羊那般愚傻！

我和小朋友們，捉著甲蟲，捕著蜻蜓，我們做這種事情，永不會厭倦。野草，野花，野的蟲子，它們完全經營在我們的手裡，從早晨到黃昏。

假若是個晴好的夜，我就單獨留在草叢裡邊，那裡有閃光的甲蟲，有蟲子低微的吟鳴，有高草搖著的夜影。

有時我竟壓倒了高草，躺在上面，我愛那天空，我愛那星子……聽人說過的海洋，我想也就和這天空差不多了。

晚飯的時候，我抱著一些裝滿了蟲子的盒子，從草叢回來，經過糧食房子的旁邊，使我驚奇的是有二伯還站在那裡，破了的窗洞口露著他發青的嘴角和灰白的眼圈。

「院子裡沒有人嗎？」好像是生病的人瘖啞的喉嚨。

「有！我媽在臺階上抽菸。」

「去吧！」

他完全沒有笑容，他蒼白，那頭髮好像牆頭上跑著的野貓的毛皮。

飯桌上，有二伯的位置，那木凳上蹲著一匹小花狗。牠戲耍著的時候，那捲尾巴和那銅鈴完全引人可愛。

母親投了一塊肉給它。歪脖的廚子從湯鍋裡取出一塊很大的骨頭來……花狗跳到地上去，追了那骨頭髮了狂，那銅鈴暴躁起來……

小妹妹笑得用筷子打著碗邊，廚夫拉起圍裙來擦著眼睛，母親卻把湯碗倒翻在桌子上了。

「快拿……快拿抹布來，快……流下來啦……」她用手按著嘴，可是總有些飯粒噴出來。

廚夫收拾桌子的時候，就點起煤油燈來，我面向著菜園坐在門檻上，從門道流出來的黃色的燈光當中，砌著我圓圓的頭部和肩膀，我時時舉動著手，揩著額頭的汗水，每揩了一下，那影子也學著我揩了一下。透過我單衫的晚風，像是青藍色的河水似的清涼……後街，糧米店的胡琴的聲音也響了起來，幽遠的回音，東邊也在叫著，西邊也在叫著……日裡黃色的花變成白色的了，紅色的花變成黑色的了。

火一樣紅的馬蛇菜的花也變成黑色的了。同時，那盤結著牆根的野馬蛇菜的小花，就完全看不見了。

有二伯也許就踏著那些小花走去的，因為他太接近了牆根，我看著他……看著他……他走出了菜園的板門。

他一點也不知道，我從後面跟了上去。因為我覺得奇怪。他偷這東西做什麼呢？也不好吃，也不好玩。

我追到了板門，他已經過了橋，奔向著東邊的高崗。高崗上的去路，寬宏而明亮。兩邊排著的門樓在月亮下面，我把它們當成廟堂一般想像。

有二伯的背上那圓圓的小袋子我還看得見的時候，遠處，在他的前方，就起著狗叫了。

第三次我看見他偷東西，也許是第四次……但這也就是最後的一次。

他掮了大澡盆從菜園的邊上橫穿了過去，一些龍頭花被他撞掉下來。這次好像他一點也不害怕，那白洋鐵的澡盆哐啷哐啷的埋沒著他的頭部在呻叫。

並且好像大塊的白銀似的，那閃光照耀得我很害怕，我靠到牆根上去，我幾乎是發呆的站著。

我想：母親抓到了他，是不是會打他呢？同時我又起了一種佩服他的心情：「我將來也敢和他這樣偷東西嗎？」

但我又想：我是不偷這東西的，偷這東西幹什麼呢？這樣大，放到那裡母親也會捉到的。

但有二伯卻頂著它像是故事裡銀色的大蛇似的走去了。

以後，我就沒有看到他再偷過。但我又看到了別樣的事情，那更危險，而且又常常發生，比方我在高草中正捏住了蜻蜓的尾巴……咕咚……板牆上有一塊大石頭似的什麼拋了過來，蜻蜓無疑的是飛了。比方夜裡我就不敢再沿著那道板牆去捉蟋蟀，因為不知什麼時候有二伯會從牆頂落下來。

丟了澡盆之後，母親把三道門都下了鎖。

所以小朋友們之中，我的蟋蟀捉得最少。因此我就怨恨有二伯：

「你總是跳牆，跳牆……人家蟋蟀都不能捉了！」

「不跳牆……說得好，有誰給開門呢？」他的脖子挺得很直。

「楊廚子開吧……」

「楊……廚子……哼……你們是家裡人……支使得動他……你二伯……」

「你不會喊！叫他……叫他聽不著，你就不會打門……」我的兩隻手，向兩邊擺著。

「哼……打門……」他的眼睛用力往低處看去。

「打門再聽不著，你不會用腳踢……」

「踢……鎖上啦……踢他幹什麼！」

「那你就非跳牆不可，是不是？跳也不輕輕跳，跳得那樣嚇人？」

「怎麼輕輕的？」

「像我跳牆的時候，誰也聽不著，落下來的時候，是蹲著……兩隻膀子張開……」我平地就跳了一下給他看。

「小的時候是行啊……老了，不行啦！骨頭都硬啦！你二伯比你大六十歲，那兒還比得了？」

他嘴角上流下來一點點的笑來。右手拿抓著煙荷包，左手摸著站在旁邊的大白狗的耳朵……狗的舌頭舐著他。

可是我總也不相信，怎麼骨頭還會硬與不硬？骨頭不就是骨頭嗎？豬骨頭我也咬不動，羊骨頭我也咬不動，怎麼我的骨頭就和有二伯的骨頭不一樣？

所以，以後我拾到了骨頭，就常常彼此把它們磕一磕。遇到同伴比我大幾歲的，或是小一歲的，我都要和他們試試，怎樣試呢？撞一撞拳頭的骨節，倒是軟多少硬多少？但總也覺不出來。若用力些就撞得很痛，第一次來撞的是啞巴——管事的女兒。起先她不肯，我就告訴她：

「你比我小一歲，來試試，人小骨頭是軟的，看看你軟不軟？」

當時，她的骨節就紅了，我想：她的一定比我軟。可是，看看自己的也紅了。

有一次，有二伯從板牆上掉下來。他摔破了鼻子。

「哼！沒加小心……一隻腿下來……一隻腿掛在牆上……哼！鬧個大頭朝下……」

他好像在嘲笑著他自己，並不用衣襟或是什麼揩去那血，看起來，在流血的似乎不是他自己的鼻子，他挺著很直的背脊走向廂房去，血條一面走著一面更多的畫著他的前襟。已經染了血的手是垂著，而不去按住鼻子。

廚夫歪著脖子站在院心，他說：

「有二爺，你這血真新鮮……我看你多摔兩個也不要緊……」

「哼，小夥子，誰也從年輕過過！就不用挖苦……慢慢就有啦……」他的嘴還在血條裡面笑著。

過一會，有二伯裸著胸脯和肩頭，站在廂房門口，鼻子孔塞著兩塊小東西，他喊著：

「老楊……楊安……有單褂子借給穿穿……明天這件乾啦！就把你的脫下來……我那件掉啦膀子。夾的送去做，還沒倒出工夫去拿……」他手裡抖著那件洗過的衣裳。

「你說什麼？」楊安幾乎是喊著，「你送去做的袷衣裳還沒倒出工夫去拿？有二爺真是忙人！衣服做都做好啦……拿一趟就沒有工夫去拿……有二爺真是二爺，將來要用個跟班的啦……」

我爬著梯子，上了廂房的房頂，聽著街上是有打架的，上去看一看。房頂上的風很大，我打著顫子下來了。有二伯還赤著臂膀站在簷下。那件溼的衣裳在繩子上啪啪的被風吹著。

點燈的時候，我進屋去加了件衣裳，很例外我看到有二伯單獨的坐在飯桌的屋子裡喝酒，並且更奇怪的是楊廚子給他盛著湯。

「我各自盛吧！你去歇歇吧……」有二伯和楊安爭奪著湯盆裡的勺子。

我走去看看，酒壺旁邊的小碟子裡還有兩片肉。

有二伯穿著楊安的小黑馬褂，腰帶幾乎是束到胸脯上去。他從來不穿這樣小的衣裳，我看他不像個有二伯，像誰呢？也說不出來。他嘴在嚼著東西，鼻子上的小塞還會動著。

本來只有父親晚上次來的時候，才單獨的坐在洋燈下吃飯。在有二伯，就很新奇，所以我站著看了一會。

楊安像個彎腰的瘦甲蟲，他跑到客室的門口去⋯⋯

「快看看⋯⋯」他歪著脖子，「都說他不吃羊肉⋯⋯不吃羊肉⋯⋯肚子太小，怕是脹破了⋯⋯三大碗羊湯喝完啦⋯⋯完啦⋯⋯哈哈哈⋯⋯」他小聲的笑著；做著手勢，放下了門簾。

又一次，完全不是羊肉湯⋯⋯而是牛肉湯⋯⋯可是當有二伯拿起了勺子，楊安就說：

「羊肉湯⋯⋯」

他就把勺子放下了，用筷子夾著盤子裡的炒茄子，楊安又告訴他：

「羊肝炒茄子。」

他把筷子去洗了洗，他自己到碗櫥去拿出了一碟醬鹹菜，他還沒有拿到桌子上，楊安又說：

「羊⋯⋯」他說不下去了。

「羊什麼呢⋯⋯」有二伯看著他。

「羊⋯⋯羊⋯⋯唔⋯⋯是鹹菜呀⋯⋯嗯！鹹菜裡邊說乾淨也不乾淨⋯⋯」

「怎麼不乾淨？」

「用切羊肉的刀切的鹹菜。」

「我說楊安，你可不能這樣⋯⋯」有二伯離著桌子很遠，就把碟子摔了上去，桌面過於光滑，小碟在上面呱呱的跑著，撞在另一個盤子上才停住。

「你楊安⋯⋯可不用欺生⋯⋯姓姜的家裡沒有你⋯⋯你和我也是

一樣，是個外棵秧！年輕人好好學⋯⋯怪模怪樣的⋯⋯將來還要有個後成⋯⋯」

「呃呀呀！後成！就算絕後一輩子吧⋯⋯不吃羊腸⋯⋯麻花舖子炸面魚，假腥氣⋯⋯不吃羊腸，可吃羊肉⋯⋯別裝扮著啦⋯⋯」楊安的脖子因為生氣直了一點。

「兔羔子⋯⋯你他媽⋯⋯陽氣什麼？」有二伯站起來向前走去。

「有二爺，不要動那樣大的氣⋯⋯氣大傷身不養家⋯⋯我說，咱爺倆都是跑腿子⋯⋯說個笑話⋯⋯開個心⋯⋯」廚子嗷嗷的笑著，「那裡有羊腸呢⋯⋯說著玩⋯⋯你看你就不得了啦⋯⋯」

好像站在公園裡的石人似的，有二伯站在地心。

「⋯⋯別的我不生氣⋯⋯鬧笑話，也不怕鬧⋯⋯可是我就忌諱這手⋯⋯這不是好鬧笑話的⋯⋯前年我不知道吃過一回⋯⋯後來知道啦，病啦半個多月⋯⋯後來這脖上生了一塊瘡算是好啦⋯⋯吃一回羊肉倒不算什麼⋯⋯就是心裡頭放不下，就好像背了自己的良心⋯⋯背良心的事不做⋯⋯做了那後悔是受不住的，有二不吃羊肉也就是為的這個⋯⋯」喝了一口冷水之後他還是抽菸。

別人一個一個的開始離開了桌子⋯⋯

從此有二伯的鼻子常常塞著小塞，後來又說腰痛，後來又說腿痛。他走過院心不像從前那麼挺直，有時身子向一邊歪著，有時用手拉住自己的腰帶⋯⋯大白狗跟著他前後的跳著的時候，他躲閃著牠：

「去吧⋯⋯去吧！」他把手梢縮在袖子裡面，用袖口向後掃擺著。

但，他開始詛罵更小的東西，比方一塊磚頭打在他的腳上，他就坐下來，用手按住那磚頭，好像他疑心那磚頭會自己走到他腳上來的一樣。若當鳥雀們飛著時，有什麼髒汙的東西落在他的袖子或是什麼地方，他就一面抖掉它，一面對著那已經飛過去的小東西講著話：

「這東西……啊哈！會找地方，往袖子上掉……你也是個瞎眼睛，掉，就往那個穿綢穿緞的身上掉！往我這掉也是白……窮跑腿子……」

他擦淨了袖子，又向他頭頂上那塊天空看了一會，才重新走路。

板牆下的蟋蟀沒有了，有二伯也好像不再跳板牆了。早晨廚子挑水的時候，他就跟著水桶通過板門去，而後向著井沿走，就坐在井沿旁的空著的碾盤上。差不多每天我拿了鑰匙放小朋友們進來時，他總是在碾盤上招呼著：

「花子……等一等你二伯……」我看他像鴨子在走路似的。「你二伯真是不行了……眼看著……眼看著孩子們往這而來，可是你二伯就追不上……」

他一進了板門，又坐在門邊的木樽上。他的一隻腳穿著襪子，另一隻的腳趾捆了一段麻繩，他把麻繩抖開，在小布片下面，那腫脹的腳趾上還腐了一小塊。好像茄子似的腳趾，他又把它包紮起來。

「今年的運氣十分不好……小毛病緊著添……」他取下來咬在嘴上的麻繩。

以後當我放小朋友進來的時候，不是有二伯招呼著我，而是我招呼著他。因為關了門，他再走到門口，給他開門的人也還是我。

在碾盤上不但坐著，他後來就常常睡覺，他睡得就像完全沒有了感覺似的，有一個花鴨子伸著脖頸啄著他的腳心，可是他沒有醒，他還是把腳伸在原來的地方。碾盤在太陽下閃著光，他像是睡在圓鏡子上邊。

我們這些孩子們抛著石子和飛著沙土，我們從板門衝出來，跑到井沿上去，因為井沿上有更多的石子，我把我的衣袋裝滿了它們，我就蹲在碾盤後和他們作戰，石子在碾盤上「叭」，「叭」，好像還冒著一道煙。

有二伯閉著眼睛忽然抓了他的煙袋：

「王八蛋，幹什麼……還敢來……還敢上……」

他打著他的左邊和右邊，等我們都集攏來看他的時候，他才坐起來。

「……媽的……做了一個夢……那條道上的狗真多……連小狗崽也上來啦……讓我幾煙袋鍋子就全數打了回去……」他揉一揉手骨節，嘴角上流下笑來，「媽的……真是那麼個滋味……做夢狗咬了呢……醒了還有點疼……」

明明是我們打來的石子，他說是小狗崽，我們都為這事吃驚而得意。跑開了，好像散開的雞群，吵叫著，展著翅膀。

他打著呵欠：「呵……呵呵……」在我們背後像小驢子似的叫著。

我們回頭看他，他和要吞食什麼一樣，向著太陽張著嘴。

那下著毛毛雨的早晨，有二伯就坐到碾盤上去了。楊安擔著水桶從板門來來往往的走了好幾回……楊安鎖著板門的時候，他就說：

「有二爺子這幾天可真變樣……那神氣，我看幾天就得進廟啦……」

我從板縫往西邊看看，看不清是有二伯，好像小草堆似的，在雨裡邊澆著。

「有二伯……吃飯啦！」我試著喊了一聲。

回答我的，只是我自己的迴響，「嗚嗚」的在我的背後傳來。

「有二伯，吃飯啦！」這次把嘴唇對準了板縫。

可是回答我的又是「嗚嗚」。

下雨的天氣永遠和夜晚一樣，到處好像空瓶子似的，隨時被吹著隨時發著響。

「不用理他……」母親在開窗子，「他是找死……你爸爸這幾天就想收拾他呢……」

我知道這「收拾」是什麼意思：打孩子們叫「打」，打大人就叫「收拾」。

我看到一次，因為看紙牌的事情，有二伯被管事的「收拾」了一回。

可是父親，我還沒有看見過，母親向楊廚子說：

「這幾年來，他爸爸不屑理他……總也沒在他身上動過手……可是他的驕毛越長越長……賤骨頭，非得收拾不可……若不然……他就不自在。」

母親越說「收拾」我就越有點害怕，在什麼地方「收拾」呢？在院心，管事的那回可不是在院心，是在廂房的炕上。那麼這回也要在廂房裡！是不是要拿著燒火的叉子？那回管事的可是拿著。我又想起來小啞巴，小啞巴讓他們踏了一腳，手指差一點沒有踏斷。到現在那小手指還不是彎著嗎？

有二伯一面敲著門一面說著：

「大白……大白……你是沒心肝的……你早晚……」等大白狗從板牆跳出去，他又說：「去……去……」

「開門！沒有人嗎？」

我要跑去的時候，母親按住了我的頭頂：「不用你顯勤快！讓他站一會吧，不是吃他飯長的……」

那聲音越來越大了，真是好像用腳踢著。

「沒有人嗎？」每個字的聲音完全喊得一平。

「人倒是有，倒不是侍候你的……你這份老爺子不中用……」母親的說話，不知有二伯聽到沒有聽到？

但那板門暴亂起來：

「死絕了嗎？人都死絕啦……」

「你可不用假裝瘋魔……有二，你罵誰呀……對不住你嗎？」母親在廚房裡叫著，「你的後半輩吃誰的飯來的……你想想，睡不著覺思量思量……有骨頭，別吃人家的飯？討飯吃，還嫌酸……」

並沒有回答的聲音，板牆隆隆的響著，等我們看到他，他已經是站在牆這邊了。

「我……我說……四妹子……你二哥說的是楊安，家裡人……我是不說的……你二哥，沒能耐不是假的，可是吃這碗飯，你可也不用委曲……」我奇怪要打架的時候，他還笑著：「有四兄弟在……算帳咱們和四兄弟算……」

「四兄弟……四兄弟屑得跟你算……」母親向後推著我。

「不屑得跟你二哥算……哼！那天咱們就算算看……那天四兄弟不上學堂……咱們就算算看……」他哼哼的，好像水洗過的小瓦盆似的沒有邊沿的草帽切著他的前額。

他走過的院心上，一個一個的留下了泥窩。

「這死鬼……也不死……腳爛啦！還一樣會跳牆……」母親像是故意讓他聽到。

「我說四妹子……你們說的是你二哥……哼哼……你們能說出口來？我死……人不好那樣，誰都是爹娘養的，吃飯長的……」他拉開了廂房的門扇，就和拉著一片石頭似的那樣用力，但他並不走進去，「你二哥，在你家住了三十多年……那一點對不住你們；拍拍良心……一根草棍也沒給你們糟蹋過……唉……四妹子……這年頭……沒處說去……沒處說去……人心看不見……」

我拿著滿手的柿子，在院心滑著跳著跑到廂房去，有二伯在烤著一個溫暖的火堆，他坐得那麼剛直，和門旁那隻空著的大罈子一樣。

「滾……鬼頭鬼腦的……幹什麼事？你們家裡頭盡是些耗子。」我站在門口還沒有進去，他就這樣的罵著我。

我想：可真是，不怪楊廚子說，有二伯真有點變了。他罵人也罵得那麼奇怪，盡是些我不懂的話，「耗子」，「耗子」與我有什麼關係！說牠幹什麼？

我還是站在門邊，他又說：

「王八羔子……兔羔子……窮命……狗命……不是人……在人裡頭缺點什麼……」他說的是一套一套的，我一點也記不住。

我也學著他，把鞋脫下來，兩個鞋底相對起來，坐在下面。

「這你孩子……人器具麼樣，你也什麼樣！看著葫蘆就畫瓢……那好的……新新的鞋子就坐……」他的眼睛就像罈子上沒有燒好的小坑似的向著我。

「那你怎麼坐呢！」我把手伸到火上去。

「你二伯坐……你看看你二伯這鞋……坐不坐都是一樣，不能要啦！穿了它二年整。」把鞋從身下抽出來，向著火看了許多工夫。他忽然又生起氣來……

「你們……這都是天堂的呀……你二伯像你那大……沒穿過鞋……那來的鞋呢？放豬去，拿著個小鞭子就走……一天跟著太陽出去……又跟著太陽回來……帶著兩個飯糰就算是晌飯……你看看你們……饅頭乾糧，滿院子滾！我若一掃院子就準能撿著幾個……你二伯小時候連饅頭邊都……都摸不著哇！如今……連大白狗都不去吃啦……」

他的這些話若不去打斷他，他就會永久說下去：從幼小說到長大，再說到鍋臺上的瓦盆……再從瓦盆回到他幼年吃過的那個飯糰上去。我知道他又是這一套，很使我起反感，我討厭他，我就把紅柿子放在火上去燒著，看一看燒熟是個什麼樣？

「去去……那有你這樣的孩子呢？人家烘點火暖暖……你也必得弄滅它……去，上一邊去燒去……」他看著火堆喊著。

我穿上鞋就跑了，房門是開著，所以那罵的聲音很大：

「鬼頭鬼腦的，幹些什麼事？你們家裡……盡是些耗子……」

有二伯和後園裡的老茄子一樣，是灰白了，然而老茄子一天比一天靜默下去，好像完全任憑了命運。可是有二伯從東牆罵到西牆，從掃地的掃帚罵到水桶……而後他罵著他自己的草帽……

「……王八蛋……這是什麼東西……去你的吧……沒有人心！夏不遮涼，冬不抗寒……」

後來他還是把草帽戴上，跟著楊廚子的水桶走到井沿上去，他並不坐到石碾上，跟著水桶又回來了。

「王八蛋……你還算個牲口……你黑心粒……」他看看牆根的豬說。

他一轉身又看到了一群鴨子：

「那天都殺了你們……一天到晚呱呱的……他媽的若是個人，也是個閒人。都殺了你們……別享福……吃得溜溜胖……溜溜肥……」

後園裡的葵花子，完全成熟了，那過重的頭柄幾乎折斷了它自己的身子。玉米有的只帶了葉子站在那裡，有的還掛著稀少的玉米棒。黃瓜老在架上了，赫黃色的，麻裂了皮，有的束上了紅色的帶子，母親規定了它們：來年作為種子。葵花子也是一樣，在它們的頸間也有的是掛了紅布條。只有已經發了灰白的老茄子還都自由的吊在枝棵上，因為它們的內面，完全是黑色的籽粒，孩子們既然不吃它，廚子也總不採它。

只有紅柿子，紅得更快，一個跟著一個，一堆跟著一堆。好像搗衣裳的聲音，從四面八方傳來了一樣。

有二伯在一個清涼的早晨，和那搗衣裳的聲音一道倒在院心了。

我們這些孩子們圍繞著他，鄰人們也圍繞著他，但當他爬起來的時候，鄰人們又都向他讓開了路。

他跑過去。又倒下來了。父親好像什麼也沒做，只在有二伯的頭上拍了一下。

照這樣做了好幾次，有二伯只是和一條捲蟲似的滾著。

父親卻和一部機器似的那麼靈巧。他讀書看報時的眼鏡也還戴著，他叉著腿，有二伯來了的時候，我看見他的白綢衫的襟角很和諧的抖了一下。

「有二……你這小子混蛋……一天到晚，你罵什麼……有吃有喝，你還要掙命……你個祖宗的！」

有二伯什麼聲音也沒有。倒了的時候，他想法子爬起來，爬起來他就向前走著，走到父親的地方他又倒了下來。

等他再倒了下來的時候，鄰人們也不去圍繞著他。母親始終是站在臺階上。楊安在柴堆旁邊，胸前立著竹帚……鄰家的老祖母在板門外被風吹著她頭上的藍色的花。還有管事的……還有小啞巴……還有我不認識的人，他們都靠到牆根上去。

到後來有二伯枕著他自己的血，不再起來了，腳趾上紮著的那塊麻繩脫落在旁邊，煙荷包上的小圓葫蘆，只留了一些片末在他的左近。雞叫著，但是跑得那麼遠……只有鴨子來啄食那地上的血液。

我看到一個綠頭頂的鴨子和一個花脖子的。

冬天一來了的時候，那榆樹的葉子，連一棵也不能夠存在，因為是一棵孤樹，所有從四面來的風，都搖得到它。所以每夜聽著火爐蓋上茶壺嘶嘶的聲音的時候，我就從後窗看著那棵大樹，白的，穿起了鵝毛似的……連那頂小的枝子也胖了一些。太陽來了的時候，榆樹也會閃光，和閃光的房頂，閃光的地面一樣。

起初，我們是玩著堆雪人，後來就厭倦了，改為拖狗爬犁了，大白狗的脖子上每天束著繩子，楊安給我們做起來的爬犁。起初，大白狗完全不走正路，牠往狗窩裡面跑，往廚房裡面跑。我們打著牠，終於使牠習慣下來，但也常常兜著圈子，把我們全數扣在雪地上。牠每這樣做了一次，我們就一天不許牠吃東西，嘴上給牠掛了籠頭。

但這牠又受不慣，總是鬧著，叫著……用腿抓著雪地，所以我們把牠束到馬樁子上。

不知為什麼？有二伯把牠解了下來，他的手又顫顫得那麼厲害。

而後他把狗牽到廂房裡去，好像牽著一匹小馬一樣……

過了一會出來了，白狗的背上壓著不少東西：草帽頂，銅水壺，豆油燈碗，方枕頭，團蒲扇……小圓筐……好像一輛搬家的小車。

有二伯則挾著他的棉被。

「二伯！你要回家嗎？」

他總常說「走走」。我想「走」就是回家的意思。

「你二伯……嗯……」那被子流下來的棉花一塊一塊的玷汙了雪地，黑灰似的在雪地上滾著。

還沒走到板門，白狗就停下了，並且打著，他有些牽不住牠了。

「你不走嗎？你……大白……」

我取來鑰匙給他開了門。

在井沿的地方，狗背上的東西，就全都弄翻了。在石碾上擺著小圓筐和銅茶壺這一切。

「有二伯……你回家嗎？」若是不回家為什麼帶著這些東西呢！

「嗯……你二伯……」

白狗跑得很遠的了。

「這兒不是你二伯的家，你二伯別處也沒有家。」

「來……」他招呼著大白狗，「不讓你背東西……就來吧……」

他好像要去抱那狗似的張開了兩臂。

「我要等到開春……就不行……」他拿起了銅水壺和別的一切。

我想他是一定要走了。

我看著遠處白雪裡邊的大門。

但他轉轉身去，又向著板門走了回來，他走動的時候，好像肩上擔著水桶的人一樣，東邊搖著，西邊搖著。

「二伯，你是忘下了什麼東西？」

但回答著我的只有水壺蓋上的銅環……咯鈴鈴咯鈴鈴……

他是去牽大白狗吧？對這件事我很感到趣味，所以我拋棄了小朋友們，跟在有二伯的背後。

走到廂房門口，他就進去了，戴著籠頭的白狗，他像沒有看見牠。

他是忘下了什麼東西？

但他什麼也不去拿，坐在炕沿上，那所有的全套的零碎完全照樣在背上和胸上壓著他。

他開始說話的時候，連自己也不能知道我是已經向著他的旁邊走去。

「花子！你關上門……來……」他按著從身上退下來的東西……「你來看看！」

我看到的是些什麼呢？

掀起蓆子來，他抓了一把：

「就是這個……」而後他把穀粒拋到地上：「這不明明是往外攆我嗎……腰疼……腿疼沒有人看見……這炕暖倒記住啦！說是沒有米吃，這穀子又潮溼……墊在這炕下煬幾天……十幾天啦……一寸多厚……燒點火還能熱上來……暖！……想是等到開春……這衣裳不抗風……」

他拿起掃帚來，掃著窗櫺上的霜雪，又掃著牆壁：

「這是些什麼？吃糖可就不用花錢？」

隨後他燒起火來，柴草就著在灶口外邊，他的鬍子上小白冰溜變成了水，而我的眼睛流著淚……那煙遮沒了他和我。

他說他七歲上被狼咬了一口，八歲上被驢子踢掉一個腳趾……我問他：

「老虎，真的，山上的你看見過嗎？」

他說：「那倒沒有。」

我又問他：

「大象你看見過嗎？」

而他就不說到這上面來。他說他放牛放了幾年，放豬放了幾年……

「你二伯三個月沒有娘……六個月沒有爹……在叔叔家裡住到整整七歲，就像你這麼大……」

「像我這麼大怎麼的呢？」他不說到狼和虎我就不願意聽。

「像你那麼大就給人家放豬去了吧……」

「狼咬你就是像我那大咬的？咬完啦，你還敢再上山不敢啦……」

「不敢，哼……在自家裡是孩子……在別人就當大人看……不敢……不敢……回家去……你二伯也是怕呀……為此哭過一些……好打也挨過一些……」

我再問他：「狼就咬過一回？」

他就不說狼，而說一些別的：又是那年他給人家當過餵馬的……又是我爺爺怎麼把他領到家裡來的……又是什麼五月裡櫻桃開花啦……又是：「你二伯前些年也想給你娶個二大娘……」

我知道他又是從前那一套，我衝開了門站在院心去了。被煙所傷痛的眼睛什麼也不能看了，只是流著淚……

但有二伯攤在火堆旁邊，幽幽的起著哭聲……

我走向上房去了，太陽晒著我，還有別的白色的閃光，它們都來包圍了我；或是在前面迎接著，或是從後面追趕著我站在臺階上，向四面看看，那麼多純白而閃光的房頂！那麼多閃光的樹枝！它們好像白石雕成的珊瑚樹似的站在一些房子中間。

有二伯的哭聲更高了的時候，我就對著這眼前的一切更愛：它們多麼接近，比方雪地是踏在我的腳下，那些房頂和樹枝就是我的鄰家，太陽雖然遠一點，然而也來照在我的頭上。

春天，我進了附近的小學校。

有二伯從此也就不見了。

1936.9.4 東京

（連載於1936年10月15日、11月15日上海《作家》第2卷第1、2期，署名蕭紅。後收入《牛車上》）

橋

橋

夏天和秋天，橋下的積水和水溝一般平了。

「黃良子，黃良子……孩子哭了！」

也許是夜晚，也許是早晨，橋頭上喊著這樣的聲音。久了，住在橋頭的人家都聽慣了，聽熟了。

「黃良子，孩子要吃奶了！黃良子……黃良……子。」

尤其是在雨夜或颱風的早晨，靜穆裡的這聲音受著橋下的水的共鳴，或者借助於風聲，也送進遠處的人家去。

「黃……良子。黃……良……子……」聽來和歌聲一般了。

月亮完全沉沒下去，只有天西最後的一顆星還在掛著。從橋東的空場上黃良子走了出來。

黃良是她男人的名字，從她做了乳娘那天起，不知是誰把「黃良」的末尾加上個「子」字，就算她的名字。

「啊？這麼早就餓了嗎？昨晚上吃得那麼晚！」

開始的幾天，她是要跑到橋邊去，她向著橋西來喚她的人顫一顫那古舊的橋欄，她的聲音也就彷彿在橋下的水上打著迴旋：

「這麼早嗎！……啊？」

現在她完全不再那樣做。「黃良子」這字眼好像號碼一般，只要一觸到她，她就緊跟著這字眼去了。

在初醒的朦朧中，她的呼吸還不能夠平穩。她走著，她差不多是跑著，順著水溝向北面跑去。停在橋西第一個大門樓下面，用手盤捲著鬆落下來的頭髮。

「怎麼！門還關著？……怎麼！」

「開門呀！開門呀！」她彎下腰去，幾乎是把臉伏在地面。從門檻下面的縫際看進去，大白狗還睡在那裡。

因為頭部過度下垂，院子裡的房屋似乎旋轉了一陣，門和窗子也都旋轉著，向天的方向旋轉著：「開門呀！開門來——」

「怎麼！鬼喊了我來嗎？不……有人喊的，我聽得清清楚楚嗎……一定，那一定……」

但是，她只得回來，橋西和橋東一個人也沒有遇到。她感到潮溼的背脊涼下去。

「這不就是百八十步……多說二百步……可是必得繞出去一里多！」

起初她試驗過，要想扶著橋欄爬過去。但是，那橋完全沒有底了，只剩兩條欄杆還沒有被偷兒拔走。假若連欄杆也不見了，那她會安心些，她會相信那水溝是天然的水溝，她會相信人沒有辦法把水溝消滅。

不是嗎？搭上兩塊木頭就能走人的……就差兩塊木頭……這橋，這橋，就隔一道橋……

她在橋邊站了一會兒，想了一會兒：

「往南去，往北去呢？都一樣，往北吧！」

她家的草屋正對著這橋，她看見門上的紙片被風吹動。在她理想中，好像一伸手她就能摸到那小丘上面去似的。

當她順著溝沿往北走時，她滑過那小土丘去，遠了，到半里路遠的地方（水溝的盡頭）再折回來。

「誰還在喊我？那一方面喊我？」

她的頭髮又散落下來，她一面走著，一面挽捲著。

「黃良子，黃良子……」她仍然好像聽到有人在喊她。

「黃——瓜茄——子，黃——瓜茄——子……」菜擔子迎著黃良子走來了。

「黃瓜茄子，黃——瓜茄子——」

黃良子笑了！她向著那個賣菜的人笑了。

主人家的牆頭上的狗尾草肥壯起來了，橋東黃良子的孩子哭聲也大起來了！那孩子的哭聲會飛到橋西來。

「走——走——推著寶寶上橋頭，橋頭捉住個大蝴蝶，媽媽坐下來歇一歇，走——走——推著寶寶上橋頭。」

黃良子再不像夏天那樣在榆樹下扶著小車打瞌睡，雖然陽光仍是暖暖的，雖然這秋天的天空比夏天更好。

小主人睡在小車裡面，輪子呱啦呱啦的響著，那白嫩的圓面孔，眉毛上面齊著和霜一樣白的帽邊，滿身穿著潔淨的可愛的衣裳。

黃良子感到不安了，她的心開始像鈴鐺似的搖了起來：

「喜歡哭嗎？不要哭啦……爹爹抱著跳一跳，跑一跑……」

爹爹抱著，隔著橋站著，自己那個孩子黃瘦，眼圈發一點藍，脖子略微長一些，看起來很像一條枯了的樹枝。但是黃良子總覺得比車裡的孩子更可愛一點。那裡可愛呢？他的笑也和哭差不多。他哭的時候也從不滾著發亮的肥大的淚珠，並且他對著隔著橋的媽媽一點也不親熱，他看著她也並不拍一下手，托在爹爹手上的腳連跳也不跳。

但她總覺得比車裡的孩子更可愛些，那裡可愛呢？她自己不知道。

「走——走——推著寶寶上橋頭，走——走——推著寶寶上橋頭。」

她對小主人說的話，已經缺少了一句：「橋頭捉住個大蝴蝶，媽媽坐下歇一歇。」

在這句子裡邊感不到什麼靈魂的契合，不必要了。

「走——走——上橋頭，上橋頭……」

她的歌詞漸漸的乾枯了，她沒有注意到這樣的幾個字孩子喜歡聽不喜歡聽。同時在車輪呱啦呱啦的離開橋頭時，她同樣唱著：

「上橋頭，上橋頭……」

後來連小主人躺在床上睡覺的時候，她還是哼著：「上橋頭，上橋頭……」

「啊？你給他擦一擦呀⋯⋯那鼻涕流過了嘴啦⋯⋯怎麼，看不見嗎？唉唉⋯⋯」

黃良子，她簡直忘記了她是站在橋這邊，她有些暴躁了。當她的手隔著橋伸出去的時候，那差不多要使她流眼淚了！她的臉為著急完全是漲紅的。

「爹，爹是不行的呀⋯⋯到底不中用！可是這橋，這橋⋯⋯若沒有這橋隔著⋯⋯」藉著橋下的水的反應，黃良子響出來的聲音很空洞，並且橫在橋下面的影子有些震撼，「你抱他過來呀！就這麼看著他哭！繞一點路，男人的腿算是什麼？我⋯⋯我是推著車的呀！」

橋下面的水浮著三個人影和一輛小車。但分不出站在橋東和站在橋西的。

從這一天起，「橋」好像把黃良子的生命縮短了。但她又感到太陽掛在空中，整天也沒有落下去似的⋯⋯究竟日長了，短了？她也不知道；天氣寒了，暖了？她也不能夠識別。雖然她也換上了裌衣，對於衣裳的增加，似乎別人增加起來，她也就增加起來。

沿街掃著落葉的時候，她仍推著那輛呱啦呱啦的小車。

主人家牆頭上的狗尾草，一些水分也沒有了，全枯了，只有很少數的還站在風裡面搖著。橋東孩子的哭聲一點也沒有瘦弱，隨著風聲送到橋頭的人家去，特別是送進黃良子的耳裡，那聲音擴大起來，顯微鏡下面蒼蠅翅膀似的⋯⋯

她把饅頭、餅乾，有時就連那包著餡、發著油香、不知名的點心，也從橋西拋到橋東去。

——只隔一道橋，若不⋯⋯這不是隨時可以吃得到的東西嗎？這小窮鬼，你的命上該有一道橋啊！

每次她拋的東西若落下水的時候，她就向著橋東的孩子說：

「小窮鬼，你的命上該有一道橋啊！」

向橋東抛著這些東西，主人一次也沒有看到過。可是當水面上閃著一條線的時候，她總是害怕的，她像她的心上已經照著一面鏡子了。

——這明明是啊……這是偷的東西……老天爺也知道的。

因為在水面上反映著藍天，反映著白雲，並且這藍天和她很接近，就在她抛著東西的手底下。

有一天，她得到無數東西，月餅，梨子，還有早飯剩下的餃子。這都不是公開的，這都是主人不看見她才包起來的。

她推著車，站在橋頭了，那東西放在車箱裡孩子擺著玩物的地方。

「他爹爹……他爹爹……黃良，黃良！」

但是什麼人也沒有，土丘的後面鬧著兩隻野狗。門關著，好像是正在睡覺。

她決心到橋東去，推著車跑得快時，車裡面孩子的頭都顛起來，她最怕車輪響。

——到那裡去啦？推著車子跑……這是幹嘛推著車子跑……跑什麼？……跑什麼？往那裡跑？

就像女主人在她的後面喊起來：

——站住！站住！——她自己把她自己嚇得出了汗，心臟快要跑到喉嚨邊來。

孩子被顛得要哭，她就說：

「老虎！老虎！」

她親手把睡在炕上的孩子喚醒起來，她親眼看著孩子去動手吃東西。

不知道怎樣的愉快從她的心上開始著，當那孩子把梨子舉起來的時候，當那孩子一粒一粒把葡萄觸破了兩三粒的時候。

「呀！這是吃的呀，你這小敗家子！暴殄天物……還不懂得是吃的嗎？媽，讓媽給你放進嘴裡去，張嘴，張嘴。嘿……酸哩！看這小樣。酸得眼睛像一條縫了……吃這月餅吧！快到一歲的孩子什麼都能吃的……吃吧……這都是第一次吃呢……」

她笑著。她總覺得這是好笑的，連笑也笑不完整的孩子，比坐在車裡邊的孩子更可愛些。

她走回橋西去的時候，心平靜了。順著小溝向北去，生在水溝旁的紫小菊，被她看到了，她興致很好，想要伸手去折下來插到頭上去。

「小寶寶！哎呀，好不好？」花穗在她的一隻手裡面搖著，她喊著小寶寶，那是完全從內心喊出來的，只有這樣喊著，在她臨時的幸福上才能夠閃光。心上一點什麼隔線也脫掉了，第一次，她感到小主人和自己的孩子一樣可愛了！她在他的臉上扭了一下，車輪在那不平坦的道上呱啦呱啦的響……

她偶然看到孩子坐著的車是在水溝裡顛亂著，於是她才想到她是來到橋東了。不安起來，車子在水溝裡的倒影跑得快了，閃過去了。

——百八十步……可是偏偏要繞一里多路……眼看著橋就過不去……

——黃良子，黃良子！把孩子推到那裡去啦！——就像女主人已經喊她了：你偷了什麼東西回家的？我說黃良子！

她自己的名字在她的心上跳著。

她的手沒有把握的使著小車在水溝旁亂跑起來，跑得太與水溝接近的時候，要撞進水溝去似的。車輪子兩隻高了，兩隻低了，孩子要從裡面被顛出來了。

還沒有跑到水溝的盡端，車輪脫落了一隻。脫落的車輪，像用力拋著一般旋進水溝裡去了。

黃良子停下來看一看，橋頭的欄杆還模糊的可以看見。

——這橋！不都是這橋嗎？

她覺到她應該哭了！但那肺葉在她的胸內顫了兩下，她又停止住。

——這還算是站在橋東啊！應該快到橋西去。

她推起三個輪子的車來，從水溝的東面，繞到水溝的西面。

——這可怎麼說？就說在水旁走走，輪子就掉了；就說抓蝴蝶吧？這時候沒有蝴蝶了。就說抓蜻蜓吧……瞎說吧！反正車子站在橋西，並沒有橋東去……

「黃良……黃良……」一切忘掉了，在她好像一切都不怕了。

「黃良……黃良……」她推著三個輪子的小車順著水溝走到橋邊去招呼。

當她的手拿到那車輪的時候，黃良子的泥汙已經滿到腰的部分。

推著三個輪子的車走進主人家的大門去，她的頭髮是掛下來的，在她蒼白的臉上劃著條痕。

——這不就是這輪子嗎？掉了……是掉了的，滾下溝去的……

她依著大門扇，哭了！

橋頭上沒有底的橋欄杆，在東邊好像看著她哭！

第二年的夏天，橋頭仍響著「黃良子，黃良子」的喊聲。尤其是在天還未明的時候，簡直和雞啼一樣。

第三年，橋頭上「黃良子」的喊聲沒有了，像是同那顫抖的橋欄一同消滅下去。黃良子已經住到主人家去。

在三月裡，新橋就開始建造起來。夏天，那橋上已經走著馬車和行人。

黃良子一看到那紅漆的橋桿，比所有她看到過的在夏天裡開著的紅花更新鮮。

「跑跑吧！你這孩子！」她每次看到她的孩子從橋東跑過來的時候，

無論隔著多遠，不管聽見聽不見，不管她的聲音怎樣小，她卻總要說的：

「跑跑吧！這樣寬大的橋啊！」

爹爹抱著他，也許牽著他，每天過橋好幾次。橋上面平坦和發著哄聲，若在上面跺一下腳，會咚咚的響起來。

主人家牆頭上的狗尾草又是肥壯的，牆根下面有的地方也長著同樣的狗尾草，牆根下也長著別樣的草：野罌粟和洋雀草，還有不知名的草。

黃良子拔著洋雀草做起哨子來，給瘦孩子一個，給胖孩子一個。他們兩個都到牆根的地方去拔草，拔得過量的多，她的膝蓋上盡是些草了。於是他們也拔著野罌粟。

「吱吱，吱吱！」在院子的榆樹下鬧著、笑著和響著哨子。

橋頭上孩子的哭聲，不復出現了。在媽媽的膝頭前，變成了歡笑和歌聲。

黃良子，兩個孩子都覺得可愛，她的兩個膝頭前一邊站著一個。有時候，他們兩個裝著哭，就一邊膝頭上伏著一個。

黃良子把「橋」漸漸的遺忘了，雖然她有時走在橋上，但她不記起還是一條橋，和走在大道上一般平常，一點也沒有兩樣。

有一天，黃良子發現她的孩子的手上劃著兩條血痕。

「去吧！去跟爹爹回家睡一覺再來……」有時候，她也親手把他牽過橋去。

以後，那孩子在她膝蓋前就不怎樣活潑了，並且常常哭，並且臉上也發現著傷痕。

「不許這樣打的呀！這是幹什麼……幹什麼？」在牆外，或是在道口，總之，在沒有人的地方，黃良子才把小主人的木槍奪下來。

小主人立刻倒在地上，哭和罵，有時候立刻就去打著黃良子，用玩物，或者用街上的泥塊。

「媽！我也要那個……」

小主人吃著肉包子的樣子，一隻手上抓著一個，有油流出來了，小手上面發著光。並且那肉包子的香味，不管站得怎樣遠也像繞著小良子的鼻管似的。

「媽……我也要……要……」

「你要什麼？小良子！不該要呀……羞不羞？饞嘴巴！沒有臉皮了？」

當小主人吃著水果的時候，那是歪著頭，很圓的黑眼睛，慢慢的轉著。

小良子看到別人吃，他拾了一片樹葉舐一舐，或者把樹枝放在舌頭上，用舌頭捲著，用舌頭吮著。

小主人吃杏的時候，很快的把杏核吐在地上，又另吃第二個。他圍裙的口袋裡邊，裝著滿滿的黃色的大杏。

「好孩子！給小良子一個……有多好呢……」黃良子伸手去摸他的口袋，那孩子擺脫開，跑到很遠的地方把兩個杏子拋到地上。

「吞吧！小良子，小鬼頭……」黃良子的眼睛彎曲的看到小良子的身上。

小良子吃杏，把杏核使嘴和牙齒相撞著，撞得發響，並且他很久很久的吮著杏核。後來，他在地上拾起那胖孩子吐出來的杏核。

有一天，黃良子看到她的孩子把手插進一個泥窪子裡摸著。

媽媽第一次打他，那孩子倒下來，把兩隻手都插進泥坑去時，他喊著：

「媽！杏核呀……摸到的杏核丟了……」

黃良子常常送她的孩子過橋：

「黃良！黃良……把孩子叫回去……黃良！不再叫他跑過橋來……」

也許是黃昏，也許是晌午，橋頭上黃良的名字又開始送進人家去。兩年前人們聽慣了的「黃良子」這歌好像又復活了。

「黃良，黃良，把這小死鬼綁起來吧！他又跑過橋來啦……」

小良子把小主人的嘴唇打破的那天早晨，橋頭上鬧著黃良的全家。黃良子喊著，小良子跑著叫著：

「爹爹呀……爹爹呀……呵……呵……」

到晚間，終於小良子的嘴也流著血了。在他原有的，小主人給他打破的傷痕上，又流著血了。這次卻是媽媽給打破的。

小主人給打破的傷口，是媽媽給揩乾的；給媽媽打破的傷口，爹爹也不去揩乾它。

黃良子帶著東西，從橋西走回來了。

她家好像生了病一樣，靜下去了，啞了，幾乎門扇整日都沒有開動，屋頂上也好像不曾冒過煙。

這寂寞也波及到橋頭。橋頭附近的人家，在這個六月裡失去了他們的音樂。

「黃良，黃良，小良子……」這聲音再也聽不到了。

橋下面的水，靜靜的流著。

橋上和橋下再沒有黃良子的影子和聲音了。

黃良子重新被主人喚回去上工的時候，那是秋末，也許是初冬，總之，道路上的雨水已經開始結集著閃光的冰花。但水溝還沒有結冰，橋上的欄杆還是照樣的紅。她停在橋頭，橫在面前的水溝，伸到南面去的也沒有延展，伸到北面去的也不見得縮短。橋西，人家的房頂，照舊發著灰色。門樓，院牆，牆頭的萎黃狗尾草，也和去年秋末一樣的在風裡搖動。

只有橋，她忽然感到高了！使她踏不上去似的。一種軟弱和怕懼貫穿著她。

——還是沒有這橋吧！若沒有這橋，小良子不就是跑不到橋西來了嗎？算是沒有擋他腿的啦！這橋，不都這橋嗎？

她懷念起舊橋來，同時，她用怨恨過舊橋的情感再建設起舊橋來。

小良子一次也沒有踏過橋西去，爹爹在橋頭上張開兩隻手臂，笑著，哭著，小良子在橋邊一直被阻擋下來；他流著過量的鼻涕的時候，爹爹把他抱了起來，用手掌給暖一暖他凍得很涼的耳朵的輪邊。於是橋東的空場上有個很長的人影在踱著。

也許是黃昏了，也許是孩子終於睡在他的肩上，這時候，這曲背的長的影子不見了。這橋東完全空曠下來。

可是空場上的土丘透出了一片燈光，土丘裡面有時候也起著燃料的爆炸。

小良子吃晚飯的碗舉到嘴邊去，同時，橋頭上的夜色流來了！深色的天，好像廣大的簾子從橋頭掛到小良子的門前。

第二天，小良子又是照樣向橋頭奔跑。

「找媽去……吃……饅頭……她有饅頭……媽有呵……媽有糖……」一面奔跑著，一面叫著……頭頂上留著一堆毛髮，逆著風，吹得豎起來了。他看到爹爹的大手就跟在他的後面。

橋頭上喊著「媽」和哭聲……

這哭聲藉著風聲，藉著橋下水的共鳴，也送進遠處的人家去。

等這橋頭安息下來的時候，那是從一年中落著最末的一次雨的那天起。

小良子從此丟失了。

冬天，橋西和橋東都飄著雪，紅色的欄杆被雪花遮斷了。

橋上面走著行人和車馬，到橋東去的，到橋西去的。

那天，黃良子聽到她的孩子掉下水溝去，她趕忙奔到了水溝邊去。

看到那被撈在溝沿上的孩子連呼吸也沒有的時候，她站起來，她從那些圍觀的人們的頭上面望到橋的方向去。

那顫抖的橋欄，那紅色的橋欄，在模糊中她似乎看到了兩道橋欄。

於是肺葉在她胸的裡面顫動和放大。這次，她真的哭了。

1936年

（作於1936年，收入上海文化生活出版社1936年11月初版《橋》）

汾河的圓月

黃葉滿地落著。小玉的祖母雖然是瞎子，她也確確實實承認道已經好久就是秋天了。因為手杖的尖端觸到那地上的黃葉時，就起著她的手杖在初冬的早晨踏破了地面上結著的薄薄的冰片暴裂的聲音似的。

「你爹今天還不回來嗎？」祖母的全白的頭髮，就和白銀絲似的在月亮下邊走起路來，微微的顫抖著。

「你爹今天還不回來嗎？」她的手杖格格的打著地面，落葉或瓦礫或沙土都在她的手杖下發著響或冒著煙。

「你爹，你爹，還不回來嗎？」她沿著小巷子向左邊走。鄰家沒有不說她是瘋子的，所以她一走到誰家的門前，就聽到紙窗裡邊咯咯的笑聲，或是問她：「你兒子去練兵去了嗎？」

她說：「是去了啦，不是嗎！就為著那盧溝橋……後來人家又都說不是，說是為著『三一八』什麼還是『八一三』………」

「你兒子練兵打誰呢？」

假若再接著問她，她就這樣說：

「打誰……打小日本子吧……」

「你看過小日本子嗎？」

「小日本子，可沒見過……反正還不是黃眼珠，捲頭髮……說話滴拉嘟嚕的……像人不像人，像獸不像獸。」

「你沒見過，怎麼知道是黃眼珠？」

「那還用看，一想就是那麼一回事……東洋鬼子，西洋鬼子，一想就都是那麼一回事……看見！有眼睛的要看，沒有眼睛也必得用耳聽，看不見，還沒聽人說過……」

「你聽誰說的？」

「聽誰說的！你們這睜著眼睛的人，比我這瞎子還瞎……人家都說，瞎子有耳朵就行……我看你們耳眼皆全的……耳眼皆全……皆全……」

「全不全你怎麼知道日本子是捲頭髮……」

「嘎！別瞎說啦！把我的兒子都給擲了去啦……」

汾河邊上的人對於這瘋子起初感到趣味，慢慢的厭倦下來，接著就對她非常冷淡。也許偶爾對她又感到趣味，但那是不常有的。今天這白頭髮的瘋子就空索索的一邊嘴在咕嚕咕嚕的像是魚在池塘裡吐著沫似的，一邊向著汾河邊走。

小玉的父親是在軍中病死的，這消息傳到小玉家是在他父親離開家還不到一個月的時候。祖母從那個時候，就在夜裡開始摸索，嘴裡就開始不斷的什麼時候想起來就什麼時候說著她的兒子是去練兵練死了。

可是從小玉的母親出嫁的那一天起，她就再不說她的兒子是死了。她忽然說她的兒子是活著，並且說他就快回來了。

「你爹還不回來嗎？你媽眼看著就把你們都丟下啦！」

夜裡小玉家就開著門過的夜，祖父那和馬鈴薯一樣的臉孔，好像是浮腫了，突起來的地方突得更高了。

「你爹還不回來嗎？」祖母那夜依著門扇站著，她的手杖就在蟋蟀叫的地方打下去。

祖父提著水桶，到馬棚裡去了一次再去一次。那呼呼的，喘氣的聲音，就和馬棚裡邊的馬差不多了。他說：

「這還像個家嗎？你半夜三更的還不睡覺！」

祖母聽了他這話，帶著手杖就跑到汾河邊上去，那夜她就睡在汾河邊上了。

小玉從媽媽走後，那胖胖的有點發黑的臉孔，常常出現在那七八家取水的井口邊。尤其是在黃昏的時候，他跟著祖父飲馬的水桶一塊來了。馬在喝水時，水桶裡邊發著響，並且那馬還響著鼻子。而小玉只是靜靜的站著，看著……有的時候他竟站到黃昏以後。假若有人問他：

汾河的圓月

「小玉怎麼還不回去睡覺呢？」

那孩子就用黑黑的小手搔一搔遮在額前的那片頭髮，而後反過來手掌向外，把手背壓在臉上，或者壓在眼睛上。

「媽沒有啦！」他說。

直到黃葉滿地飛著的秋天，小玉仍是常常站在井邊；祖母仍是常常嘴裡叨叨著，摸索著走向汾河。

汾河永久是那麼寂寞，潺潺的流著，中間隔著一片沙灘，橫在高高城牆下。在圓月的夜裡，城牆背後襯著深藍色的天空。經過河上用柴草架起的浮橋，在沙灘上印著日裡經行過的戰士們的腳印。天空是遼遠的，高的，不可及的深遠的圓月的背後，在城牆的上方懸著。

小玉的祖母坐在河邊上，曲著她的兩膝，好像又要說到她的兒子。這時她聽到一些狗叫，一些掌聲。她不知道什麼是掌聲，她想總是一片震耳的蛙鳴。

一個救亡的小團體的話劇在村中開演了。

然而，汾河的邊上仍坐著小玉的祖母，圓月把她畫著深黑色的影子落在地上。

1938.8.20

（刊於1938年8月26日漢口《大公報．戰線》第177期，署名蕭紅）

朦朧的期待

朦朧的期待

一年之中三百六十日，

日日在愁苦之中，

還不如那田上的飛鳥，

還不如那山上的蚱蟲……

李媽從那天晚上就唱著曲子，就是當她聽說金立之也要出發到前方去之後。金立之是主人家的衛兵。這事可並沒有人知道，或者那另外的一個衛兵有點知道，但也說不定是李媽自己的神經過敏。

「李媽！李媽……」

當太太的聲音從黑黑的樹蔭下面傳來時，李媽就應著回答了兩三聲。因為她是性急爽快的人，從來是這樣，現在仍是這樣。可是當她剛一抬腳，為著身旁的一個小竹方凳，差一點沒有跌倒。於是她感到自己是流汗了，耳朵熱起來，眼前冒了一陣花。她想說：

「倒楣！倒楣！」她一看她旁邊站著那個另外的衛兵，她就沒有說。

等她從太太那邊拿了兩個茶杯回來，剛要放在水裡邊去洗，那姓王的衛兵把頭偏著：

「李媽，別心慌，心慌什麼，打碎了杯子。」

「你說心慌什麼……」她來到嘴邊上的話沒有說，像是生氣的樣子，把兩個杯子故意的使出叮噹的響聲來。

院心的草地上，太太和老爺的紙菸的火光，和一朵小花似的忽然開放得紅了，忽然又收縮得像一片在萎落下去的花片。螢火蟲在樹葉上閃飛，看起來就像憑空的毫沒有依靠的被風吹著似的那麼輕飄。

「今天晚上絕對不會來警報的……」太太的椅背向後靠著，看著天空。她不大相信這天陰得十分沉重，她想要尋找空中是否還留著一個星子。

「太太，警報不是多少日子夜裡不來了嗎？」李媽站在黑夜裡，就像被消滅了一樣。

「不對，這幾天要來的，戰事一過九江，武漢空襲就多起來……」

「太太，那麼這仗要打到那裡？也打到湖北？」

「打到湖北是要打到湖北的，你沒看見金立之都要到前方去了嗎？」

「到大冶，太太，這大冶是什麼地方？多遠？」

「沒多遠，出鐵的地方，金立之他們整個的特務連都到那邊去。」

李媽又問：「特務連也打仗，也衝鋒，就和別的兵一樣？特務連不是在長官旁邊保衛長官的嗎？好比金立之不是保衛太太和老爺的嗎？」

「緊急的時候，他們也打仗，和別的兵一樣啊！你還沒聽金立之說在大場他也作戰過嗎？」

李媽又問：「到大冶是打仗去？」

隔了一會她又說：「金立之就是作戰去？」

「是的，打仗去，保衛我們的國家！」

太太沒有十分回答她，她就在太太旁邊靜靜的站了一會，聽著太太和老爺談著她所不大理解的戰局，又是田家鎮……又是什麼鎮……

李媽離開了院心，經過有燈光的地方，她忽然感到自己是變大了，變得像和院子一般大，她自己覺得她自己已經赤裸裸的擺在人們的面前。又彷彿自己偷了什麼東西被人發覺了一樣，她慌忙的躲在了暗處。尤其是那個姓王的衛兵，正站在老爺的門廳旁邊，手裡拿著個牙刷，像是在刷牙。

「討厭鬼，天黑了，刷的什麼牙……」她在心裡罵著，就走進廚房去。

一年之中三百六十日，

日日在愁苦之中，

還不如那山上的飛鳥，

還不如那田上的蚱蟲。

還不如那山上的飛鳥，

還不如那田上的蚱蟲……

李媽在飯鍋旁邊這樣唱著，在水桶旁邊這樣唱著，在晒衣服的竹竿子旁邊也是這樣唱著。從她的粗手指骨節流下來的水滴，把她的褲腿和她的玉藍麻布的上衣都印著圈子。在她的深紅而微黑的嘴唇上閃著一點光，她像一隻油亮的甲蟲伏在那裡。

刺玫樹的蔭影在太陽下邊，好像用布剪的，用筆畫出來的一樣，爬在石階前的磚柱上。而那葡萄藤，從架子上邊倒垂下來的纏繞的枝梢，上面結著和鈕釦一般大的微綠色和小琉璃似的圓葡萄，風來的時候，還有些顫抖。

李媽若是前些日子從這邊走過，必得用手觸一觸它們，或者拿在手上，向她旁邊的人招呼著：

「要吃得啦……多快呀！長得多快呀！……」

可是現在她就像沒有看見它們，來往的拿著竹竿子經過的時候，她不經意的把竹竿子撞了葡萄藤，那浮浮沉沉的搖著的葉子，雖是李媽已經走過，而那蔭影還在地上搖了多時。

李媽的憂鬱的聲音，不但從曲子聲發出，就是從勺子、盤子、碗的聲音，也都知道李媽是憂鬱了，因為這些家具一點也不響亮。往常那響亮的廚房，好像一座音樂室的光榮的日子，只落在回憶之中。

白嫩的豆芽菜，有的還帶著很長的鬚子，她就連鬚子一同煎炒起來；油菜或是白菜，她把它帶著水就放在鍋底上，油炸著菜的聲音就像水煮的一樣。而後，淺淺的白色盤子的四邊向外流著淡綠色的菜湯。

用圍裙揩著汗，她在正對面她平日掛在牆上的那塊鏡子裡邊，反映著彷彿是受驚的，彷彿是生病的，彷彿是剛剛被幸福離棄了的年輕的山羊那樣沉寂。

李媽才二十五歲，頭髮是黑的，皮膚是堅實的，心臟的跳動也和她的健康成和諧，她的鞋尖常常是破的，因為她走路永遠來不及舉平她的腳。門檻上，煤堆上，石階的邊沿上，她隨時隨地的暢快的踢著。而現在反映在鏡子裡的李媽，不是那個原來的李媽，而是另外的李媽了，黑了，沉重了，啞暗了。

把吃飯的家具擺齊之後，她就從桌子邊退了去，她說：「不大舒服，頭痛。」

她面向著柵欄外的平靜的湖水站著，而後蕩著。已經爬上了架的倭瓜，在黃色的花上，有蜜蜂在帶著粉的花瓣上來來去去。而湖上打成片的肥大的蓮花葉子，每一張的中心頂著一個圓圓的水珠，這些水珠和水銀的珠子似的向著太陽。淡綠色的蓮花苞和掛著紅嘴的蓮花苞，從肥大的葉子旁邊鑽了出來。

湖邊上，有人為著一點點家常的菜蔬除著草，房東的老僕人指著那邊竹牆上冒著氣一張排著一張的東西，向著李媽說：

「看吧！這些當兵的都是些可憐人，受了傷，自己不能動手，都是弟兄們在湖裡給洗這東西。這大的毯子，不會洗淨的。不信，過到那邊去看看，又腥又有別的味……」

西邊竹牆上晒軍用毯，還有些草綠色的近乎黃色的軍衣。李媽知道那是傷兵醫院。從這幾天起，她非常厭惡那醫院，從醫院走出來的用棍子當作腿的傷兵們，現在她一看見了就有些害怕。所以那老頭指給她看的東西，她只假裝著笑笑。隔著湖，在那邊湖邊上洗衣服的也是兵士，並且在石頭上打著洗著的衣裳，發出沉重的水聲來……「金立之裹腿上的帶子，我不是沒給他釘起嗎？真是發昏了，他一會不是來取嗎？」

等她取了針線又來到湖邊，隔湖的馬路上，正過著軍隊，唱著歌的混著灰塵的行列，金立之不就在那行列裡邊嗎？李媽神經質的，自己也覺得這想頭非常可笑。

這種流行的軍歌，李媽都會唱，尤其是那句「中華民族到了最危險的時候」，她每唱到這一句，她就學著軍人的步伐走了幾步。她非常喜歡這個歌，因為金立之喜歡。

可是今天她厭惡他們，她把頭低下去，用眼角去看他們，而那歌聲，就像黃昏時成團在空氣中飛的小蟲子似的，使她不能躲避。

「李媽……李媽。」姓王的衛兵喊著她，她假裝沒有聽到。

「李媽！金立之來了。」

李媽相信這是騙她的話，她走到院心的草地上去，呆呆的站在那裡。王衛兵和太太都看著她：

「李媽沒有吃飯嗎？」

她手裡捲著一半裹腿，她的嘴唇發黑，她的眼睛和釘子一樣的堅實，不知道釘在她面前的什麼。而另外的一半裹腿，比草的顏色稍微黃一點，長長的拖在地上，拖在李媽的腳下。

金立之晚上八點多鐘來的。紅的領章上又多一顆金花，原來是兩個，現在是三個。在太太的房裡，為著他出發到前方去，太太賞給他一杯檸檬茶。

「我不吃這茶，我只到這裡……我只回來看一下。連長和我一同到街上買連裡用的東西。我不吃這茶……連長在八點一刻來看老爺的。」他靈敏的看一下袖口的錶，「現在八點，連長一來，我就得同連長一同歸連……」

接著，他就談些個他出發到前方，到什麼地方，做什麼職務，特務連的連長是怎樣一個好人，又是帶兵多麼真誠……太太和他熱誠的談著。李媽在旁邊又拿太太的紙菸給金立之，她說：

「現在你來是客人了。抽一支吧！」

她又跑去把裹腿拿來，擺在桌子上，又拿在手裡又打開，又捲起來……在地板上，她幾乎不能停穩，就像有風的水池裡走著的一張葉子。

他為什麼還不來到廚房裡呢？李媽故意先退出來，站在門檻旁邊咳嗽了兩聲，而後又大聲和那個衛兵講著連她自己也不知道是什麼意思的話。她看金立之仍不出來，她又走進房去，她說：

「三個金花了，等從前方回來，大概要五個金花了。金立之今天也換了新衣裳，這衣裳也是新發的嗎？」

金立之說：「新發的。」

李媽要的並不是這樣的回答。李媽說：

「現在八點五分了，太太的錶準嗎？」

太太只向著錶看了一下，點一點頭，金立之仍舊沒有注意。

「這次，我們打仗全是為了國家，連長說，寧做戰死鬼，勿做亡國奴，我們為了妻子，家庭，兒女，我們必須抗戰到底。……」

金立之站得筆直在和太太講話。

趁著這工夫，她從太太房子裡溜了出來，下了臺階，轉了一個彎，她就出了小門，她去買兩包菸送給他。聽說，戰壕裡菸最寶貴。她在小巷裡一邊跑著，一邊想著她所要說的話：「你若回來的時候，可以先找到老爺的官廳，就一定能找到我。太太走到那裡，說一定帶著我走。」再告訴他：「回來的時候，你可不就忘了我，要做個有良心的人，可不能夠高升忘了我……」

她在黑黑的巷子裡跑著，她並不知道自己是在發燒，她想起來到夜裡就越熱了，真是湖北的討厭的天氣，她的背脊完全浸在潮溼裡面。

「還得把這塊錢給他，我留著這個有什麼用呢！下月的工錢又是五元。可是上前線去的，錢是有數的……」她隔著衣裳捏著口袋裡一元錢的票子。

等李媽回來，金立之的影子都早消失在小巷裡了，她站在小巷裡喊著：

「金立之……金立之……」

遠近都沒有回聲，她的聲音還不如落在山澗裡邊還能得到一個空虛的反響。

和幾年前的事情一樣，那就是九江的家鄉，她送一個年輕的當紅軍的走了，他說他當完了紅軍回來娶她，他說那時一切就都好了。臨走時還送給她一匹印花布，過去她在家裡看到那印花布，她就要啼哭。現在她又送走這個特務連的兵士走了，他說抗戰勝利了回來娶她，他說那時一切就都好了。

還得告訴他：「把我的工錢，都留著將來安排我們的家。」

但是，金立之已經走遠了。想是連長已經來了，他歸連了。

等她拿著紙菸，想起這最末的一句話的時候，她的背脊被涼風拍著，好像浸在涼水裡一樣。因為她站定了，她停止了。熱度離開了她，跳躍和翻騰的情緒離開了她。徘徊，鼓蕩著的要破裂的那一刻的人生，只是一刻把其餘的人生都帶走了。人在靜止的時候常常冷的，所以，她不期的打了個機伶的冷戰。

李媽回頭看一看那黑黑的院子，她不想再走進去，可是在她前面的那黑黑的小巷子，招引著她的更沒有方向。

她終歸是轉轉身來，在那顯著一點蒼白的鋪磚的小路上，她摸索著回來了，房間裡的燈光和窗簾子的顏色，單調得就像飄在空中的一塊布和閃在空中的一道光線。

李媽打開了女僕的房門，坐在她自己的床頭上。她覺得蟲子今夜都沒有叫過，空的，什麼都是不著邊際的，電燈是無緣無故的懸著，床鋪是無緣無故的放著，窗子和門也是無緣無故的設著……總之，一切都沒有理由存在，也沒有理由消滅……

李媽最末想起來的那一句話，她不願意反覆，可是她又反覆了一遍：

「把我的工錢，都留著將來安排我們的家。」

李媽早早的休息了，這是第一次，在全院子的女僕休息之前她是第一次睡得這樣早，兩盒紅錫包香菸就睡在她枕頭的旁邊。

湖邊上戰士們的歌聲，雖然是已經黃昏以後，有時候隱約的還可以聽到。

夜裡，她夢見金立之從前線上次來了。「我回來安家了，從今我們一切都好了。」他打勝了。

而且金立之的頭髮還和從前一樣的黑。

他說：「我們一定得勝利的，我們為什麼不勝利呢，沒道理！」

李媽在夢中很溫順的笑了。

1938.10.31

（刊於1938年11月18日重慶《文摘戰時旬刊》第36期，署名蕭紅。後收入桂林上海雜誌公司1940年3月初版《曠野的呼喊》）

逃難

逃難

這火車可怎能上去？要帶東西是不可能。就單人說吧，也得從下邊用人抬。

何南生在抗戰之前做小學教員，他從南京逃難到陝西，遇到一個朋友是做中學校長的，於是他就做了中學教員。做中學教員這回事先不提。就單說何南生這面貌，一看上去真使你替他發愁。兩個眼睛非常光亮而又時時在留神，凡是別人要看的東西，他卻躲避著，而別人不要看的東西，他卻偷看著。他還沒開口說話，他的嘴先向四邊咧著，幾乎把嘴咧成一個火柴盒形，那樣子使人疑心他吃了黃連。除了這之外，他的臉上還有點特別的地方。就是下眼瞼之下那兩塊豆腐塊樣突起的方形筋肉，無管他在說話的時候，在笑的時候，在發愁的時候，那兩塊筋肉永久不會運動。就連他最好的好朋友，不用說，就連他的太太吧！也從沒有看到他那兩塊磚頭似的筋肉運動過。

「這是幹什麼……這些人。我說，中國人若有出息真他媽的……」

何南生一向反對中國人，就好像他自己不是中國人似的。抗戰之前反對得更厲害，抗戰之後稍稍好了一點，不過有時候仍舊來了他的老毛病。

什麼是他的老毛病呢？就是他本身將要發生點困難的事情，也許這事情不一定發生。只要他一想到關於他本身的一點不痛快的事，他就對全世界懷著不滿。好比他的襪子晚上脫的時候掉在地板上，差一點沒給耗子咬了一個洞，又好比臨走下講臺的當兒，一腳踏在一支粉筆頭上，粉筆頭一滾，好險沒有跌了一跤。總之，危險的事情若沒有發生就過去了，他就越感到那危險得了不得，所以他的嘴上除掉常常說中國人怎樣怎樣之外，還有一句常說的就是：「到那時候可怎麼辦哪……」

他一回頭，又看到了那塞滿著人的好像鴨籠似的火車。

「到那時候可怎麼辦哪？」現在他所說的到那時候可怎麼辦，是指著到他們逃難的時候可怎麼辦。

何南生和他的太太送走了一個同事，還沒有離開站臺，他就開始不滿意。他的眼睛離開那火車第一眼看到他的太太，就覺得自己的太太胖得像笨豬，這在逃難的時候多麻煩。

「看吧，到那時候可怎麼辦！」他心裡想著，「再胖點就是一輛火車都要裝不下啦！」可是他並沒有說。

他又想到，還有兩個孩子，還有一隻柳條箱，一隻豬皮箱，一個網籃。三床被子也得都帶著……網籃裡邊還裝著兩個白鐵鍋。到那裡還不是得燒飯呢！逃難，逃到那裡還不是得先吃飯呢！不用說逃難，就說抗戰吧，我看天天說抗戰的逃起難來比誰都來得快，而且帶著孩子老婆鍋碗瓢盆一大堆。

在路上他走在他太太的前邊，因為他心裡一煩亂，就什麼也不願意看。他的脖子向前探著，兩個肩頭低落下來，兩隻胳臂就像用稻草做的似的，一路上連手指尖都沒有彈一下。若不是看到他的兩隻腳還在一前一後的移動著，真要相信他是畫匠鋪裡的紙彩人了。

這幾天來何南生就替他們的家庭憂著心，而憂心得最厲害的就是從他送走那個同事，那快要壓癱人的火車的印象總不能去掉。可是也難說，就是不逃難，不抗戰，什麼事也沒有的時候，他也總是膽顫心驚的。這一抗戰，他就覺得個人的幸福算完全不用希望了，他就開始做著倒楣的準備。倒楣也要準備的嗎？讀者們可不要稀奇，現在何南生就要做給我們看了：一九三八年三月十五日，何南生從床上起來了，第一眼他看到的，就是牆上他已準備好的日曆。

「對的，是今天，今天是十五……」

一夜他沒有好好睡，凡是他能夠想起的，他就一件一件的無管大事小事都把它想一遍，一直聽到了潼關的炮聲。

逃難

敵人占了風陵渡和我們隔河炮戰已經好幾天了，這炮聲夜裡就停息，天一亮就開始。本來這炮聲也沒有什麼可怕的。何南生也不怕，雖然他教書的那個學校離潼關幾十里路。照理應該害怕，可是因為他的東西都通通整理好了，就要走了，還管他炮戰不炮戰呢！

他第二眼看到的就是他太太給他擺在枕頭旁邊的一雙新襪子。

「這是幹什麼？這是逃難哪……不是上任去呀……你知道現在襪子多少錢一雙……」他喊著他的太太，「快把舊襪子給我拿來！把這新襪子給我放起來。」

他把腳尖伸進拖鞋裡去，沒有看見破襪子破到什麼程度，那露在後邊的腳跟，他太太一看到就咧起嘴來。

「你笑什麼，你笑！這有什麼好笑的……還不快給孩子穿衣裳。天不早啦……上火車比登天還難，那天你還沒看見。襪子破有什麼好笑的，你沒看到前線上的士兵呢！都光著腳。」這樣說好像他看見了，其實他也沒有看見。

十一點鐘還有他的一點鐘歷史課，他沒有去上，兩點鐘他要上車站。

他吃午飯的時候，一會看看鐘，一會揩揩汗。心裡一著急，所以他就出汗。學生問他幾點鐘開車，他就說：「六點一班車，八點還有一班車，我是預備六點的，現在的事難說，要早去，何況我是帶著他們……」他所說的「他們」，是指的孩子、老婆和箱子。

因為他是學生們組織的抗戰救國團的指導，臨走之前還得給學生們講幾句話。他講的什麼，他沒有準備，他一開頭就說，他說他三五天就回來，其實他是一去就不回來的。最後一句說的是最後的勝利是我們的……其餘的他說，他與陝西共存亡，他絕不逃難。

何南生的一家，在五點二十分鐘的時候，算是全來到了車站：太太、孩子———個男孩、一個女孩、一隻柳條箱、一隻豬皮箱、一個網籃，三個行李包。為什麼行李包這樣多呢？因為他把雨傘、字紙簍、舊報紙都用一條破被子裹著，算作一件行李；又把抗戰救國團所發的棉制服，還有一雙破棉鞋，又用一條被子包著，這又是一個行李；那第三個行李，一條被子，那裡邊包的東西可非常多——電燈泡、粉筆箱、羊毛刷子、掃床的掃帚、破揩布兩三塊、洋蠟頭一大堆、算盤子一個、細鐵絲兩丈多，還有一團白線，還有肥皂盒蓋一個，剩下又都是舊報紙。

只舊報紙他就帶了五十多斤。他說：到那裡還不得燒飯呢？還不得吃呢？而點火還有比報紙再好的嗎？這逃難的時候，能儉省就儉省，肚子不餓就行了。

除掉這三個行李，網籃也最豐富：白鐵鍋、黑瓦罐、空餅乾盒子、掛西裝的弓形的木架、洗衣裳時掛衣裳的繩子，還有一個掉了半個邊的陜西土產的痰盂。還有一張小油布，是他那個兩歲的女孩夜裡鋪在床上怕尿了褥子用的。還有兩個破洗臉盆，一個洗臉的，一個洗腳的。還有油烏的筷子籠一個，切菜刀一把，筷子一大堆，吃飯的飯碗三十多個，切菜墩和飯碗是一個朋友走留給他的。他說：逃難的時候，東西只有越逃越少，是不會越逃越多的。若可能就多帶些個，沒有錯，丟了這個還有那個，就是扔也能夠多扔幾天呀！還有好幾條破褲子都在網籃的底上，這個他也有準備。

他太太在裝網籃的時候問他：「這破褲子要它做什麼呢？」

他說：「你看你，萬事沒有打算，若有到難民所去的那一天，這個不都是好的嗎？」

所以何南生這一家人，在他領導之下，五點二十分鐘才全體到了車站，差一點沒有趕上火車——火車六點開。

何南生一邊流著汗珠，一邊覺得這回可萬事齊全了。他的心上有八分樂，他再也想不起什麼要拿而沒有拿的。因為他已經跑回去三次，第一次取了一個花瓶，第二次又在燈頭上擰下一個燈傘來，第三次他又取了忘記在灶臺上的半盒刀牌菸。

火車站離他家很近，他回頭看看那前些日子還是白的，為著怕飛機昨天才染成灰色的小房。他點起一支菸來，在站臺上來回的噴著，反正就等火車來，就等這一下了。

「到那時候可怎麼辦哪！」照理他正該說這一句話的時候。站臺上不知堆了多少箱子、包裹，還有那麼一大批流著血的傷兵，還有那麼一大堆吵叫著的難民。這都是要上六點鐘開往西安的火車。但何南生的習慣不是這樣，凡事一開頭，他最害怕。總之一開頭他就絕望，等到事情真來了，或是越來越近了，或是就在眼前，一到這時候，你看他就安閒得多。

火車就要來了，站臺上的大鐘已經五點四十一分。

他又把他所有的東西看了一遍，一共是大小六件，外加熱水瓶一個。

「實在沒有什麼東西忘記了吧！你再好好想想！」他問他的太太說。

他的女孩跌了一跤，正在哭著，他太太就用手給那孩子抹鼻涕：「喲！我的小手帕忘下了呀！今天早晨洗的，就掛在繩子上。我想著想著。說可別忘了，可是到底忘了，我覺得還有點什麼東西，有點什麼東西，可就想不起來。」

何南生早就離開太太往回跑了。

「怎麼能夠丟呢？你知道現在的手帕多少錢一條？」他就用那手帕揩著臉上的汗，「這逃難的時候，我沒說過嗎！東西少了可得節約，添不起。」

他剛喘上一口氣來，他用手一摸口袋，早晨那雙沒有捨得穿的新襪子又沒有了。

「這是丟在什麼地方啦？他媽的……火車就要到啦……三四毛錢，又算白扔啦！」

火車誤了點，六點五分還沒到，他就趁這機會又跑回去一趟。襪子果然找到了，托在他的掌心上，他正在研究著襪子上的花紡紋。他聽他的太太說：「你的眼鏡呀……」

可不是，他一摸眼鏡又沒有了。本來他也不近視，也許為了好看，他戴眼鏡。

他正想回去找眼鏡，這時候，火車到了。

他提起箱子來，向車門奔去。他擠了半天沒有擠進去。他看別人都比他來得快，也許別人的東西輕些。自己不是最先奔到車門口的嗎？怎麼不上去，卻讓別人上去了呢？大概過了十分鐘，他的箱子和他仍舊站在車廂外邊。

「中國人真他媽的……真是天生的中國人。」他的帽子被擠下去時，他這樣罵著。

火車開出去好遠了，何南生的全家仍舊完完全全的留在站臺上。

「他媽的，中國人要逃不要命，還抗戰呢！不如說逃戰吧！」他說完了「逃戰」，還四邊看一看，這車站上是否有自己的學生或熟人。他一看沒有，於是又抖著他那被撕裂的長衫：「這還行，這還沒有見個敵人的影，就嚇沒魂啦！要擠死啦！好像屁股後邊有大砲轟著。」

八點鐘的那次開往西安的列車進站了，何南生又率領著他的全家向車廂衝去。女人叫著，孩子哭著，箱子和網籃又擠得吱咯的亂響。何南生恍恍惚惚的覺得自己是跌倒了，等他站起來，他的鼻子早就流了不少的血，血染著長衫的前胸。他太太報告說，他們只有一隻豬皮箱子在人們的頭頂上被擠進了車廂去。

「那裡裝的都是什麼東西？」他著急，所以連那豬皮箱子裝的什麼東西都弄不清了。

「你還不知道嗎？不都是你的衣裳？你的西裝……」

他一聽這個還了得！他就向著他太太所指的那個車廂尋去。火車就開了。起初開得很慢，他還跟著跑，他還招呼著，而後只得安然的退下來。

他的全家仍舊留在站臺上，和別的那些沒有上得車的人們留在一起。只是他的豬皮箱子自己跑上火車去走了。

「走不了，走不了，誰讓你帶這些破東西呢？我看……」太太說。

「不帶，不帶，什麼也不帶……到那時候可怎麼辦哪！」

「讓你帶吧！我看你現在還帶什麼！」

豬皮箱不跟著主人而自己跑了。飽滿的網籃在枕木旁邊裂著肚子，小白鐵鍋癟得非常可憐。若不是它的主人，就不能認識它了。而那個黑瓦罐竟碎成一片一片的。三個行李只剩下一個完整的，他們的兩個孩子正坐在那上面休息。其餘的一個行李不見了。另一個被撕裂了。那些舊報紙在站臺上飛，柳條箱也不見了，記不清是別人給拿去了，還是他們自己抬上車去了。

等到第三次開往西安的火車，何南生的全家總算全上去了。到了西安一下火車，先到他們的朋友家。

「你們來了呵！都很好！車上沒有擠著？」

「沒有，沒有，就是丟點東西……還好，還好，人總算平安。」何南生的下眼瞼之下的那兩塊不會運動的筋肉，仍舊沒有運動。

「到那時候……」他又想要說到那時候可怎麼辦。沒有說，他想算了吧！抗戰勝利之前，什麼能是自己的呢？抗戰勝利之後什麼不都有了嗎？

何南生平靜的把那一路上抱來的熱水瓶放在了桌子上。

（創作日期未詳，刊於 1939 年 1 月 21 日重慶《文摘戰時旬刊》
第 41、42 期合刊，署名蕭紅。後收入《曠野的呼喊》）

曠野的呼喊

風撒歡了。

在曠野，在遠方，在看也看不見的地方，在聽也聽不清的地方，人聲，狗叫聲，嘈嘈雜雜的喧譁了起來，屋頂的草被拔脫，牆囤頭上的泥土在翻花，狗毛在起著一個一個的圓穴，雞和鴨子們被颳得要站也站不住。平常餵雞撒在地上的穀粒，那金黃的，閃亮的，好像黃金的小粒，一個跟著一個被大風掃向牆根去，而後又被掃了回來，又被掃到房簷根下。而後混著不知從什麼地方飄來的從未見過的大樹葉，混同著和高粱粒一般大的四方的或多稜的沙土，混同著剛被大風拔落下來的紅的、黑的、雜色的雞毛，還混同著破布片，還混同著嘞啦嘞啦的高粱葉，還混同著灰倭瓜色的豆稈，豆稈上零亂亂的掛著豆粒已經脫掉了空敞的豆莢。一些紅紙片，那是過新年時門前黏貼的紅對聯——「三陽開泰」,「四喜臨門」——或是「出門見喜」的條子，也都被大風撕得一條一條的，一塊一塊的。這一些乾燥的、毫沒有水分的拉雜的一堆，嘞啦啦、呼哩哩在人間任意的掃著。刷著豆油的平滑得和小鼓似的鄉下人家的紙窗，一陣一陣的被沙粒擊打著，發出鈴鈴的銅聲來。而後，雞毛或紙片，飛得離開地面更高。若遇著毛草或樹枝，就把它們障礙住了，於是房簷上站著雞毛，雞毛隨著風東擺一下，西擺一下，又被風從四面裹著，站得完全筆直，好像大森林裡邊用野草插的標記。而那些零亂的紙片，颳在遠椽頭上時，卻嗚嗚的它也賦著生命似的叫喊。

陳公公一推開房門，剛把頭探出來，他的帽子就被大風捲跑了，在那光滑的被大風完全掃乾淨了的門前平場上滾著，滾得像一個小西瓜，像一個小車輪，而最像一個小風車。陳公公追著它的時候，它還撲撲拉拉的不讓陳公公追上它。

「這颳的是什麼風啊！這還叫風了嗎！簡直他媽的……」

陳公公的兒子，出去已經兩天了，第三天就是這颳大風的天氣。

「這小子到底是幹什麼去了啦？納悶……這事真納悶……」於是又帶著沉吟和失望的口氣，「納悶！」

陳公公跑到瓜田上才抓住了他的帽子，帽耳朵上滾著不少的草末。他站在壟陌上，順著風用手拍著那四個耳朵的帽子，而拍也拍不掉的是桑子的小刺球，他必須把它們打掉，這是多麼討厭啊！手觸去時，完全把手刺痛。看起來又像小蟲子，一個一個的釘在那帽沿上。

「這小子到底是幹什麼去啦！」帽子已經戴在頭上，前邊的帽耳，完全探伸在大風裡，遮蓋了他的眼睛。他向前走時，他的頭好像公雞的頭向前探著，那頑強掙扎著的樣子，就像他要鑽進大風裡去似的。

「這小子到底……他媽的……」這話是從昨天晚上他就不停止的反覆著。他抓掉了剛才在腿上摔著帽子時刺在褲子上的桑子，把它們在風裡丟了下去。

「他真隨了義勇隊了嗎？納悶！明年一開春，就是這時候，就要給他娶婦了，若今年收成好，上秋也可以娶過來呀！當了義勇隊，打日本……哎哎，總是年輕人哪……」當他看到村頭廟堂的大旗杆，仍舊挺直的站在大風裡的時候，他就向著旗杆的方向罵了一句：「小鬼子……」而後他把全身的筋肉抖擻一下。他所想的，他覺得都是使他生氣，尤其是那旗杆，因為插著一對旗杆的廟堂，駐著最近才開來的日本兵。

「你看這村子還像一個樣子了嗎？」大風已經遮掩了他嘟嘟著的嘴。他看見左邊有一堆柴草，是日本兵征發去的。右邊又是一堆柴草。而前村，一直到村子邊上，一排一排的堆著柴草。這柴草也都是征發給日本兵的。大風颳著它們，飛起來的草末，就和打穀子揚場的時候一樣，每個草堆在大風裡邊變成了一個一個的土堆似的在冒著煙。陳公公向前衝著時，有一團穀草好像整捆的滾在他的腳前，障礙了他。他用了全身的力量，想要把那穀草踢得遠一點，然而實在不能夠做到。因為風的方向和那穀草滾來的方向是一致的，而他就正和它們相反。

「這是一塊石頭嗎？真沒見過！這是什麼年頭……一捆穀草比他媽一塊石頭還硬！……」

他還想要罵一些別的話，就是關於日本子的。他一抬頭看見兩匹大馬和一匹小白馬從西邊跑來。幾乎不能看清那兩匹大馬是棕色的或是黑色的，只好像那馬的周圍裹著一團煙跑來，又加上陳公公的眼睛不能夠抵抗那緊逼著他而颳來的風。按著帽子，他招呼著：

「站住……嘞……嘞……」他用舌尖，不，用了整個的舌頭打著嘟嚕。而這種喚馬的聲音只有他自己能夠聽到，他把聲音完全灌進他自己的嘴。把舌頭在嘴裡邊整理一下，讓牠完全露在大風裡。準是沒有拴住，還沒等他再發出嘞嘞的喚馬聲，那馬已經跑到他的前邊。他想要把牠們攔住而抓住牠，當他一伸手，他就把手縮回來，他看見馬身上蓋著的圓的日本軍營裡的火印：

「這那是客人的馬呀！這明明是他媽……」

陳公公的鬍子掛上了幾顆穀草葉，他一邊掠著它們就打開了房門。

「聽不見吧？不見得就是……」

陳姑媽的話就像落在一大鍋開水裡的微小的冰塊，立刻就被消融了。因為一打開房門，大風和海潮似的，立刻噴了進來煙塵和吼叫的一團，陳姑媽像被撲滅了似的。她的話陳公公沒有聽到。非常危險，陳公公擠進門來，差一點沒有撞在她身上，原來陳姑媽的手上拿著一把切菜刀。

「是不是什麼也聽不見？風太大啦，前河套聽說可有那麼一夥，那還是前些日子……西寨子，西水泡子，我看那地方也不能不有，那邊都是柳條通……一人多高，剛開春還說不定沒有，若到夏天，青紗帳起的時候，那就是好地方啊……」陳姑媽把正在切著的一顆胡蘿蔔放在菜墩上。

「囉囉唆唆的叨叨些個什麼！你就切你的菜吧！你的好兒子你就別提啦。」

陳姑媽從昨天晚上就知道陳公公開始不耐煩。關於兒子沒有回來這件事，把他們的家都像通通變更了。好像房子忽然透了洞，好像水瓶忽然漏了水，好像太陽也不從東邊出來，好像月亮也不從西邊落。陳姑媽還勉勉強強的像是照常在過著日子，而陳公公在她看來，那完全是可怕的。兒子走了兩夜，第一夜還算安靜靜的過來了，第二夜忽然就可怕起來。他通夜坐著，抽著菸，拉著衣襟，用笤帚掃著行李，掃著四耳帽子，掃著炕沿。上半夜嘴裡任意叨叨著，隨便想起什麼來就說什麼，說到他兒子的左腿上生下來時就有一塊青痣：

「你忘了嗎？老娘婆（即產婆）不是說過，這孩子要好好看著他，腿上有病，是主走星照命……可就真忍心走下去啦！……他也不想想，留下他爹他娘，又是這年頭，出外有個好歹的，幹那勾當，若是犯在人家手裡，那還……那還說什麼呢！就連他爹也逃不出法網……義勇隊，義勇隊，好漢子是要幹的，可是他也得想想爹和娘啊！爹娘就你一個……」

上半夜他一直叨叨著，使陳姑媽也不能睡覺。下半夜他就開始一句話也不說，忽然他像變成了啞子，同時也變成了聾子似的。從清早起來，他就不說一句話。陳姑媽問他早飯煮點高粱粥吃吧，可是連一個字的回答，也沒有從他嘴裡吐出來。他紮好腰帶，戴起帽子就走了。大概是在外邊轉了一圈又回來了。那工夫，陳姑媽在刷一個鍋都沒有刷完，她一邊淘著刷鍋水，一邊又問一聲：

「早晨就吃高粱米粥好不好呢？」

他沒有回答她，兩次他都並沒聽見的樣子。第三次，她就不敢問了。

晚飯又吃什麼呢？又這麼大的風。她想還是先把蘿蔔絲切出來，燒湯也好，炒著吃也好。一向她做飯，是做三個人吃的，現在要做兩個人吃的。只少了一個人，連下米也不知道下多少。那一點米，在盆底上，洗起來簡直是拿不上手來。

「那孩子，真能吃，一頓飯三四碗……可不嗎，二十多歲的大小夥子是正能吃的時候……」

她用飯勺子攪了一下那剩在瓦盆裡的早晨的高粱米粥。高粱米粥，凝了一個明光光的大泡。飯勺子在上面觸破了它，它還發出有彈性的觸在豬皮凍上似的響聲：「稀飯就是這樣，剩下來的扔了又可惜，吃吧，又不好吃，一熱，就粥不是粥了，飯也不是飯……」

她想要決定這個問題，勺子就在小瓦盆邊上沉吟了兩下。她好像思想家似的，很困難的感到她的思維方法全不夠用。

陳公公又跑出去了，隨著打開的門扇撲進來的風塵，又遮蓋了陳姑媽。

他們的兒子前天一出去就沒回來，不是當了土匪，就是當了義勇軍，也許是就當了義勇軍，陳公公記得清清楚楚的，那孩子從去年冬天就說做棉褲要做厚一點，還讓他的母親把四耳帽子換上兩塊新皮子。他說：

「要幹，拍拍屁股就去幹，弄得利俐落索的。」

陳公公就為著這話問過他：

「你要幹什麼呢？」

當時，他只反問他父親一句沒有結論的話，可是陳公公聽了兒子的話，只答應兩聲：「唉！唉！」也是同樣的沒有結論。

「爹！你想想要幹什麼去！」兒子說的只是這一句。

陳公公在房簷下撲著一顆打在他臉上的雞毛，他順手就把它扔在風裡邊。看起來那雞毛簡直是被風奪走的，並不像他把它丟開的。因它一離開手邊，要想抓也抓不住，要想看也看不見，好像它早已決定了方向就等著奔去的樣子。陳公公正在想著兒子那句話，他的鼻子上又打來了第二顆雞毛，說不定是一團狗毛，他只覺得毛茸茸的，他就用手把它撲掉了。他又接著想，同時望著西方，他把腳跟抬起來，把全身的力量都站在他的腳尖上。假若有太陽，他就像孩子似的看著太陽是怎樣落山的。假若有晚霞，他就像孩子似的翹起腳尖來，要看到晚霞後面究竟還有什麼。而現在西方和東方一樣，南方和北方也都一樣，混混溶溶的，黃的色素遮迷過眼睛所能看到的曠野，除非有山或者有海會把這大風遮住，不然它就永遠要沒有止境的颳過去似的。無論清早，無論晌午和黃昏，無論有天河橫在天上的夜，無論過年或過節，無論春夏和秋冬。

現在大風像在洗刷著什麼似的，房頂沒有麻雀飛在上面，大田上看不見一個人影，大道上也斷絕了車馬和行人。而人家的煙囪裡更沒有一家冒著煙的，一切都被大風吹乾了。這活的村莊變成了剛剛被掘出土地的化石村莊了。一切活動著的都停止了，一切響叫著的都啞默了，一切歌唱著的都在嘆息了，一切發光的都變成混濁的了，一切顏色都變成沒有顏色了。

陳姑媽抵抗著大風的威脅，抵抗著兒子跑了的恐怖，又抵抗著陳公公為著兒子跑走的焦煩。

她坐在條凳上，手裡折著經過一個冬天還未十分乾的柳條枝，折起四五節來。她就放在她面前臨時生起的火堆裡，火堆為著剛剛丟進去的樹枝隨時起著爆炸，黑煙充滿著全屋，好像暴雨快要來臨時天空的黑雲似的。這黑煙和黑雲不一樣，它十分會刺激人的鼻子、眼睛和喉嚨……

「加小心哪！離灶火腔遠一點啊……大風會從灶火門把柴火抽進去的……」

陳公公一邊說著，一邊拿起樹枝來也折幾棵。

「我看晚上就吃點麵片湯吧……連湯帶飯的，省事。」

這話在陳姑媽，就好像小孩子剛一學說話時，先把每個字在心裡想了好幾遍，而說時又把每個字用心考慮著。她怕又像早飯時一樣，問他，他不回答，吃高粱米粥時，他又吃不下去。

「什麼都行，你快做吧，吃了好讓我也出去走一趟。」

陳姑媽一聽說讓她快做，拿起瓦盆來就放在炕沿上，小麵口袋裡只剩一碗多麵，通通攪和在瓦盆底上。

「這不太少了嗎？……反正多少就這些，不夠吃，我就不吃。」她想。

陳公公一會跑進來，一會跑出去，只要他的眼睛看了她一下，她總覺得就要問她：

「還沒做好嗎？還沒做好嗎？」

她越怕他在她身邊走來走去，他就越在她身邊走來走去。燃燒著的柳條嗞啦嗞啦的發出水聲來，她趕快放下手裡在撕著的麵片，抓起掃地笤帚來煽著火，鍋裡的湯連響邊都不響邊，湯水絲毫沒有滾動聲，她非常著急。

「好啦吧？好啦就快端來吃……天不早啦……吃完啦我也許出去繞一圈……」

「好啦，好啦！用不了一袋煙的工夫就好啦……」

她打開鍋蓋吹著氣看看，那麵片和死的小白魚似的，一動也不動的漂在水皮上。

「好啦就端來呀！吃呵！」

「好啦……好啦……」

陳姑媽答應著，又開開鍋蓋，雖然湯還不翻花，她又勉強的丟進幾條麵片去。並且嘗一嘗湯或鹹或淡，鐵勺子的邊剛一貼到嘴唇……

「喲喲！」湯裡還忘記了放油。

陳姑媽有兩個油罐，一個裝豆油，一個裝棉花籽油，兩個油罐永遠並排的擺在碗櫥最下的一層，怎麼會弄錯呢！一年一年的這樣擺著，沒有弄錯過一次。但現在這錯誤不能挽回了，已經把點燈的棉花籽油灑在湯鍋裡了，雖然還沒有散開，用勺子是掏不起來的。勺子一觸上就把油圈觸破了，立刻就成無數的小油圈。假若用手去抓，也不見得會抓起來。

「好啦就吃呵！」

「好啦，好啦！」她非常害怕，自己也不知道她回答的聲音特別響亮。

她一邊吃著，一邊留心陳公公的眼睛。

「要加點湯嗎？還是要加點麵……」

她只怕陳公公親手去盛麵，而盛了滿碗的棉花籽油來。要她盛時，她可以用嘴吹跑了浮在水皮上的棉花籽油，盡量去盛底上的。

一放下飯碗，陳公公就往外跑。開房門，他想起來他還沒戴帽子：

「我的帽子呢？」

「這兒呢，這兒呢。」

其實她真的沒有看見他的帽子，過於擔心了的緣故，順口答應了他。

陳公公吃完了棉花籽油的麵片湯，出來一見到風，感到非常涼爽。他用腳尖站著，他望著西方並不是他知道他的兒子在西方或是要從西方來，而是西方有一條大路可以通到城裡。

曠野，遠方，大平原上，看也看不見的地方，聽也聽不清的地方，狗叫聲、人聲、風聲、土地聲、山林聲，一切喧譁，一切好像落在火焰裡的那種暴亂，在黃昏的晚霞之後，完全停息了。

西方平靜得連地面都有被什麼割據去了的感覺，而東方也是一樣。好像剛剛被大旋風掃過的柴欄，又好像被暴雨洗刷過的庭院，狂亂的和暴躁的完全停息了。停息得那麼斷然，像是在遠方並沒有發生過什麼事情。今天的夜，和昨天的夜完全一樣，仍舊能夠煥發著黃昏以前的記憶的，一點也沒有留存。地平線遠處或近處完全和昨夜一樣平坦的展放著，天河的繁星仍舊和小銀片似的成群的從東北方列到西南方去。地面和昨夜一樣的啞默，而天河和昨夜一樣的繁華。一切完全和昨夜一樣。

豆油燈照例是先從前村點起，而後是中間的那個村子，而再後是最末的那個村子。前村最大，中間的村子不太大，而最末的一個最不大。這三個村子好像祖父、父親和兒子，他們一個牽著一個的站在平原上。冬天落雪的天氣，這三個村子就一齊變白了。而後用笤帚打掃出一條小道來，前村的人經過後村的時候，必須說一聲：

「好大的雪呀！」

後村的人走過中村時，也必須對於這大雪問候一聲，這雪是煙雪或棉花雪，或清雪。

春天雁來的晌午，他們這三個村子就一齊聽著雁鳴，秋天烏鴉經過天空的早晨，這三個村子也一齊看著遮天的黑色的大雁。

陳姑媽住在最後的村子邊上，她的門前一棵樹也沒有。一頭牛，一匹馬，一個狗或是幾隻豬，這些她都沒有養，只有一對紅公雞在雞架上蹲著，或是在房前尋食小蟲或米粒，那火紅的雞冠子迎著太陽向左擺一下，向右蕩一下，而後閉著眼睛用一隻腿站在房前或柴堆上，那實在是一對小紅鶴。而現在牠們早就鑽進雞架去，和昨夜一樣也早就睡著了。

陳姑媽的燈碗子也不是最末一個點起，也不是最先一個點起。陳姑媽記得，在一年之中，她沒有點幾次燈，燈碗完全被蛛絲蒙蓋著，燈芯落到燈碗裡了，尚未用完的一點燈油混了塵土都黏在燈碗了。

陳姑媽站在鍋臺上，把擺在灶王爺板上的燈碗取下來，用剪刀的尖端攪著燈碗底，那一點點棉花籽油雖然變得漿糊一樣，但是仍舊發著一點油光，又加上一點新從罐子倒出來的棉花籽油，小燈於是噼噼啦啦的站在炕沿上了。

陳姑媽在燒香之前，先洗了手。平日很少用過的家製的肥皂，今天她存心多擦一些，冬天因為風吹而麻皮了的手一開春就橫橫豎豎的裂著滿手的小口，相同冬天裡被凍裂的大地。雖然春風晝夜的吹擊，想要彌補了這缺隙，不但沒有彌補上，反而更把它們吹得深隱而裸露了。陳姑媽又用原來那塊過年時寫對聯剩下的紅紙把肥皂包好。肥皂因為被空氣銷蝕，還落了白花花的鹼末兒在陳姑媽的大襟上，她用笤帚掃掉了那些。又從梳頭匣子摸出黑乎乎的一面玻璃磚鏡子來，她一照那鏡子，她的臉就在鏡子裡被切成橫橫豎豎的許多方格子。那塊鏡子在十多年前被打碎了以後，就纏上四五尺長的紅頭繩，現在仍舊是那塊鏡子。她想要照一照碎頭髮絲是否還垂在額前，結果什麼也沒有看見，只恍恍惚惚的她還認識鏡子裡邊的確是她自己的臉。她記得近幾年來鏡子就不常用，只有在過新年的時候，四月十八上廟會的時候，再就是前村娶媳婦或是喪事，她才把鏡子拿出來照照，所以那紅頭繩若不是她自己還記得，誰看了敢說原先那紅頭繩是紅的？因為發霉和油膩得使手觸上去時感到了是觸到膠上似的。陳姑媽連更遠一點的集會也沒有參加過，所以她養成了習慣，怕過河，怕下坡路，怕經過樹林，更怕的還有墳場，尤其是墳場裡梟鳥的叫聲，無論白天或夜裡，什麼時候聽，她就什麼時候害怕。

陳姑媽洗完了手，扣好了小銅盒在櫃底下。她在灶王爺板上的香爐裡，插了三炷香。接著她就跪下去，向著那三個並排的小紅火點叩了三個頭。她想要念一段「上香頭」，因為那經文並沒有全記住，她想若不念了成套的，那更是對神的不敬，更是沒有誠心。於是胸扣著緊緊的一雙掌心，她虔誠的跪著。

灶王爺不曉得知不知道陳姑媽的兒子到底那裡去了，只在香火後邊靜靜的坐著。蛛絲混著油煙，從新年他和灶王奶奶並排的被漿糊貼在一張木板上那一天起，就無間斷的蒙在他的臉上。大概什麼也看不著了，雖然陳姑媽的眼睛為著兒子就要掛下眼淚來。

外邊的風一停下來，空氣寧靜得連針尖都不敢觸上去。充滿著人們的感覺的都是極脆弱而又極完整的東西。村莊又恢復了它原來的生命。脫落了草的房脊靜靜的在那裡躺著。幾乎被拔走了的小樹垂著頭在休息。鴨子呱呱的在叫，相同喜歡大笑的人遇到了一起。白狗、黃狗、黑花狗……也許兩條平日一見到非咬架不可的狗，風一靜下來，牠們都前村後村的跑在一起。完全是一個平靜的夜晚，遠處傳來的人聲，清澈得使人疑心從山澗裡發出來的。

陳公公在窗外來回的踱走，他的思想繫在他兒子的身上，彷彿讓他把思想繫在一顆隕星上一樣。隕星將要沉落到那裡去，誰知道呢？

陳姑媽因為過度的虔誠而感動了她自己，她覺得自己的眼睛是溼了。讓孩子從自己手裡長到二十歲，是多麼不容易！而最酸心的，不知是什麼無緣無故的把孩子奪了去。她跪在灶王爺前邊回想著她的一生，過去的她覺得就是那樣了。人一過了五十，只等著往六十上數。還未到的歲數，她一想，還不是就要來了嗎？這不是眼前就開頭了嗎？她想要問一問灶王爺，她的兒子還能回來不能！因為這燒香的儀式過於感動了她，她只覺得背上有點寒冷，眼睛有點發花。她一連用手背揩了三次眼睛，可是仍舊不能看見香爐碗裡的三炷香火。

她站起來，到櫃蓋上去取火柴盒時，她才想起來，那香是隔年的，因為潮溼而滅了。

陳姑媽又站上鍋臺去，打算把香重新點起。因為她不常站在高處，多少還有點害怕。正這時候，房門忽然打開了。

陳姑媽受著驚，幾乎從鍋臺上跌下來。回頭一看，她說：

「喲喲！」

陳公公的兒子回來了，身上背著一對野雞。

一對野雞，當他往炕上一摔的時候，他的大笑和翻滾的開水咔啦咔啦似的開始了，又加上水缸和窗紙都被震動著，所以他的聲音還帶著回聲似的，和冬天從雪地上傳來的打獵人的笑聲一樣，但這並不是他今天特別出奇的笑，他笑的習慣就是這樣。從小孩子時候起，在蠶豆花和豌豆花之間，他和會叫的大鳥似的叫著。他從會走路的那天起，就跟陳公公跑在瓜田上，他的眼睛真的明亮得和瓜田裡的黃花似的，他的腿因為剛學著走路，常常耽不起那絲絲拉拉的瓜身的纏繞，跌倒是他每天的功課。而他不哭也不呻吟，假若擦破了膝蓋的皮膚而流了血，那血簡直不是他的一樣。他只是跑著，笑著，同時嚷嚷著。若全身不穿衣裳，只戴一個藍麻花布的兜肚，那就像野鴨子跑在瓜田上了，東顛西搖的，同時嚷著和笑著。並且這孩子一生下來陳姑媽就說：

「好大嗓門！長大了還不是個吹鼓手的角色！」

對於這初來的生命，不知道怎樣去喜歡他才好，往往用被人蔑視的行業或形容詞來形容。這孩子的哭聲實在大，老娘婆想說：

「真是一張好鑼鼓！」

可是他又不是女孩，男孩是不准罵他鑼鼓的，被罵了破鑼之類，傳說上不會起家……

今天他一進門就照著他的習慣大笑起來，若讓鄰居聽了，一定不會奇怪。若讓他的舅母或姑母聽了，也一定不會奇怪。她們都要說：

「這孩子就是這樣長大的呀！」

但是做父親和做母親的反而奇怪起來。他笑得在陳公公的眼裡簡直和黃昏之前大風似的，不能夠控制，無法控制，簡直是一種多餘，是一種浪費。

「這不是瘋子嗎……這……這……」

這是第一次陳姑媽對兒子起的壞的聯想。本來她想說：

「我的孩子啊！你可跑到那兒去了呢！你……你可把你爹……」

她對她的兒子起了反感。他那麼坦蕩蕩的笑聲，就像他並沒有離開過家一樣。但是母親心裡想：

「他是偷著跑的呀！」

父親站到紅躺箱的旁邊，離開兒子五六步遠，脊背靠在紅躺箱上。那紅躺箱還是隨著陳姑媽陪嫁來的，現在不能分清是紅的還是黑的了。正像現在不能分清陳姑媽的頭髮是白的還是黑的一樣。

陳公公和生客似的站在那裡。陳姑媽也和生客一樣。只有兒子才像這家的主人，他活躍的，誇張的，漠視了別的一切。他用嘴吹著野雞身上的花毛，用手指尖掃著野雞尾巴上的漂亮的長翎。

「這東西最容易打，鑽頭不顧腚……若一開槍，它就插猛子……這倆都是這麼打住的。爹！你不記得麼！我還是小的時候，你領我一塊去拜年去……那不是，那不是……」他又笑起來，「那不是麼！就用磚頭打住一個——趁它把頭插進雪堆去。」

陳公公的反感一直沒有減消，所以他對於那一對野雞就像沒看見一樣，雖然他平常是怎麼喜歡吃野雞。雞丁炒芥菜纓，雞塊燉馬鈴薯。但是他並不向前一步，去觸觸那花的毛翎。

「這小子到底是去幹的什麼？」

在那棉花籽油還是燃著的時候，陳公公只是向著自己在反覆：

「你到底跑出去幹什麼去了呢？」

陳公公第一句問了他的兒子，是在小油燈噼噼啦啦的滅了之後。他靜靜的把腰伸開，使整個的背脊接近了火炕的溫熱的感覺。他充滿著莊嚴而膽小的情緒等待兒子的回答。他最怕就怕的是兒子說出他加入了義勇隊，而最怕的又怕他兒子不向他說老實話。所以已經來到喉嚨的咳嗽也被他壓下去了，他抑止著可能抑止的從他自己發出的任何聲音。三天以來的苦悶的急躁，陳公公覺得一輩子只有過這一次。也許還有過，不過那都提起來遠了，忘記了。就是這三天，他覺得比活了半輩子還長。平常他就怕他早死，因為早死，使他不得興家立業，不得看見他的兒孫的繁榮。而這三天，他想還是算了吧！活著大概是沒啥指望。

關於兒子加入義勇隊沒有，對於陳公公是一種新的生命，比兒子加入了義勇隊的新的生命的價格更高。

兒子回答他的，偏偏是欺騙了他。

「爹，我不是打回一對野雞來嗎！跟前村的李二小子一塊……跑出去一百多里……」

「打獵那有這樣打的呢！一跑就是一百多里……」陳公公的眼睛注視著紙窗微黑的窗櫺。脫離他嘴唇的聲音並不是這句話，而是輕微的和將要熄滅的燈火那樣無力嘆息。

春天的夜裡，靜穆得帶著溫暖的氣息，尤其是當柔軟的月光照在窗子上，使人的感覺像是看見了鵝毛在空中游著似的，又像剛剛睡醒，由於溫暖而眼睛所起的惰懶的金花在騰起。

陳公公想要證明兒子非加入了義勇隊不可的，一想到「義勇隊」這三個字，他就想到「小日本」那三個字。

「××××××××××××××××，××××」一想到這個，他就怕再想下去，再想下去，就是小日本槍斃義勇隊。所以趕快把思想集中在紙窗上，他無用處的計算著紙窗被窗櫺所隔開的方塊到底有多少。兩次他都數到第七塊上就被「義勇隊」這三個字撞進腦子來而攪渾了。

睡在他旁邊的兒子，和他完全是隔離的靈魂。陳公公轉了一個身，在轉身時他看到兒子在微光裡邊所反映的蠟黃的臉面和他長拖拖的身子。只有兒子那瘦高的身子和挺直的鼻梁還和自己一樣。其餘的，陳公公覺得完全都變了。只有三天的工夫，兒子和他完全兩樣了。兩樣得就像兒子根本沒有和他一塊生活過，根本他就不認識他，還不如一個剛來的生客。因為對一個剛來的生客最多也不過生疏，而絕沒有忌妒。對兒子，他卻忽然存在了忌妒的感情。祕密一對誰隱藏了，誰就忌妒；而祕密又是最自私的，非隱藏不可。

陳公公的兒子沒有去打獵，沒有加入義勇隊。那一對野雞是用了三天的工錢在松花江的北沿鐵道旁買的。他給日本人修了三天鐵道。對於工錢，還是他生下來第一次拿過。他沒有做過傭工，沒有做過零散的鏟地的工人，沒有做過幫忙的工人。他的父親差不多半生都是給人家看守瓜田。他隨著父親從夏天就開始住在三角形的瓜窩堡裡。瓜窩堡夏天是在綠色的瓜花裡邊，秋天則和西瓜或香瓜在一塊了。夏天一開始，所有的西瓜和香瓜的花完全開了，這些花並不完全每個都結果子，有些個是謊花。這謊花只有謊騙人，一兩天就蔫落了。這謊花要隨時摘掉的。他問父親說：

「這謊花為什麼要摘掉呢？」

父親只說：

「摘掉吧！它沒有用處。」

長大了他才知道，謊花若不摘掉，後來越開越多。那時候他不知道，但也同父親一樣的把謊花一朵一朵的摘落在壟溝裡。小時候他就在父親給人家管理的那塊瓜田上，長大了仍舊是在父親給人家管理的瓜田上。他從來沒有直接給人家傭工，工錢從沒有落過他的手上，這修鐵道是第一次。況且他又不是專為著修鐵道拿工錢而來的，所以三天的工錢就買了一對野雞。第一，可以使父親喜歡；第二，可以藉著野雞撒一套謊。

現在他安安然然的睡著了，他以為父親對他的謊話完全信任了。他給日本人修鐵道，預備偷著拔出鐵道釘子來，弄翻了火車這個企圖，他仍是祕密的。在夢中他也像看見了日本兵的子彈車和食品車。

「這雖然不是當義勇軍，可是幹的事情不也是對著小日本嗎？洋酒、盒子肉（罐頭），我是沒看見，只有聽說，說上次讓他們弄翻了車，就是義勇軍派人弄的。東西不是通通被義勇軍得去了嗎……他媽的……就不說吃，用腳踢著玩吧，也開心。」

他翻了一個身，他擦一擦手掌。白天他是這樣想的，夜裡他也就這樣想著就睡了。他擦著手掌的時候，可覺得手掌與平常有點不一樣，有點僵硬和發熱。兩隻胳臂仍舊抬著鐵軌似的有點發酸。

陳公公張著嘴，他怕呼吸從鼻孔進出，他怕一切聲音，他怕聽到他自己的呼吸。偏偏他的鼻子有點窒塞。每當他吸進一口氣來，就像有風的天氣，紙窗破了一個洞似的，嗚嗚的在叫。雖然那聲音很小，只有留心才能聽到。但到底是討厭的，所以陳公公張著嘴預備著睡覺。他的右邊是陳姑媽，左邊是不知從那裡弄來一對野雞的莫名其妙的兒子。

棉花籽油燈熄滅後，燈芯繼續發散出糊香的氣味。陳公公偶爾從鼻子吸了一口氣時，他就嗅到那燈芯的氣味。因為他討厭那氣味，並不覺得是糊香的，而覺得是辣酥酥的引他咳嗽的氣味。所以他不能不張著嘴呼吸。好像他討厭那油煙，反而大口的吞著那油煙一樣。

第二天，他的兒子照著前回的例子，又是沒有聲響的就走了。這次他去了五天，比第一次多了兩天。

陳公公應付著他自己的痛苦，是非常沉著的。他向陳姑媽說：

「這也是命呵……命裡當然……」

春天的黃昏，照常存在著那種靜穆得就像浮騰起來的感覺。陳姑媽的一對紅公雞，又像一對小紅鶴似的用一條腿在房前站住了。

「這不是命是什麼！算命打卦的，說這孩子不能得他的濟……你看，不信是不行呵，我就一次沒有信過。可是不信又怎樣，要落到頭上的事情，就非落上不可。」

黃昏的時候，陳姑媽在簷下整理著豆稈，凡是豆莢裡還存在一粒或兩粒豆子的，她就一粒不能跑過的把那豆粒留下。她右手拿著豆稈，左手摘下豆粒來，摘下來的豆粒被她丟進身旁的小瓦盆去，每顆豆子都在小瓦盆裡跳了幾下。陳姑媽左手裡的豆稈也就丟在一邊了。越堆越高起來的豆稈堆，超過了陳姑媽坐在地上的高度，必須到黃昏之後，那豆粒滾在地上找不著的時候，陳姑媽才把豆稈抱進屋去。明天早晨，這豆稈就在灶門口裡邊變成紅乎乎的火。陳姑媽圍繞著火，好像六月裡的太陽圍繞著菜園。誰最熱烈呢？陳姑媽呢！還是火呢！這個分不清了。火是紅的，可是陳姑媽的臉也是紅的。正像六月太陽是金黃的，六月的菜花也是金黃的一樣。

春天的黃昏是短的，並不因為人們喜歡而拉長，和其餘三個季節的黃昏一般長。養豬的人家餵一餵豬，放馬的人家飲一飲馬……若是什麼也不做，只是抽一袋煙的工夫。陳公公就是什麼也沒有做，拿著他的煙袋站在房簷底下。黃昏一過去，陳公公變成一個長拖拖的影子，好像一個黑色的長柱支持著房簷。他的身子的高度，超出了這一連排三個村子所有的男人。只有他的兒子，說不定在這一兩年中要超過他的。現在兒子和他完全一般高，走進門的時候，兒子擔心著父親，怕父親碰了頭頂。父親擔心著兒子，怕是兒子無止境的高起來，進門時，就要頂在門梁上。其實不會的。因為父親心裡特別喜歡兒子也長了那麼高的身子而常常說相反的話。

陳公公一進房門，帽子撞在上門梁上，上門梁把帽子擦歪了。這是從來也沒有過的事情。一輩子就這麼高，一輩子也總戴著帽子。因此立刻又想起來兒子那麼高的身子，而現在完全無用了。高有什麼用呢？現在是他自己任意出去瞎跑，陳公公的悲哀，他自己覺得完全是因為兒子長大了的緣故。

「人小，膽子也小；人大，膽子也大……」

所以當他看到陳姑媽的小瓦盆裡泡了水的黃豆粒，一夜就咧嘴了，兩夜芽子就長過豆粒子，他心裡就恨那豆芽，他說：

「新的長過老的了，老的就完蛋了。」

陳姑媽並不知道這話什麼意思，她一邊梳著頭一邊答應著：

「可不是麼……人也是這樣……個人家的孩子，撒手就跟老子一般高了。」

第七天上，兒子又回來了，這回並不帶著野雞，而帶著一條號碼：381 號。

陳公公從這一天起可再不說什麼「老的完蛋了」這一類話。

有幾次兒子剛一放下飯碗，他就說：

「擦擦汗就去吧！」

更可笑的他有的時候還說：

「扒拉扒拉飯粒就去吧！」

這本是對三歲五歲的小孩子說的，因為不大會用筷子，弄了滿嘴的飯粒的緣故。

別人若問他：

「你兒子呢？」

他就說：

「人家修鐵道去啦……」

他的兒子修了鐵道，他自己就像在修著鐵道一樣。是凡來到他家的，賣豆腐的，賣饅頭的，收買豬毛的，收買碎銅爛鐵的，就連走在前村子邊上的不知道那個村子的小豬倌有一天問他：

「大叔，你兒子聽說修了鐵道嗎？」

陳公公一聽，立刻向小豬倌擺著手。

「你站住……你停一下……你等一等，你別忙，你好好聽著！人家修了鐵道啦……是真的。連號單都有：381。」

他本來打算還要說，有許多事情必得見人就說，而且要說就說得詳細。關於兒子修鐵道這件事情，是屬於見人就說而要說得詳細這一種的。他想要說給小豬倌的，正像他要說給早晨擔著擔子來到他門口收買碎銅爛鐵那個一隻眼的一樣多。可是小豬倌走過去了，手裡打著個小破鞭子。陳公公心裡不大愉快。他順口說了一句：

「你看你那鞭子吧，沒有了鞭梢，你還打呢！」

走了好遠了，陳公公才聽明白，放豬的那孩子唱的正是他在修著鐵道的兒子的號碼「381」。

陳公公是一個和善的人，對於一個孩子他不會多生氣。不過他覺得孩子終歸是孩子。不長成大人，能懂得什麼呢？他說給那收買碎銅爛鐵的，說給賣豆腐的，他們都好好聽著，而且問來問去。他們真是關於鐵道的一點常識也沒有。陳公公和那賣豆腐的差不多，等他一問到連陳公公也不大曉得的地方，陳公公就笑起來，用手拔下一棵前些日子被大風吹散下來的房簷的草梢：

「那知道呢！當修鐵道的回來講給咱們聽吧！」

比方那賣豆腐的問：

「我說那火車就在鐵道上，一天走了千八百里也不停下來喘一口氣！真是了不得呀……陳大叔，你說，也就不喘一口氣？」

陳公公就大笑著說：

「等修鐵道的回來再說吧！」

這問得多麼詳細呀！多麼難以回答呀！因為陳公公也是連火車見也沒見過。但是越問得詳細，陳公公就越喜歡，他的道理是：

「人非長成人不可，不成人……小孩子有什麼用……小孩子一切沒有計算！」於是陳公公覺得自己的兒子幸好已經二十多歲；不然，就好比這修鐵道的事情吧，若不是他自己主意，若不是他自己偷著跑去的，這樣的事情，一天五角多錢，怎麼能有他的份呢？

陳公公也不一定怎樣愛錢，只要兒子沒有加入義勇軍，他就放心了。不但沒有加入義勇軍反而拿錢回來，幾次他一見到兒子放在他手裡的嶄新的紙票，他立刻想到 381 號。再一想，又一定想到那天大風停了的晚上，兒子背回來的那一對野雞。再一想，就是兒子會偷著跑出去，這是多麼有主意的事呵。這孩子從小沒有離開過他的爹媽。可是這下子他跑了，雖然說是跑得把人嚇一跳。可到底跑得對。沒有出過門的孩子，就像沒有出過飛的麻雀，沒有出過洞的耗子。等一出來啦，飛得比大雀還快。

到四月十八，陳姑媽在廟會上所燒的香比那一年燒的都多。娘娘廟燒了三大子線香，老爺廟也是三大子線香。同時買了些毫無用處的只是看著玩的一些東西。她竟買起假臉來，這是多少年沒有買過的啦！她屈著手指一算，已經是十八九年了。兒子四歲那年她給他買過一次。以後再沒買過。

陳姑媽從兒子修了鐵道以後，表面上沒有什麼改變，她並不和陳公公一樣，好像這小房已經裝不下他似的，見人就告訴兒子修了鐵道。她剛剛相反，一句話也不說，只是圍繞著她的又多了些東西。在柴欄子旁邊除了雞架，又多了個豬欄子，裡面養著一對小黑豬。陳姑媽什麼都喜歡一對，就因為現在養的小花狗只有一個而沒有一對的那件事，使她一休息下來，小狗一在她的腿上擦著時，她就說：

「可惜這小花狗就不能再要到一個。一對也有個伴呵！單個總是孤單單的。」

陳姑媽已經買了一個透明的化學品的肥皂盒。買了一把新剪刀，她每次用那剪刀，都忘不了用手摸摸剪刀。她想：這孩子什麼都出息，買東西也會買，是真鋼的。六角錢，價錢也好。陳姑媽的東西已經增添了許多，但是那還要不斷的增添下去。因為兒子修鐵道每天五角多錢。陳姑媽新添的東西，不是兒子給她買的，就是兒子給她錢她自己買的。從心說她是喜歡兒子買給她東西，可是有時當這東西從兒子的手上接過來時，她卻說：

「別再買給你媽這個那個的啦……會賺錢可別學著會花錢……」

陳姑媽的梳子鏡子也換了。並不是說那個舊的已經扔掉，而是說新的鋥亮的已經站在紅躺箱上了。陳姑媽一擦箱蓋，擦到鏡子旁邊，她就發現了一個新的小天地一樣。那鏡子實在比舊的明亮到不可計算那些倍。

陳公公也說過。

「這鏡子簡直像個小天河。」

兒子為什麼剛一跑出去修鐵道，要說謊呢？為什麼要說是去打獵呢？關於這個，兒子解釋了幾回。他說修鐵道這事，怕父親不願意，他也沒有打算久幹這事，三天兩日的，幹幹試試。長了，怎麼能不告訴父親呢。可是陳公公放下飯碗說：

「這都不要緊，這都不要緊……到時候了吧？咱們家也沒有鐘，擦擦汗去吧！」到後來，他對兒子竟催促了起來。

陳公公討厭的大風又來了，從房頂上，從枯樹上來的，從瓜田上來的，從西南大道上來的，而這些都不對，說不定是從那兒來。浩浩蕩蕩的，滾滾旋旋的，使一切都吼叫起來，而那些吼叫又淹滅在大風裡。大風包括著種種聲音，好像大海包括著海星、海草一樣。誰能夠先看到海星、海草而還沒看到大海？誰能夠先聽到因大風而起的這個那個的吼叫而還沒有聽到大風？天空好像一張土黃色的大牛皮，被大風鼓著，蕩著，撕著，扯著，來回的拉著。從大地捲起來的一切乾燥的，拉雜的，零亂的，都向天空撲去，而後再落下來，落到安靜的地方，落到可以避風的牆根，落到坑坑凹凹的不平的地方，而添滿了那些不平。所以大地在大風裡邊被洗得乾乾淨淨的，平平坦坦的。而天空則完全相反，混沌了，冒煙了，颳黃天了，天地剛好吹倒轉了個兒。人站在那裡就要把人吹跑，狗跑著就要把狗吹得站住，使向前的不能向前，使向後的不能退後。小豬在欄子裡邊不願意哽叫，而牠必須哽叫；孩子喚母親的聲音，母親應該聽到，而她必不能聽到。

陳姑媽一推開房門，就被房門帶跑出去了。她把門扇只推一個小縫，就不能控制那房門了。

陳公公說：

「那又算什麼呢！不冒煙就不冒煙。攏火就用鐵大勺下麵片湯，連湯帶菜的，吃著又熱乎。」

陳姑媽又說：

「柴火也沒抱進來，我只以為這風不會越颳越大……抱一抱柴火不等進屋，從懷裡都被吹跑啦……」

陳公公說：

「我來抱。」

陳姑媽又說：

「水缸的水也沒有了呀……」

陳公公說：

「我去挑，我去挑。」

討厭的大風要拉去陳公公的帽子，要拔去陳公公的鬍子。他從井沿挑到家裡的水，被大風吹去了一半。兩隻水桶，每隻剩了半桶水。

陳公公討厭的大風，並不像那次兒子跑了沒有回來那次的那樣討厭。而今天最討厭大風的像是陳姑媽。所以當陳姑媽發現了大風把屋脊抬起來了的時候，陳公公說：

「那算什麼……你看我的……」

他說著就蹬著房簷下醬缸的邊沿上了房。陳公公對大風十分有把握的樣子，他從房簷走到房脊去是直著腰走。雖然中間被風壓迫著彎過幾次腰。

陳姑媽把磚頭或石塊傳給陳公公。他用石頭或磚頭壓著房脊上已經飛起來的草。他一邊壓著一邊罵著。鄉下人自言自語的習慣，陳公公也有：

「你早晚還不得走這條道嗎！你和我過不去，你偏要飛，飛吧！看你這幾根草我就制服不了你……你看著，你他媽的，我若讓你能夠從我手裡飛走一棵草刺也算你能耐。」

陳公公一直吵叫著，好像風越大，他的吵叫也越大。

住在前村賣豆腐的老李來了，因為是頂著風，老李跑了滿身是汗。他喊著陳公公：

「你下來一會，我有點事，我告……告訴你。」

陳公公說：

「有什麼要緊的事，你等一等吧，你看我這房子的房脊，都給大風吹靡啦！若不是我手腳勤儉，這房子住不得，颳風也怕，下雨也怕。」

陳公公得意的在房頂上故意的遲延了一會。他還說著：

「你先進屋去抽一袋煙……我就來，就來……」

賣豆腐的老李把嘴塞在袖口裡，大風大得連呼吸都困難了。他在袖口裡邊招呼著：

「這是要緊的事，陳大叔……陳大叔你快下來吧……」

「什麼要緊的事？還有房蓋被大風抬走了的事要緊……」

「陳大叔，你下來，我有一句話說……」

「你要說就在那兒說吧！你總是火燒屁股似的⋯⋯」

老李和陳姑媽走進屋去了。老李仍舊用袖口堵著嘴像在院子裡說話一樣。陳姑媽靠著炕沿聽著：「李二小子被日本人抓去啦⋯⋯」

「什麼！什麼！是嗎！是嗎！」陳姑媽的黑眼球向上翻著，要翻到眉毛裡去似的。

「我就是來告訴這事⋯⋯修鐵道的抓了三百多⋯⋯你們那孩子⋯⋯」

「為著啥事抓的？」

「弄翻了日本人的火車罷啦！」

陳公公一聽說兒子被抓去了，當天的夜裡就非向著西南大道上跑不可。那天的風是連夜颳著，前邊是黑滾滾的，後邊是黑滾滾的；遠處是黑滾滾的，近處是黑滾滾的。分不出頭上是天，腳下是地；分不出東南西北。陳公公打開了小錢櫃，帶了兒子修鐵道賺來的所有錢。

就是這樣黑滾滾的夜，陳公公離開了他的家，離開了他管理的瓜田，離開了他的小草房，離開了陳姑媽。他向著西南大道向著兒子的方向，他向著連他自己也辨不清的遠方跑去，他好像發瘋了，他的鬍子，他的小襖，他的四耳帽子的耳朵，他都用手扯著它們。他好像一隻野獸，大風要撕裂了他，他也要撕裂了大風。陳公公在前邊跑著，陳姑媽在後面喊著：

「你回來吧！你回來吧！你沒有了兒子，你不能活。你也跑了，剩下我一個人，我可怎麼活⋯⋯」

大風浩浩蕩蕩的，把陳姑媽的話捲走了，好像捲著一根毛草一樣，不知捲向什麼地方去了。

陳公公倒下來了。

第一次他倒下來，是倒在一棵大樹的旁邊。他第二次倒下來，是倒在什麼也沒有存在的空空敞敞、平平坦坦的地方。

現在是第三次，人實在不能再走了，他倒下了，倒在大道上。

他的膝蓋流著血，有幾處都擦破了肉，四耳帽子跑丟了。眼睛的周遭全是在翻花。全身都在痙攣、抖擻，血液停止了。鼻子流著清冷的鼻涕，眼睛流著眼淚，兩腿轉著筋，他的小襖被樹枝撕破，褲子扯了半尺長一條大口子，塵土和風就都從這裡向裡灌，全身馬上僵冷了。他狠命的一喘氣，心窩一熱，便倒下去了。

等他再重新爬起來，他仍舊向曠野裡跑去。他凶狂的呼喊著。連他自己都不知道叫的是什麼。風在四周捆綁著他，風在大道上毫無倦意的吹嘯，樹在搖擺，連根拔起來，摔在路旁。地平線在混沌裡完全消融，風便做了一切的主宰。

二八年一月卅日

（作於1939年1月30日，篇末所標為民國紀年日期。
刊於1939年4月17日至5月7日香港
《星島日報·星座》第252至272期，署名蕭紅。後收入同名小說集）

花狗

花狗

在一個深奧的，很小的院心上，集聚幾個鄰人。這院子種著兩棵大芭蕉，人們就在芭蕉葉子下邊談論著李寡婦的大花狗。

有的說：

「看吧，這大狗又倒楣了。」

有的說：

「不見得，上次還不是鬧到終歸兒子沒有回來，花狗也餓病了，因此李寡婦哭了好幾回……」

「唉，你就別說啦，這兩天還不是麼，那大花狗都站不住了，若是人一定要扶著牆走路……」

人們正說著，李寡婦的大花狗就來了。牠是一條虎狗，頭是大的，嘴是方的，走起路來很威嚴，全身是黃毛帶著白花。牠從芭蕉葉裡露出來了，站在許多人的面前，還勉強的搖一搖尾巴。

但那原來的姿態完全不對了，眼睛沒有一點光亮，全身的毛好像要脫落似的在牠的身上飄浮著。而最可笑的是牠的腳掌很穩的抬起來，端得平平的再放下去，正好像希特勒在操演的軍隊的腳掌似的。

人們正想要說些什麼，看到李寡婦戴著大帽子從屋裡出來，大家就停止了，都把眼睛落到李寡婦的身上。她手裡拿著一把黃香，身上背著一個黃布口袋。

「聽說少爺來信了，倒是嗎？」

「是的，是的，沒有多少日子，就要換防回來的……是的……親手寫的信來……我是到佛堂去燒香，是我應許下的，只要老佛爺保佑我那孩子有了信，從那天起，我就從那天三遍香燒著，一直到他回來……」那大花狗仍照著牠平常的習慣，一看到主人出街，牠就跟上去，李寡婦一邊罵著就走遠了。

那班談論的人，也都談論一會兒各自回家了。

留下了大花狗自己在芭蕉葉下蹲著。

大花狗，李寡婦養了牠十幾年，李老頭子活著的時候，和她吵架，她一生氣坐在椅子上哭半天會一動不動的，大花狗就陪著她蹲在她的腳尖旁。她生病的時候，大花狗也不出屋，就在她旁邊轉著。她和鄰居罵架時，大花狗就上去撕人家衣服。她夜裡失眠時，大花狗搖著尾巴一直陪她到天明。

所以她愛這狗勝過於一切了，冬天給這狗做一張小棉被，夏天給牠鋪一張小涼蓆。

李寡婦的兒子隨軍出發了以後，她對這狗更是一時也不能離開的，她把這狗看成個什麼都能了解的能懂人性的了。

有幾次她聽了前線上惡劣的消息，她竟拍著那大花狗哭了好幾次，有的時候像枕頭似的枕著那大花狗哭。

大花狗也實在惹人憐愛，捲著尾巴，虎頭虎腦的，雖然牠憂愁了，寂寞了，眼睛無光了，但這更顯得牠柔順，顯得牠溫和。所以每當晚飯以後，牠挨著家凡是裡院外院的人家，牠都用嘴推開門進去拜訪一次，有剩飯的給牠，牠就吃了，無有剩飯，牠就在人家屋裡繞了一個圈就靜靜的出來了。這狗流浪了半個月了，牠到主人旁邊，主人也不打牠，也不罵牠，只是什麼也不表示，冷靜的接待了牠，而並不是按著一定的時候給東西吃，想起來就給牠，忘記了也就算了。

大花狗落雨也在外邊，颳風也在外邊，李寡婦整天鎖著門到東城門外的佛堂去。

有一天她的鄰居告訴她：

「你的大花狗，昨夜在街上被別的狗咬了腿流了血……」

「是的，是的，給牠包紮包紮。」

「那狗實在可憐呢，滿院子尋食……」鄰人又說。

「唉，你沒聽在前線上呢，那真可憐……咱家裡這一隻狗算什麼呢？」她忙著，話沒有說完，又背著黃布口袋上佛堂燒香去了。

等鄰人第二次告訴她說：

「你去看看你那狗吧！」

那時候大花狗已經躺在外院的大門口了，躺著動也不動，那隻被咬傷了的前腿，晒在太陽下。

本來李寡婦一看了也多少引起些悲哀來，也就想喊人來花兩角錢埋了牠。但因為剛剛又收到兒子一封信，是廣州退卻時寫的，看信上說兒子就該到家了，於是她逢人便講，竟把花狗又忘記了。

這花狗一直在外院的門口，躺了三兩天。

是凡經過的人都說這狗老死了，或是被咬死了，其實不是，牠是被冷落死了。

（創作日期未詳，刊於 1939 年 8 月 5 日香港

《星島日報．星座》第 371 期，署名蕭紅）

蓮花池

全屋子都是黃澄澄的。一夜之中那孩子醒了好幾次，每天都是這樣。他一睜開眼睛，屋子總是黃澄澄的，而爺爺就坐在那黃澄澄的燈光裡。爺爺手裡拿著一張破布，用那東西在裹著什麼，裹得起勁的時候，連胳臂都顫抖著，並且鬍子也哆嗦起來。有的時候他手裡拿一塊放著白光的，有的時候是一塊放黃光的，也有小酒壺，也有小銅盆。有一次爺爺摩擦著一個長得可怕的大煙袋。這東西，小豆這孩子從來未見過，他誇張的想像著它和挑水的扁擔一樣長了。他的屋子的靠著門的那個角上，修著一個小地洞，爺爺在夜裡有時爬進去，那洞上蓋著一塊方板，板上堆著柳條枝和別的柴草，因為鍋灶就在柴堆的旁邊。從地洞取出來的東西都不很大，都不好看，也一點沒有用處，要玩也不好玩。戴在女人耳朵上的銀耳環，別在老太太頭上的方扁簪、銅蠟臺、白洋鐵香爐碗……可是爺爺卻很喜歡這些東西。他半夜三更的擦著它們，往往還擦出聲來，沙沙沙的，好像爺爺的手永遠是一塊大砂紙似的。

小豆糊裡糊塗的睜開眼睛看了一下就又睡了。但這都是前半夜，而後半夜，就通通是黑的了，什麼也沒有了，什麼也看不見了。

爺爺到底是去做什麼，小豆並不知道這個。那孩子翻了一個身或是錯磨著他小小的牙齒，就又睡覺了。

他的夜夢永久是荒涼的窄狹的，多少還有點害怕。他常常夢到白雲在他頭上飛，有一次還掠走他的帽子。夢到過一個蝴蝶掛到一個蛛網上，那蛛網是懸在一個小黑洞裡。夢到了一群孩子要打他。夢到過一群狗在後面追著他。有一次他夢到爺爺進了那黑洞就不再出來了。那一次，他全身都出了汗，他的眼睛冒著綠色的火花，他張著嘴，幾乎是斷了氣似的可怕的癱在那裡了。

永久是那樣，一個夢接著一個夢，雖然他不願意再做了，可是非做不可，就像他白天蹲在窗口裡，雖然他不再願意蹲了，可是不能出去，就非蹲在那裡不可。

湖邊上那小蓮花池，周圍都長起來了小草，毛烘烘的，厚悖悖的，飽滿得像是那小草之中浸了水似的。可是風來的時候，那草梢也會隨著風捲動。風從南邊來，它就一齊向北低了頭，一會又順著風一齊向南把頭低下。油亮亮的綠森森的，在它們來回擺著的時候，迎著太陽的方向，綠色就淺了，背著太陽的方向，綠色就深了。偶爾也可以看到那綠色的草裡有一兩棵小花，那小花朵受著草叢的擁擠是想站也站不住，想倒也倒不下，完全被青草包圍了，完全跟著青草一齊倒來倒去。但看上去，那小花朵就頂在青草的頭上似的。

那孩子想：這若伸手去摸摸有多麼好呢。

但他知道他一步不能離開他的窗口，他一推開門出去，鄰家的孩子就打他。他很瘦弱，很蒼白，腿和手都沒有鄰家孩子那麼粗。有一回出去了，圍著房子散步了半天，本來他不打算往遠處走。在那時候就有一個小黃蝴蝶飄飄的在他前邊飛著，他覺得走上前去一兩步就可以捉到牠。那蝴蝶落在離他家一丈遠的土堆上，落在離他家比那土堆更遠一點的柳樹根底下……又落在這兒，又落在那兒。都離得他很近，落在他的腳尖那裡，又飛過他的頭頂，可是總不讓他捉住。他上火了，他生氣了，同時也覺得害羞，他想這蝴蝶一定是在捉弄他。於是他脫下來了衣服，他光著背脊亂追著。一邊追，一邊小聲喊：「你站住，你站住。」

這樣不知撲了多少時候，他扯著衣裳的領子，把衣裳掄了出去，好像打魚人撒網一樣。可是那小黃蝴蝶越飛越高了。他仰著頸子看牠，天空有無數太陽的針灸刺了他的眼睛，致使他看不見那蝴蝶了。他的眼睛翻花了，他的頭暈轉了一陣，他的腿軟了，他覺得一點力量也沒有了。他想坐下來，房子和那小蓮花池卻在旋轉，好像瓦盆窯裡做瓦盆的人看到瓦盆在架子上旋轉一樣。就在這時候，黃蝴蝶早就不見了。至於他離開家門多遠了呢，他回頭一看，他家的敞開著的門口，變得黑洞洞的了，屋裡邊的什麼也看不見了。他趕快往回跑，那些小流氓，那些壞東西，立刻反映在他的頭腦裡，鄰居孩子打他的事情，他想起來了。他手裡扯著撲蝴蝶時脫下來的衣裳，衣裳的襟飄在後邊，他一跑起來它還嘩啦嘩啦的響。他一害怕，心臟就過度的跳，不但胸中覺得非常飽滿，就連嘴裡邊也像含了東西。這東西塞滿了他的嘴就和浸進水去的海綿似的。吞也吞不下去，可是也吐不出來。

就是撲蝴蝶的這一天，他又受了傷。鄰家的孩子追上他來了，用棍子，用拳頭，用腳打了他。他的腿和小狼的腿那麼細。被打倒時在膝蓋上擦破了很大的一張皮。那些孩子簡直是一些小虎，簡直是些瘋狗，完全沒有孩子樣，完全是些黑沉沉的影子。他於是被壓倒了，被埋沒了。他的哭聲他知道是沒有用處，他昏迷了。

經過這一次，他就再不敢離開他的窗口了。雖然那蓮花池邊上還長著他看不清楚的富於幻想的飄渺的小花。

他一直在窗口蹲到黃昏以後，和一匹小貓似的，靜穆、安閒，但多少帶些無聊的蹲著。有一次他竟睡著了，從不太寬的窗臺上滾下來了。他沒有害怕，只覺得打斷了一個很好的夢是不應該。他用手背揉一揉眼睛，而後睜開眼睛看一看，果然方才那是一個夢呢！自己始終是在屋子裡面，而不像夢裡那樣，悠閒的溜蕩在藍色的天空下，而更不敢想是在蓮花池邊上了。他自己覺得仍舊落得空虛之中，眼前都是空虛的，冷清的，灰色的，伸出手去似乎什麼也不會觸到，眼睛看上去什麼也看不到。空虛的也就是恐怖的，他又回到窗臺上蹲著時，他往後縮一縮，把背脊緊緊的靠住窗框，一直靠到背脊骨有些發痛的時候。

小豆一天天的望著蓮花池。蓮花池裡的蓮花開了，開得和七月十五盂蘭盆會所放的河燈那麼紅堂堂的了。那不大健康的小豆，從未離開過他的窗口到池邊去腳踏實地去看過一次。只讓那臆想誘惑著他把那蓮花池誇大了，相同一個小世界，相同一個小城。那裡什麼都有：蝴蝶、蜻蜓、蚱蜢……蟲子們還笑著，唱著歌。草和花就像聽著故事的孩子似的點著頭。下雨時蓮花葉扇抖得和許多大扇子似的，蓮花池上就滿都是這些大扇子了。那孩子說：「爺爺你領我去看看那大蓮花。」

他說完了就靠著爺爺的腿，而後抱住爺爺的腿，同時輕輕的搖著。

「要看……那沒什麼好看的。爺爺明天領你去。」

爺爺總是夜裡不在家，白天在家就睡覺。睡醒了就昏頭昏腦的抽菸，從黃昏之前就抽起，接著開始燒晚飯。

爺爺的煙袋鍋子咕嚕咕嚕的響，小豆伏在他膝蓋上，聽得那煙袋鍋子更清晰了，懶洋洋的晒在太陽裡的小貓似的。又搖了爺爺兩下，他還是希望能去到蓮花池。但他沒有理他。空虛的悲哀很快的襲擊了他。因為他自己覺得也沒有理由一定堅持要去，內心又覺得非去不可。所以他悲哀了。他閉著眼睛，他的眼淚要從眼角流下來，鼻子又辣又痛，好像剛剛吃過了芥麻。他心裡起了一陣憎恨那蓮花池的感情。蓮花池有什麼好看的！一點也不想去看。他離開了爺爺的膝蓋，在屋子裡來回的好像小馬駒撒歡兒似的跑了幾趟。他的眼淚被自己欺騙著總算沒有流下來。

他很瘦弱，他的眼球白的多黑的少，面色不太好，很容易高興，也很容易悲哀。高興時用他歪歪斜斜的小腿跳著舞，並且嘴裡也像唱著歌。等他悲哀的時候，他的眼球一轉也不轉。他向來不哭。他自己想：哭什麼呢，哭有什麼用呢。但一哭起來，就像永遠不會停止，哭聲很大，他故意把周圍的什麼都要震破似的。一哭起來常常是躺在地上滾著，爺爺呼止不住他。爺爺從來不打他。他一哭起來，爺爺就蹲在他的旁邊，用手摸著他的頭頂，或者用著腰帶子的一端給他揩一揩淚。其餘什麼也不做，只有看著他。

他的父親是木匠，在他三歲的時候，父親就死了。母親又過兩年嫁了人。對於母親離開他的印象，他模模糊糊的記得一點。母親是跟了那個大鬍子的王木匠走的。王木匠提著母親的東西，還一拐一拐的。因為王木匠是個三條腿，除了兩隻真腿之外，還用木頭給自己做了一個假腿。他一想起來他就覺得好笑，為什麼一個人還有一條腿不敢落地呢，還要用一個木頭腿來幫忙？母親那天是黃昏時候走的，她好像上街去買東西的一樣，可是從那時就沒有回來過。

小豆從那一夜起，就睡在祖父旁邊了。這孩子沒有獨立的一張被子，跟父親睡時就蓋父親的一個被。再跟母親睡時，母親就摟著他。這回跟祖父睡了，祖父的被子連他的頭都矇住了。

「你出汗嗎？熱嗎？為什麼不蓋被呢？」

他剛搬到爺爺旁邊那幾天，爺爺半夜裡總是問他。因為爺爺沒有和孩子睡在一起的習慣，用被子整整的把他包住了。他因此不能夠喘氣，常常從被子裡逃到一邊，就光著身子睡。

這孩子睡在爺爺的被子裡沒有多久，爺爺就把整張的被子全部讓給他。爺爺在夜裡就不見了。他招呼了幾聲，聽聽沒有回應，他也就蓋著那張大被子開始自己單獨的睡了。

從那時候起，爺爺就開始了他自己的職業，盜墓子去了。

銀白色的夜。瓦灰色的夜。觸著什麼什麼發響的夜。盜墓子的人背了斧子、刀子和必須的小麻繩，另外有幾根皮鞭梢。而火柴在盜墓子的人是主宰他們的靈魂的東西。但帶著火柴的這件事情，並沒有多久，是從清朝開始。在那以前都是帶著打火石。他們對於這一件事情很莊嚴，帶著宗教感的崇高的情緒，裝配了這種隨時可以發光的東西在他們身上。

盜墓子的人先打開了火柴盒，劃著了一根，再劃一根。劃到三四根上，證明了這火柴是一些兒也沒有潮溼，每根每根都是保險會劃著的。

他開始放幾根在內衣的口袋裡，還必須塞進帽邊裡幾根。塞完了還用手捻著，看看是否塞得堅實，是不是會半路脫掉的。

五月的一個夜裡，那長鬍子的老頭，就是小豆的祖父，他在汙黑的桌子邊上，放下了他的煙袋。他把火柴到處放著，還放在褲腳的腿帶縫裡幾根。把火柴頭先插進去，而後用手向裡推。他的手漲著不少的血管，他的眉毛像兩條小刷子似的，他的一張方形的臉有的地方筋肉突起，有的地方凹下，他的白了一半的頭髮高叢叢的，從他的前領相同河岸上升著的密草似的直立著。可是他的影子落到牆上就只是個影子了，平滑的，黑灰色的，薄得和紙片似的，消滅了他生活的年代的尊嚴。不過那影子為著那聳高的頭髮和拖長的鬍子，正好像《伊索寓言》裡為山人在河下尋找斧子的大鬍子河神。

前一刻那長煙管還嗞嗞啦啦的叫著，那紅色的江石大煙袋嘴，剛一離那老頭厚厚的嘴唇，一會工夫就不響了，煙袋鍋子也不冒煙了。和睡在炕上的小豆一樣，煙袋是睡在桌子邊上了。

火柴不但能夠點燈，能夠吸菸，能夠燃起爐灶來，能夠在山林裡驅走狼。傳說上還能夠趕鬼。盜墓子的人他不說帶著火柴是為了趕鬼（因為他們怕鬼，所以不那麼說）。他說在忌日，就是他們從師父那裡學來的，好比信佛教的人吃素一樣。他們也有他們的忌日，好比下九和二十三。在這樣的日子上若是他們身上不帶著發火器具，鬼就追隨著他們跟到家裡來，和他們的兒孫生活在一起。傳說上有一個女鬼，頭上戴著五把鋼叉，就在這忌日的夜晚出來巡行，走一步拔下鋼叉來丟一把，一直丟到最末一把。若是從死人那裡回來的人遇到她，她就要叉死那個人。唯有身上帶著發火的東西的，她則不敢。從前多少年代盜墓子的人是帶著打火石的。這火石是他們的師父一邊念著咒語而傳給他們的。他們記得很清晰，師父說過：「人是有眼睛的，鬼是沒有眼睛的，要給他一個亮，順著這亮他就走自己的路了。」然而他們不能夠打著燈籠。

還必須帶著幾根皮鞭梢，這是做什麼用的，他們自己也沒有用過。把皮鞭梢掛在腰帶上的右手邊，準備用得著它時，方便得隨手可以抽下來。但成了裝飾品了，都磨得油滑滑的，膩得汙黑了。傳說上就是那戴著五把鋼叉的女鬼，被一個騎馬的人用馬鞭子的鞭梢勒住過一次。

小豆的爺爺掛起皮鞭梢來，就走出去。在月光裡那不甚亮的小板門，在外邊他扣起來鐵門環。那鐵門環過於粗大，過於笨重，它規規矩矩的蹲在門上。那房子裡想像不到還有一個七八歲的孩子睡在裡邊。

夜裡爺爺不在家，白天他也多半不在家。他拿著從死人那裡得來的東西到鎮上去賣。在舊貨商人那裡為了爭著價錢，常常是回來很晚。

「爺爺！」小豆看著爺爺從四五丈遠的地方回來了，他向那方向招呼著。

老頭走到他的旁邊，摸著他的頭頂。就像帶著一隻小狗一樣，他把孫子帶到屋子裡。一進門小豆就單調的喊著。他雖然坐在窗口等一下午爺爺才回來，他還是照樣的高興。

「爺爺這大綠豆青……這大螞蚱……是從窗洞進來的……」

他說著就跳到炕上去，破窗框上的紙被他的小手一片一片的撕下來。「這不是，就從這兒跳進來的……我就用這手心一扣就扣住牠啦。」他懸空在窗臺上扣了一下，「牠還跳呢，看吧，這麼跳……」

爺爺沒有理他，他仍舊問著：

「是不是，爺爺……是不是大綠豆青……」

「是不是這螞蚱吃得肚子太大了，跳不快，一抓就抓住……」

「爺爺你看，牠在我左手上一跳會跳到右手上，還會跳回來。」

「爺爺看哪，爺爺看……爺爺。」

「爺……」

最末後他看出來爺爺早就不理他了。

爺爺坐在離他很遠的灶門口的木墩上，滿頭都是汗珠，手裡揉擦著那柔軟的帽頭。

爺爺的鞋底踏住了一根草棍，還咕嚕咕嚕的在腳心下滾著。他爺爺的眼睛靜靜的看著那草棍所打起來的土灰。關於跳在他眼前的綠豆青螞蚱，他連理也沒有理，到太陽落，他也不拿起他的老菜刀來劈柴，好像連晚飯都不吃了。窗口照進來的夕陽從白色變成了黃色，再變成金黃，而後簡直就是金紅的了。爺爺的頭並不在這陽光裡，只是兩隻手伸進陽光裡去，並且在紅澄澄的紅得像混著金粉似的光輝裡把他的兩手翻洗著。太陽一刻一刻的沉下去了，那塊紅光在牆壁上拉長了，拉歪了。爺爺的手的黑影也隨著長了，歪了，慢慢的不成形了，那怪樣子的手指長得比手掌還要長了好幾倍，爺爺的手指有一尺多長了。

小豆遠遠的看著爺爺。他坐在東窗的窗口。綠豆青色的大螞蚱緊緊的握在手心裡，像握著幾根草桿似的稍稍還刺癢著他的手心。前一刻那麼熱烈的情緒，那麼富於幻想，他打算從湖邊上一看到爺爺的影子他就躲在門後，爺爺進屋時他大叫一聲，同時跑出來。跟著把大綠豆青放出來，最好是能放在爺爺的鬍子上，讓螞蚱咬爺爺的嘴唇。他想到這裡歡喜得把自己都感動了。為著這奇蹟他要笑出眼淚來了，他抑止不住的用小手揉著他自己發酸的鼻頭。可是現在他靜靜的望著那紅窗影，望著太陽消逝得那麼快，它在面前走過去一樣。紅色的影子漸漸縮短，縮短，而最後的那一條條，消逝得更快，好比用揩布一下子就把它揩抹了去了。

爺爺一聲也不咳嗽，一點要站起來活動的意思也沒有。

天色從黃昏漸漸變得昏黑。小豆感到爺爺的模樣也隨著天可怕起來，像一隻蹲著的老虎，像一個瞎話裡的大魔鬼。

「小豆。」爺爺忽然在那邊叫了他一聲。

這聲音把他嚇得跳了一下。因為他很久很久的不知不覺的思想集中在想著一些什麼。他放下了大螞蚱，他回應一聲：「爺爺！」

那聲音在他的前邊已經跑到爺爺的身邊去，而後他才離開了窗臺。同時頑皮的用手拍了一下大螞蚱的後腿，使牠自動的跳開去。他才慢斯斯的一邊回頭看那螞蚱一邊走轉向了祖父的面前去。

這孩子本來是一向不熱情的，臉色永久是蒼白的，笑的時節只露出兩顆小牙齒，哭的時節，眼淚也並不怎樣多，走路和小老人一樣。雖然方才他興奮一陣，但現在他仍恢復了原樣，一步一步的斯斯文文的向著祖父那邊走過去。

祖父拉了他一把，那蒼白的小臉什麼也沒有表示的望著祖父的眼睛看了一下。他一點也想不到會有什麼變化發生。從他有了記憶那天起，他們的小房裡沒有來過一個生人，沒有發生過一件新鮮事，甚至於連一頂新的帽子也沒有買過。炕上的那張蓆子原來可是新的，現在已有了個大洞。但那已經記不得是什麼時候開始破的，就像是一開始就破了這麼大一個洞，還有房頂空的蛛絲，連那蛛絲上的塵土也沒有多，也沒有少，其中長的蛛絲長得和湖邊上倒垂的柳絲似的有十多掛，那短的囉囉唆唆的在膠糊著牆角。這一切都是有這個房子就有這些東西，什麼也沒有變更過，什麼也沒有多過，什麼也沒有少過。這一切都是從存在那一天起便是今天這個老樣子。家裡沒有請過客人，吃飯的時候，桌子永久是擺著兩雙筷子，屋子裡是凡有一些些聲音就沒有不是單調的。總之是單調慣了，很難說他們的生活過得單調不單調，或寂寞不寂寞。說話的聲音反應在牆上而後那迴響也是清清朗朗的。比如爺爺喊著小豆，在小豆沒有答應之前，他自己就先聽到了自己音波的共震。在他燒飯時，偶爾把鐵勺子掉到鍋底上去，那響聲會把小豆震得好像睡覺時做了一個噩夢那樣的跳起。可見他家只站著四座牆了。也可見他家屋子是很大的。

本來兒子活著時這屋子住著一家五口人的。牆上仍舊掛著那從前裝過很多筷子的筷子籠，現在雖然變樣了，但仍舊掛著。因為早就不用了，那筷子籠發霉了，幾乎看不出來那是用柳條編的或是用的藤子，因為被抽菸和塵土的黏膩已經變得毛毛的黑綠色的海藻似的了。但那裡邊依然裝著一大把舊時用過的筷子。筷子已經髒得不像樣子，看不出來那還是筷子了。但總算沒有動過，讓一年接一年的跟著過去。

連爺爺的鬍子也一向就那麼長，也一向就那麼密重重的一堆。到現在仍舊是密得好像用人工栽上去的一樣。

小豆抬起手來，觸了一下爺爺的鬍子梢，爺爺也就溫柔的用鬍子梢觸了一下小豆頭頂心的纓纓髮。他想爺爺張嘴了，爺爺說什麼話了吧。可是不然，爺爺只把嘴唇上下的吻合著吮了一下。小豆似乎聽到爺爺在咂舌了。

有什麼變更了呢，小豆連想也不往這邊想。他沒看到過什麼變更過。祖父夜裡出去和白天睡，還照著老樣子。他自己蹲在窗臺上，一天蹲到晚，也是一貫的老樣子。變更了什麼，到底是變更了什麼？那孩子關於這個連一些些兒預感也沒有。

爺爺招呼他來，並不吩咐他什麼。他對於這個，他完全習慣的，他不能明白的，他從來也不問。他不懂得的就讓他不懂得。他能夠看見的，他就看，看不見的也就算了。比方他總想去到那蓮花池，他為著這個也是很久很久的和別的一般的孩子的脾氣似的，對於他要求的達不到目的就放不下。他最後不去也就算了。他的問題都是在沒提出之前，在他自己心裡攪鬧得很不舒服，一提出來之後，也就馬馬虎虎的算了。他多半猜得到他要求的事情就沒有一件成功的。所以關於爺爺招呼他來並不吩咐他這事，他並不去追問。他自己悠閒的閃著他不大明亮的小眼睛在四處的看著，他看到了牆上爬著一個多腳蟲，還爬得喇啦喇啦的響。

他一仰頭又看到個小黑蜘蛛綴在牠自己的網上。

天就要全黑，窗外的藍天，開初是藍得明藍，透藍。再就是藍緞子似的，顯出天空有無限深遠。而現在這一刻，天氣寧靜了，像要凝結了似的，藍得黑乎乎的了。

爺爺把他的手骨節一個一個的捏過，發出了脆骨折斷了似的響聲。爺爺仍舊什麼也不說，把頭仰起看一看房頂空，小豆也跟著看了看。

那蜘蛛沉重得和一塊飽滿的鉛錘似的，時時有從網上掉落下來的可能。和蛛網平行的是一條房梁上掛下來的繩頭，模糊中還看得出繩頭還結著一個圈，同時還有牆角上的木格子。那木格子上從前擺著斧子，擺著墨斗、墨尺和墨線……那是兒子做木匠時親手做起來的。老頭忽然想起了他死去的兒子，那不是他學徒滿期回來的第二天就開頭做了個木格子嗎？他不是說做手藝人，傢伙要緊，怕是耗子給他咬了才做了這木格子。他想起了房梁上那垂著的繩子也是兒子結的。五月初一媳婦出去採了一大堆艾蒿，兒子親手把它掛在房梁上，想起來這事情都在眼前，像是還可以嗅到那艾蒿的氣味。可是房梁上的繩子卻汙黑了，好像生鏽的沉重鎖鏈垂在那裡哀痛得一動也不動。老頭子又看了那繩頭子一眼，他的心臟立刻翻了一個面，臉開始發燒，接著就冒涼風。兒子死去也三四年了，從來沒有像今天這樣捉心的難過。

從前他自信，他有把握，他想他拼掉了自己最後的力量，孫兒是不會餓死的。只要爺爺多活幾年，孫兒是不會餓死的。媳婦再嫁了，他想那也好的，年輕的人，讓她也過這樣的日子有什麼意思，缺柴少米，家裡又沒有人手。但這都是他過去的想頭，現在一切都懸了空。此後怎麼能吃飯呢，他不知道了。孫兒到底是能夠眼看著他長大或是不能，他都不能十分確定。一些過去的感傷的場面，一段連著一段，他的思路和海上遇了風那翻花的波浪似的。從前無管怎樣憂愁時也沒有這樣困疲過他的，現在來了。他昏迷，他心跳，他的血管暴漲，他的耳朵發熱，他的喉嚨發乾。他摸自己的兩手的骨節，那骨節又開始噼啪的發響。他覺得這骨節也像變大了，變得突出而討厭了。他要站起來走動一下，擺脫了這一切。但像有什麼東西錘著他，使他站不起來。

「這是幹嘛？」

在他痛苦得不能支持，不能再做著那回想折磨下去時，他自己叫了一個口號，同時站起身來。

「小豆，醒醒，爺爺煮綠豆粥給你吃。」他想藉著和孩子的談話把自己平撫一下，「小豆，快別迷迷糊糊的……看跌倒了……你的大蝴蝶飛了沒有？」

「爺爺，你說錯啦，那裡是大蝴蝶，是大螞蚱。」小豆離開爺爺的膝蓋，努力睜開眼睛。抬起腿來想要跑，想把那大綠豆青拿給爺爺看。

原來爺爺連看也沒有看那大綠豆青一眼，所以把螞蚱當作蝴蝶了。他伸出手去拉住了要跑開的小豆。

「吃了飯爺爺再看。」

他伸手在自己的腰懷裡取出一個小包包來，正在他取出來時，那紙包被撕破而漏了，撲拉拉的往地上落著豆粒。跟著綠豆的滾落，小豆就伏下身去，在地上拾著綠豆粒。那小手掌連掌心都和地上的灰土扣得伏帖帖的，地上好像有無數滾圓的小石子。那孩子一邊拾著還一邊玩著，他用手心按住許多豆粒在地上軲轆著。

爺爺看了這樣的情景，心上來了一陣激動的歡喜：

「這孩子怎麼能夠餓死？知道吃的中用了。」

爺爺心上又來了一陣酸楚。他想到這可憐的孩子，他父親死的時候，他才剛剛會走路，雖然那時他已四歲了，但身體特別衰弱，外邊若多少下一點雨，只怕幾步路也要背在爺爺的背上。三天或五日就要生一次病。看他病的樣子，實在可憐。他不哼，不叫，也不吃東西，也不要什麼，只是隔了一會工夫便叫一聲「爺」。問他要水嗎？

「不要。」

要吃的嗎？

「不要。」

眼睛半開不開的又昏昏沉沉的睡了。

睡了三五天，起來了，好了。看見什麼都表示歡喜。可是過不幾天，就又病了。

「沒有病死，還能餓死嗎？」為了這個，晚上熄了燈之後，爺爺是煩擾著。

過去的事情又一件一件的向他湧來，他想媳婦出嫁的那天晚上，那個開著蓋的描金櫃……媳婦臨出門時的那哭聲。在他回想起來，比在當時還感動了他。他自己也奇怪，都是些過去的想他幹嘛，但接著又想到他死去的兒子。

一切房裡邊的和外邊的都黑掉了，蓮花池也黑沉沉的看不見了，消磨得用手去摸也摸不到，用腳去踏也踏不到似的。蓮花池也和那些平凡的大地一般平凡。

大綠豆青螞蚱也早被孩子忘記了。那孩子睡得很平穩，和一條捲著的小蟲似的。

但醒在他旁邊的爺爺，從小豆的鼻孔裡隔一會可以聽到一聲受了什麼委屈似的嘆息。

老頭子從兒子死了之後，他就開始偷盜死人。這職業起初他不願意幹，不肯幹。他想也襲用著兒子的斧子和鋸，也去做一個木匠。他還可笑的在家裡練習了三兩天，但是毫無成績。他利用了一塊厚木板片，做了一個小方凳，但那是多麼滑稽，四條腿一個比一個短，他想這也沒有關係，用鋸鋸齊了就是了，在他鋸時那鋸齒無論怎樣也不合用，鋸了半天，把凳腿都鋸亂了，可是還沒有鋸下來。更出於他意料之外的，他眼看著他自己做的木凳開始被鋸得散花了。他知道木匠是當不成了，所以把兒子的家具該賣掉的都賣掉了。還有幾樣東西，他就用來盜墓子了。

從死人那裡得來的，頂值錢的他盜得一對銀杯，兩副銀耳環，一副帶大頭的，一副光圈。還有一個包金的戒指。還有銅水煙袋一個，錫花瓶一個，銀扁簪一個，其餘都是些不值錢的東西，衣裳鞋帽，或是陪葬的小花玻璃杯，銅方孔錢之類。還有銅煙袋嘴，銅煙袋鍋，檀香木的大扇子，也都是不值錢的東西。

夜裡他出去挖掘，白天便到小鎮上舊貨商人那裡去兜賣。從日本人一來，他的貨色常常被日本人打劫，昨天晚上就是被查了回來的。白天有日本憲兵把守著從村子到鎮上去的路，夜裡有偵探穿著便衣在鎮上走著，行路隨時都要被檢查。問那老頭懷裡是什麼東西，那東西從那裡來的。他說不出是從那裡來的了。問他什麼職業，他說不出他是什麼職業。他的東西被沒收了兩三次，他並沒有怕，昨天他在街上看到了一大隊中國人被日本人抓去當兵。又聽說沒有職業的人，日本人都要抓的。

舊貨商人告訴他，要想不讓抓去當兵，那就趕快順了日本人。他若願意順了日本，那舊貨商人就帶著他去。昨天就把他送到了一個地方，也見過了日本人。

為著這個事，昨天晚上，他通夜沒有睡。因為是盜墓子的人，夜裡工作慣了，所以今天一起來精神並不特別壞，他又下到小地窖裡去。他出來時，臉上劃著一格一條的灰塵。

小豆站在牆角上靜靜的看著爺爺。

那老頭把幾張小銅片塞在帽頭的頂上，把一些碎鐵釘包在腰帶頭上，倉倉皇皇的拿著一條針在縫著，而後不知把什麼發亮的小片片放在手心晃了幾下。小豆沒有看清楚這東西到底是放在什麼地方。爺爺簡直像變戲法一樣神祕了，一根銀牙籤捏了半天才插進袖邊裡去。他一抬頭看見小豆溜圓的眼睛和小釘似的盯著他。

「你看什麼，你看爺爺嗎？」

小豆沒敢答言，兜著小嘴羞慚慚的回過頭去了。

爺爺也紅了臉，推開了獨板門，又到舊貨商人那裡去了。

有這麼一天，爺爺忽然喊著小豆，那喊聲非常平靜，平靜到了啞的地步。

「孩子，來吧，跟爺去。」

他用手指尖搔著小豆頭頂上的那撮毛毛髮，搔了半天工夫。

那天他給孩子穿上那雙青竹布的夾鞋，鞋後跟上釘著一條窄小的分帶。祖父低下頭去，用著粗大的呼吸給孫兒結了起來。

「爺爺，去看蓮花池？」小豆和小綿羊似的站到爺爺的旁邊。

「走吧，跟爺爺去……」

這一天爺爺並不帶上他的刀子和剪子，並不像夜裡出去的那樣。也不走進小地窖去，也不去找他那些銅片和碎鐵。只聽爺爺說了好幾次：

「走吧，跟爺爺去。」

跟爺爺到那裡去呢？小豆也就不問了，他一條小綿羊似的站到爺爺的旁邊。

「就只這一回了，就再不去了……」爺爺自己說著這樣的話，小豆聽著沒有什麼意思。或者去看姑母嗎？或者去進廟會嗎？小豆根本就不往這邊想，他沒有出門去看過一位親戚。在他小的時候，外祖母是到他家裡來看過他的，那時他還不記事，所以他不知道。鎮上趕集的日子，他沒有去過。正月十五看花燈，他沒看過。八月節他連月餅都沒有吃過。那好吃的東西，他認識都不認識。他沒有見過的東西非常多，等一會走到小鎮上，爺爺給他粽子時，他就不曉得怎樣剝開吃。他沒有看過驢皮影，他沒有看過社戲。這回他將到那裡去呢？將看到一些什麼，他無法想像了，他只打算跟著就走，越快越好，立刻就出發他更滿意。

他覺得爺爺那是麻煩得很，給他穿上這個，穿上那個，還要給他戴一頂大帽子，說是怕太陽晒著頭。那帽子太大了，爺爺還教給他，說風來時就用手先去拉住帽沿。給他洗了臉，又給他洗了手，洗臉時他才看到孫子的頸子是那麼黑了，面巾打上去，立刻就起了和菜棵上黑包的一堆一堆的膩蟲似的泥滾。正在擦耳朵，耳洞裡就掉出一些白色的碎末來，看手指甲也像鳥爪那麼長了。爺爺還想給剪一剪，因為找剪刀而沒有找到，他想從街上次來再好好的連頭也得剪一剪。

小豆等得實在不耐煩了，爺爺找不到剪刀，他就嚷嚷著：「走吧！」

他們就出了門。

天是晴的，耀眼的，空氣發散著從野草裡邊蒸騰出來的甜味。地平線的四邊都是綠色，綠得那麼新鮮，翠綠，湛綠，油亮亮的綠。地平線邊沿上的綠，綠得冒煙了，綠得是那邊下著小雨似的。而近處，就在半里路之內，都綠得全像玻璃。

好像有什麼在迷了小豆的眼睛，對於這樣大的太陽，他昏花了。這樣清楚的天氣，他想要看的什麼都看不清了。比方那幻想了好久的蓮花池，就一時找不到了。他好像土撥鼠被帶到太陽下那樣瞎了自己的眼睛，小豆實在是個小土撥鼠，他不但眼睛花，而腿也站不住，就像他只配自己永久蹲在土洞裡。

「小豆！小豆！」爺爺在後邊喊他。

「褲子露屁股了，快回去，換上再來。」爺爺已經轉轉身去向著家的方向。等他想起小豆只有一條褲子，他就又同孩子一同往前走了。

鎮上是趕集的日子，爺爺就是帶著孫兒來看看熱鬧，同時，一會就有錢了，可以給他買點什麼。

「小豆要什麼，什麼他喜歡，帶他自己來，讓他選一選。」祖父一邊走著一邊想著。可是必得扯幾尺布，做一條褲子給他。

繞過了蓮花池，順著那條從池邊延展開去的小道，他們向前走去。現在小豆的眼睛也不花了，腿也充滿了力量。那孩子在藍色的天空裡好像是唱著優美的歌似的。他一路走一路向著草地給草起了各種的名字，他周圍的一切在他看來，也都是喧鬧的帶著各種的聲息在等候他的呼應。由於他心臟比平時加快的跳躍，他的嘴唇也像一朵小花似的微微在他臉上突起了一點，還變了一點淡紅色。他隨處彎著腰，隨處把小手指撫壓到各種草上。剛一開頭時，他是選他喜歡的花把它摘在手裡。開初都是些顏色鮮明的，到後來他就越摘越多，無管什麼大的小的黃的紫的或白的……就連野生的大麻果的小黃花，他也摘在手裡。可是這條小路是很短的，一走出了小路就是一條黃色飛著灰塵的街道。

「爺爺到那兒去呢？」小豆抬起他蒼白的小臉。

「跟著爺爺走吧。」

往下他也就不問了，好像一條小狗似的跟在爺爺的後邊。

市鎮的聲音，鬧嚷嚷，在五百步外聽到人哄哄得就有些震耳了。祖父心情是煩擾的而也是寧靜的。他把他自己沉在一種莊嚴的喜悅裡，他對於孫兒這是第一次想要花費，想要開銷一筆錢。他的心上時時活動著一種溫暖，很快的這溫暖變成了一種體貼。當他看到小豆今天特別快活的樣子，他幸福的從眼梢上開啟著微笑，小豆的不大健康的可愛的小腿，一跳一跳的做出伶俐的姿態來。爺爺幾次想要跟他說幾句話，但是為了內心的喜愛，他張不開嘴，他不願意憑空的驚動了那可愛的小羊。等小豆真正的走到市鎮上來，小鎮的兩旁，都是些賣吃食東西的，紅山楂片，壓得扁扁的黑棗，綠色的橄欖，再過去也是賣吃食東西的。在小豆看來這小鎮上，全都是可吃的了。他並沒有向爺爺要什麼，也不表示他對這吃的很留意，他表面上很平淡的樣子就在人縫裡往前擠。但心裡頭，或是嘴裡邊，隨時感到一種例外的從來所未有的感覺。尤其是那賣酸梅湯的，敲著銅花托發出來那清涼的聲音。他越聽那聲音越涼快，雖然不能夠端起一碗來就喝下去，但總覺得一看就涼快，可是他又不好意思停下來多看一會，因他平常沒有這習慣。他一刻也不敢單獨的隨心所欲的在那裡多停一刻，他總怕有人要打他，但這是在市鎮上並非在家裡，這裡的人多得很，怎能夠有人打他呢？這個他自己也不想得十分徹底，是一種下意識的存在。所以跟著爺爺，走到人多的地方，他竟伸出手來拉著爺爺。賣豌豆的，賣大高麗菜的，賣青椒的……這些他都沒有看見，有一個女人舉著一個長桿，桿子頭上掛著各種顏色的棉線。小豆竟被這棉線掛住了頸子。他神經質的十分恐怖的喊了一聲。爺爺把線從他頸子上取下來，他看到孫兒的眼睛裡呈現著一種清明的可愛的過於憐人的神色。這時小豆聽到了爺爺的嘴裡吐出來一種帶香味的聲音。

「你要吃點什麼嗎？這粽子，你喜歡嗎？」

小豆不知道那是什麼東西，也許五六年前他父親活著時他吃過，那早就忘了。

爺爺從那瓦盆裡提出來一個，是三角的，或者是六角的，總之在小豆看來這生疏的東西，帶著很多尖尖。爺爺問他，指著瓦盆子旁邊在翻開著的鍋：「你要吃熱的嗎？」

小豆忘了，那時候是點點頭，還是搖搖頭。總之他手裡正經提著一個尖尖的小玩藝了。

爺爺想要買的東西，都不能買，反正一會回來買，所以他帶的錢只有幾個銅板。但是他並不覺得怎樣少，他很自滿的向前走著。

小豆的褲子正在屁股上破了一大塊，他每向前抬一下腿，那屁股就有一塊微黃色的皮膚透露了一下。這更使祖父對他起著憐惜。

「這孩子，和三月的小蔥似的，只要沾著一點點雨水馬上會胖起來的……」一想到這裡，他就快走了幾步，因為過了這市鎮前邊是他取錢的地方。

小豆提著粽子還沒有打開吃。雖然他在賣粽子的地方，看了別人都是剝了皮吃的，但他到底不能確定，不剝皮是否也可以吃。最後他用牙齒撕破了一個大角，他吃著，吸著，還用兩隻手來幫著開始吃了。

他那採了滿手的花丟在市鎮上，被幾百幾十人的腳踏著，而他和爺爺走出市鎮了。

走了很多彎路，爺爺把他帶到一個好像小兵營的門口。

孩子四處看一看，想不出這是什麼地方，門口站著穿大靴子的兵士，頭上戴著好像小鐵盆似的帽子。他想問爺爺：這是日本兵嗎？因為爺爺推著他，讓他在前邊走，他也就算了。

日本兵剛來到鎮上時，小豆常聽舅父說「漢奸」，他不大明白，不大知道舅父所說的是什麼話，可是日本兵的樣子和舅父說的一點不差，他一看了就怕。但因為爺爺推著他往前走，他也就進去了。

正是裡邊吃午飯的時候，日本人也給了他一個飯盒子，他膽怯的站在門邊把那一尺來長三寸多寬的盒子接在手裡。爺爺替他打開了，白飯上還有兩片火腿，這東西油亮亮的特別香。他從來沒見過。因為爺爺吃，他也就把飯吃完了。

他想問爺爺，這是什麼地方，在人多的地方，他更不敢說話，所以也就算了。但這地方總不大對，過了不大一會工夫，那邊來一個不戴鐵帽子也不穿大靴子的平常人，把爺爺招呼著走了。他立時就跟上去，但是被門崗擋住了。他喊：

「爺爺，爺爺。」他的小頭蓋上冒了汗珠，好像喊著救命似的那麼喊著。

等他也跟著走上了審堂室時，他就站在爺爺的背後，還用手在後邊緊緊的勾住爺爺的腰帶。

這間房子的牆上掛著馬鞭，掛著木棍，還有繩子和長桿，還有皮條。地當心還架著兩根木頭架子，和架子似的環著兩個大鐵環，環子上繫著用來把牛縛在犁杖上那麼粗的大繩子。

他聽爺爺說「中國」又說「日本」。

問爺爺的人一邊還拍著桌子。他看出來爺爺也有點害怕的樣子，他就在後邊拉著爺爺的腰帶。他說：

「爺爺，回家吧。」

「回什麼家，小混蛋，他媽的，你家在那裡！」那拍桌子的人就向他拍了一下。

正是這時候，從門口推進大廳來一個和爺爺差不多的老頭。戴鐵帽子的腰上掛著小刀子的（即刺刀），還有些穿著平常人的衣裳的。這一群都推著那個老頭，老頭一邊喊著就一邊被那些人用繩子吊了上去，就吊在那木頭架子上。那老頭的腳一邊打著旋轉，一邊就停在空中了。小豆眼看著日本兵從牆上摘下了鞭子。

那孩子並沒有聽到爺爺說了什麼，他好像從舅父那裡聽來的，中國人到日本人家裡就是「漢奸」。於是他喊著：「漢奸，漢奸……爺爺回家吧……」

說著躺在地上就大哭起來。因為他拉爺爺，爺爺不動的緣故，他又發了他大哭的脾氣。

還沒等爺爺回過頭來，小豆被日本兵一腳踢到一丈多遠的牆根上去。嘴和鼻子立刻流了血，和被損害了的小貓似的，不能證明他還在呼吸沒有，可是喊叫的聲音一點也沒有了。

爺爺站起來，就要去抱他的孫兒。

「混蛋，不能動，你絕不是好東西……」

審問的中國人變了臉色的緣故，臉上的陰影，特別的黑了起來，從鼻子的另一面全然變成鐵青了。而後說著日本話。那老頭雖然聽了許多天了，也一句不懂。只聽說「帶斯內……帶斯內……」，日本兵就到牆上去摘鞭子。

那邊懸起來的那個人，已開始用鞭子打了。

小豆的爺爺也同樣的昏了過去。他的全身沒有一點痛的地方。他發了一陣熱，又發了一陣冷，就達到了這樣一種沉沉靜靜的境地。一秒鐘以前那難以忍受的火刺刺的感覺，完全消逝了，只這麼快就忘得乾乾淨淨。孫兒怎樣，死了還是活著，他不能記起，他好像走到了另一世界，沒有痛苦，沒有恐怖，沒有變動，是一種永恆的。這樣他不知過了多久，像海邊的岩石，他不能被世界曉得，他是睡在波浪上多久一樣。

他剛一明白了過來，全身疲乏得好像剛剛到遠處去旅行了一次，口渴，想睡覺，想伸一伸懶腰。但不知為什麼伸不開，想睜開眼睛看一看，但也睜不開。他站了好幾次，也站不起來。等他的眼睛已能看到他的孫兒，他向著他的方向爬去了。他一點沒有懷疑他的孫兒是死了還是活著，他抱起他來，他把孫兒軟條條的橫在爺爺的膝蓋上。

這景況和他昏迷過去的那景況完全不同。掛起來的那老頭沒有了，那一些周圍的沉沉的面孔也都沒有了，屋子裡安靜得連塵土都在他的眼前飛，光線一條條的從窗櫺鑽進來，塵土在光線裡邊變得白花花的。他的耳朵裡邊，起著幽幽的鳴叫。鳴叫聲似乎離得很遠，又似乎聽也聽不見了。一切是靜的，靜得使他想要回憶點什麼也不可能。若不是廳堂外那些日本兵的大靴子叮噹的響，他真的不能分辨他是處在什麼地方了。

孫兒因為病沒有病死，還能夠讓他餓死嗎？來時經過那小市鎮，祖父是這樣想著，打算回來時一定要扯幾尺布給他先做一條褲子。

現在小豆和爺爺從那來時走過的市鎮上次來了。小豆的鞋子和一個硬殼似的為著一根帶子的連繫尚且掛在那細小的腿上，他的屁股露在爺爺的手上。嘴和鼻子上的血尚且沒有揩。爺爺的膝蓋每向前走一步，那孩子的胳臂和腿也跟著遊蕩一下。祖父把孩子拖長的攤展在他的兩手上。彷彿在端著什麼液體的可以流走的東西，時時在擔心他會自然的掉落，可見那孩子綿軟到什麼程度了。簡直和麵條一樣了。

祖父第一個感覺知道孫兒還活著的時候，那是回到家裡，已經擺在炕上，他用手掌貼住了孩子的心窩，那心窩是熱的，是跳的，比別的身上其餘的部分帶著活的意思。

這孩子若是死了好像是應該的，活著使祖父反而把眼睛瞪圓了。他望著房頂，他捏著自己的鬍子，他和白痴似的，完全像個呆子了。他怎樣也想不明白。

「這孩子還活著嗎？唉呀，還有氣嗎？」

他又伸出手來，觸到了那是熱的，並且在跳，他稍微用一點力，那跳就加速了。

他怕他活轉來似的，用一種特別沉重的忌恨的眼光看住他。

直到小豆的嘴唇自動的張合了幾下，他才承認孫兒是活了。

他感謝天，感謝佛爺，感謝神鬼。他伏在孫兒的耳朵上，他把嘴壓住了那還在冰涼的耳朵：「小豆小豆小豆小豆……」

他一連串和珠子落了般的叫著孫兒。

那孩子並不能答應，只像蒼蠅咬了他的耳朵一下似的，使他輕輕的動彈一下。

他又連著串叫：「小豆，看看爺爺，看……看爺一眼。」

小豆剛把眼睛睜開一道縫，爺爺立刻撲了過去。

「爺……」那孩子很小的聲音叫了一聲。

這聲音多麼乖巧，多麼順從，多麼柔軟。他叫動了爺爺的心窩了。爺爺的眼淚經過了鬍子往下滾，沒有聲音的，和一個老牛哭了的時候一樣。

並且爺爺的眼睛特別大，兩張小窗戶似的。透過了那玻璃般的眼淚而能看得很深遠。

那孩子若看到了爺爺這樣大的眼睛，一定害怕而要哭起來的。但他只把眼開了個縫而又平平坦坦的昏沉沉的睡了。

他是活著的，那小嘴，那小眼睛，小鼻子……

爺爺的血流又開始為著孫兒而活躍，他想起來了。應該把那嘴上的血揩掉，應該放一張涼水浸過的手巾在孫兒的頭上。

他開始忙著這個，他心裡是有計劃的，而他做起來還顛三倒四，他找不到他自己的水缸，他似乎不認識他已經取在水盆裡的是水。他對什麼都加以思量的樣子，他對什麼都像猶疑不決。他的舉動說明著他是個多心的十分有規律的做一件事的人，其他，他都不是，而且正相反，他是為了過度的喜歡，使他把周圍的一切都掩沒了，都看不見了，而也看不清，他失掉了記憶。恍恍惚惚的他自己也不知道他自己是怎麼著了。

可笑的，他的手裡拿著水盆還在四面的找水盆。

他從小地窖裡取出一點碎布片來，那是他盜墓子時拾得的死人的零碎的衣裳，他點了一把火，在灶口把它燒成了灰。把灰拾起來放在飯碗裡，再澆上一點冷水，而後用手指捏著攤放在小豆的心口上。

傳說這樣可以救命。

左近一切人家都睡了的時候，祖父仍在小灶腔裡燃著火，仍舊煮綠豆湯……

他把木板碗櫥拆開來燒火，他舉起斧子來。聽到炕上有哼聲，他就把斧子抬得很高很高的舉著而不落。

「他不能死吧？」他想。

斧子的響聲脆快得很，一聲聲的在劈著黑沉沉的夜。

「爺……」裡邊的孩子又叫了爺爺一聲。

爺爺走進去低低的答應著。

過一會又喊著，爺爺又走進去，低低的答應著。接著他就翻了一個身喊了一聲，那聲音是急促的，微弱的接著又喊了幾聲，那聲音越來越弱。聲音鬆散的，幾乎聽不出來喊的是爺爺。不過在爺爺聽來就是喊著他了。

雞鳴是報曉了。

蓮花池的小蟲子們仍舊唧唧的叫著……間或有青蛙叫了一陣。

無定向的，天邊上打著露水閃。

那孩子的性命，誰知道會繼續下去，還是會斷絕的？

露水閃不十分明亮，但天上的雲也被它分得遠近和種種的層次來，而那蓮花池上小豆所最喜歡的大綠豆青螞蚱，也一閃一閃的在閃光裡出現在蓮花葉上。

小豆死了。

爺爺以為他是死了。不呼吸了，也不叫……沒有哼聲，不睜眼睛，一動也不動。

爺爺劈柴的斧子，舉起來而落不下去了。他把斧子和木板一齊安安然然的放在地上，靜悄悄的靠住門框他站著了。

他的眼光看到了牆上活動著的蜘蛛，看到了沉靜的蛛網，又看到了地上三條腿的板凳，看到了掉了底的碗櫥，看到了兒子親手結的掛艾蒿的懸在房梁上的繩子，看到了灶腔裡跳著的火。

他的眼睛是從低處往高處看，看了一圈，而後還落到低處。但他就不見他的孫兒。

而後他把眼睛閉起來了，他好似怕那閃閃耀耀的火光會迷了他的眼睛。他閉了眼睛是表示他對著火關了門。他看不到火了。他就以為火也看不到他了。

可是火仍看得到他，把他的臉炫耀得通紅，接著他就把通紅的臉埋沒到自己闊大的胸前，而後用兩隻袖子包圍起來。

然而他的鬍子梢仍沒有包圍住，就在他一會高漲，一會低抽的胸前騷動……他喉管裡像吞住一顆過大的珠子，時上時下的而咕嚕咕嚕的在鳴。而且喉管也和淚線一樣起著暴痛。

這時候蓮花池仍舊是蓮花池。露水閃仍舊不斷的閃合。雞鳴遠近都有了。

但在蓮花池的旁邊，那灶口生著火的小房子門口，卻劃著一個黑大的人影。

那就是小豆的祖父。

1939.5.16 嘉陵江居

（刊於同年9月16日重慶《婦女生活》第8卷第1期，署名蕭紅。後收入《曠野的呼喊》）

山下

山下

清早起，嘉陵江邊上的風是涼爽的，帶著甜味的朝陽的光輝涼爽得可以摸到的微黃的紙片似的，混著朝露向這個四圍都是山而中間這三個小鎮蒙下來。

從重慶來的汽船，五顏六色的，好像一隻大的花花綠綠的飽滿的包裹，慢慢吞吞的從水上就擁下來了。林姑娘看到，其實她不用看，她一聽到那的響聲，就喊著她母親：「奶媽，洋船來啦……」她拍著手，她的微笑是甜蜜的，充滿著溫暖和愛撫。

她是從母親旁邊單獨的接受著母親整個所有的愛而長起來的，她沒有姊妹或兄弟，只有一個哥哥，是從別處討來的，所以不算是兄弟，她的父親整年不在家，就是順著這條江坐木船下去，多半天工夫可以到的那麼遠的一個鎮上去做窯工。林姑娘偶然在過節或過年看到父親回來，還帶羞的和見到生人似的，躲到一邊去。母親嘴裡的呼喚，從來不呼喚另外的名字，一開口就是林姑娘，再一開口又是林姑娘。母親的左腿，在兒時受了毛病的，所以她走起路來，永遠要用一隻手托著膝蓋。那怕她洗了衣裳，要想晒在竹竿上，也要喊林姑娘。因為母親雖然有兩隻手，其實就和一隻手一樣。一隻手雖然把竹竿子舉到房簷那麼高，但結在房簷上的那個棕繩的圈套，若不再用一隻手拿住它。那就大半天功夫套不進去。等林姑娘一跑到跟前，那一長串衣裳，立刻在房簷下晒著太陽了。母親燒柴時是坐在一個一尺高的小板凳上。因為是坐著，她的左腿任意可以不必管它，所以她這時候是兩隻手了。左手拿柴，右手拿著火剪子，她燒得通紅的臉。小女孩用不到幫她的忙，就到門前去看那從重慶開來的汽船。

那船沉重得可怕了，歪歪著走，機器轟隆轟隆的響，而且船尾巴上冒著那麼黑的煙。

「奶媽，洋船來啦。」

她站在門口喊著她的母親，她甜蜜的對著那汽船微笑，她拍著手，她想要往前跑幾步，可是母親在這時候又在喊著林姑娘。

鍋裡的水已經燒得翻滾了，母親招呼她把那盛著麥粉的小泥盆遞給她。其實母親並不是絕對不能用一隻手把那小盆拿到鍋臺上去。因為林姑娘是非常乖的孩子，母親愛她，她也愛母親，是凡母親招呼她時，她沒有不聽從的。雖然她沒能詳細的看一看那汽船，她仍是滿臉帶著笑容，把小泥盆交到母親手裡。她還問母親：

「要不要別個啦，還要啥子呀？」

那洋船也沒有什麼好看的，從城裡大轟炸時起，天天還不是把洋船載得滿滿的，和胖得翻不過身來的小豬似的載了一個多月。開初那是多麼驚人呀，就連跛腿的媽媽，有時也左手按著那脫了筋的膝蓋，右手抓著女兒的肩膀，也一拐一拐的往江邊上跑。跑著去看那聽說是完全載著下江人的汽船。

傳說那下江人（四川以東的，他們皆謂之下江）和他們不同，吃得好，穿得好，錢多得很。包裹和行李就更多，因此這船才擠得風雨不透。又聽說下江人到那裡，先把房子刷上石灰，黑洞洞的屋子，他們說他們一天也不能住。若是有用人，無緣無故的就賞錢。三角五角的，一塊八角的，都不算什麼。聽說就隔著一道江的對面……也不知有一個姓什麼的，今天給那雇來的婆婆兩角錢，說讓她買一個草帽戴；明天又給一弔錢，說讓她買一雙草鞋，下雨天好穿。下江人，這就是下江人哪……站在江邊上的，無管誰，林姑娘的媽媽，或是林姑娘的鄰居，若一看到汽船來，就都一邊指著一邊喊著。

清早起林姑娘提著籃子，赤著腳走在江邊清涼的沙灘上。洋船在這麼早，一隻也不會來的，就連過河的板船也沒有幾隻。推船的孩子睡在船板上，睡得那麼香甜，還把兩隻手從頭頂伸出垂到船外邊去，那手像要在水裡抓點什麼似的，而那每天在水裡洗得很乾淨的小腳，只在腳掌上染著點沙土。那腳在夢中偶爾擦著船板一兩下。

過河的人很稀少，好久好久沒有一個，板船是左等也不開，右等也不開。有的人看著另外的一隻船也上了客人，他就跳到那隻船上，他以為那隻船或者會先開。誰知這樣一來，兩隻船就都不能開了。兩隻船都弄得人數不夠，撐船的人看看老遠的江堤上走下一個人，他們對著那人大聲的喊起：「過河……過河！」

同時每個船客也都把眼睛放在江堤上。

林姑娘就在這冷清的早晨，不是到河上來擔水，就是到河上來洗衣裳。她把要洗的衣裳從提兜裡取出來，攤在清清涼涼的透明的水裡，江水冰涼的帶著甜味舐著林姑娘的小黑手。她的衣裳鼓脹得魚泡似的浮在她的手邊，她把兩隻腳也放在水裡，她尋一塊很乾淨的石頭坐在上面。這江平得沒有一個波浪。林姑娘一低頭，水裡還有一個林姑娘。

這江靜得除了撐船的人喊著過河的聲音，就連對岸這三個市鎮中最大的一個也還在睡覺呢。

打鐵的聲音沒有，修房子的聲音沒有，或者一四七趕場的鬧嚷嚷的聲音，一切都聽不到。在那江對面的大沙灘坡上，一漫平的是沙灰色，乾淨得連一個黑點或一個白點都不存在。偶爾發現那沙灘上走著一個人，那就只和小螞蟻似的渺小得十分可憐了。

好像翻過這四周的無論那一個山去，也不見得會有人家似的，又像除了這三個小鎮，而世界也沒有什麼別的東西了。

這條江經過這三鎮，是從西往東流，看起來沒有多遠。好像十丈八丈外（其實是四五里之外）這江就轉彎了。

林姑娘住的這東陽鎮在三個鎮中最沒有名氣，是和 ×× 鎮對面，和 ××× 鎮站在一條線上。

這江轉彎的地方黑乎乎的是兩個山的夾縫。

林姑娘順著這江，看一看上游，又看一看下游，又低頭去洗她的衣裳。她洗衣裳時不用肥皂，也不用四川土產的皂莢。她就和玩似的把衣裳放在水裡而後用手牽著一個角，彷彿在牽著一條活的東西似的，從左邊游到右邊，又從右邊游到左邊。母親選了頂容易洗的東西才叫她到河邊來洗，所以她很悠閒。她有意把衣裳按到水底去，滿衣都擦滿了黃寧寧的沙子，她覺得這很好玩，這多有意思呵！她又微笑著趕快把那沙子洗掉了，她又把手伸到水底去，抓起一把沙子來，丟到水皮上，水上立刻起了不少的圓圈。這小圓圈一個壓著一個，彼此互相的亂七八糟的切著，很快就抖擻著破壞了，水面又歸於原來那樣平靜。她又抬起頭來向上游看看，向下游看看。

下游江水就在兩山夾縫中轉彎了，而上游比較開放，白亮亮的，一看看到很遠。但是就在她的旁邊，有一串橫在江中好像大橋似的大石頭，水流到這石頭旁邊，就翻江似的攪混著。在漲水時江水一流到此地就哇哇的響叫。因為是落了水，那石頭記的水上標尺的記號，一個白圈一個白圈的，從石頭的頂高處排到水裡去。在高處的白圈白得十分漂亮；在低處的，常常受著江水的洗淹，發灰了，看不清了。

林姑娘要回去了，那筐子比提來時重了好幾倍，所以她歪著身子走，她的髮辮的梢頭，一搖一搖的，跟她的筐子總是一個方向。她走過那塊大石板石，筐子裡衣裳流下來的水，滴了不少水點在大石板上。石板的石縫裡是前兩天漲水帶來的小白魚，已經死在石縫當中了。她放下筐子。伸手去觸牠。看看是死了的，拿起筐子來她又走了。

她已走上江堤去了，而那大石板上仍舊留著林姑娘長形提筐的印子，可見清早的風是多麼涼快，竟連個小印一時也吹掃不去。

林姑娘的腳掌，踏著冰涼的沙子走上高坡了。經過小鎮上的一段石板路，經過江岸邊一段包穀林，太陽仍舊稀薄的微弱的向這山中的小鎮照著。

林姑娘離家門很遠便喊著：「奶媽，晒衣裳啦。」

奶媽一拐一跛的站到門口等著她。

隔壁王家那丫頭比林姑娘高，比林姑娘大兩三歲。她招呼著她，她說她要下河去洗被單，請林姑娘陪著她一道去。她問了奶媽一聲，就跟著一道又來了。這回是那王丫頭領頭跑得飛快，一邊跑一邊笑，致使林姑娘的母親問她給下江人洗被單多少錢一張，她都沒有聽到。

河邊上有一隻板船正要下水，不少的人在推著，呼喊著；而那隻船在一陣大喊之後，向前走了一點點。等一接近著水，人們一陣狂喊，船就滑下水去了。連看熱鬧的人也都歡喜的說：「下水了，下水了。」

林姑娘她們正走在河邊上，她們也拍著手笑了。她們飛跑起來，沿著那前天才退了水，被水洗劫出來的大崖坡跑去了。一邊跑著一邊模仿著船走，用寬宏的嗓子喊起來：「過河⋯⋯過河⋯⋯」

王丫頭彎下腰，撿了個圓石子，拋到河心去。林姑娘也同樣拋了一個。

林姑娘悠閒的快活的，無所罣礙的在江邊上用沙子洗著腳，用淡金色的陽光洗著頭髮，呼吸著露珠的新鮮空氣。遠山藍綠藍綠的躺著，近處的山帶微黃的綠色，可以看得出那一塊是種的田，那一塊長的黃桷樹。等林姑娘回到家裡，母親早在鍋裡煮好了麥粑，在等著她。

林姑娘和她母親的生活，安閒、平靜、簡單。

麥粑是用整個的麥子連皮也不去磨成粉，用水攪一攪，就放在開水的鍋裡來煮，不用胡椒、花椒，也不用蔥，也不用薑，不用豬油或菜油，連鹽也不用。

林姑娘端起碗來吃了一口，吃到一種甜絲絲的香味。母親說：「你吃飽吧，盆裡還有呢！」

母親拿了一個帶著缺口的藍花碗，放在灶邊上，一隻手按住左腿的膝蓋，一隻手拿了那已經用了好幾年的掉了尾巴的木瓢兒，為自己裝了一碗。她的腿拐拉拐拉的向床邊走，那手上的麥粑湯順著藍花碗的缺口往下滴流著。她剛一挨到炕沿，就告訴林姑娘：

「昨天兒王丫頭，一個下半天兒就割了隴多（那樣多）柴，那山上不曉得好多呀！等一下吃了飯啦，你也背著背兜去喊王丫頭一道……」

她們燒柴，就燒山上的野草，買起來一吊錢 25 把，一個月燒兩角錢的柴。可是兩角錢也不能燒，都是林姑娘到山上去自己採。母親把它在門前晒乾，打好了把子藏在屋裡。她們住的是一個沒有窗子、下雨天就滴水的六尺寬一丈長的黑屋子，三塊錢一年的房租。沿著壁根有一串串的老鼠洞，地土是黑黏的，房頂露著藍天不知多少處。從親戚那裡借來一個大碗櫥，這隻碗櫥老得不堪再老了。橫格子，豎架子，通通掉落了，但是過去這碗櫥一看就是個很結實的。現在只在櫃的底層擺著一個盛水盆子。林姑娘的母親連水缸也沒有買，水盆上也沒有蓋兒，任意著蟲子或是蜘蛛在上邊亂爬。想用水時，必得先用指甲把浮在水上淹死的小蟲挑出去。

當鄰居說布匹貴得怎樣厲害，買不得了，林姑娘的母親也說，她就因為鹽巴貴，也沒有買鹽巴。

但這都是十天以前的事了。現在林姑娘晚飯和中飯，都吃的是白米飯，肉絲炒雜菜，雞絲豌豆湯。雖然還有幾樣不認識的，但那滋味是特別香。已經有好幾天了那跛腳的母親也沒有在灶口燒一根柴火了，自己什麼也沒浪費過，完全是現成的。這是多麼幸福的生活。林姑娘和母親不但沒有吃過這樣的飯，就連見也不常見過。不但林姑娘和母親這樣，就連鄰居們也沒看見過這樣經常吃著的繁華的飯，所以都非常驚奇。

劉二妹一早起來，毛著頭就跑過來問長問短。劉二妹的母親拿起飯勺子就在林姑娘剛剛端過來的稀飯上攪了兩下，好像要查看一下林姑娘吃的稀飯，是不是那米裡還夾著沙子似的。午飯王丫頭的祖母也過來了，林姑娘的母親很客氣的讓著他們，請她吃點，反正娘兒兩個也吃不了的。說著她就把菜碗倒出來一個，就用碗插進飯盆裝了一碗飯來，就往王太婆的懷裡推。王太婆起初還不肯吃，過了半天才把碗接了過來。她點著頭，她又搖著頭。她老得連眼眉都白了。她說：「要得嗎！」

王丫頭也在林姑娘這邊吃過飯。有的時候，飯剩下來，林姑娘就端著飯送給王丫頭去。中飯吃不完，晚飯又來了；晚飯剩了一大碗在那裡，早飯又來了。這些飯，過夜就酸了。雖然酸了，開初幾天，母親還是可惜，也就把酸飯吃下去了。林姑娘和她母親都是不常見到米粒的，大半的日子，都是吃麥粑。

林姑娘到河邊也不是從前那樣悠閒的樣子了，她慌慌張張的，腳步走得比從前快，水桶時時有水翻灑出來。王丫頭在半路上喊她，她簡直不願意搭理她了。王丫頭在門口買了兩個小鴨，她喊著讓林姑娘來看，林姑娘也沒有來。林姑娘並不是幫了下江人就傲慢了，誰也不理了。其實她覺得她自己實在是忙得很。本來那下江人並沒有許多事情好做，只是掃一掃地，偶爾讓她到東陽鎮上去買一點如火柴、燈油之類。再就是每天到那小鎮上去取三次飯，因為是在飯館裡邊包的伙食。再就是把要洗的衣裳拿給她奶媽洗了再送回來，再就是把剩下的飯端到家裡去。

但是過了兩個鐘點，她就自動的來問問：「有事沒有？沒有事我回去了。」

這生活雖然是幸福的，剛一開初還覺得不十分固定，好像不這麼生活，仍回到原來的生活也是一樣的。母親一天到晚連一根柴也不燒，還覺得沒有依靠，總覺得有些寂寞。到晚上她總是攏起火來，燒一點開水，一方面也讓林姑娘洗一洗腳，一方面也留下一點開水來喝。有的時候，她竟多餘的把端回來的飯菜又都重熱一遍。夏天為什麼必得吃滾熱的飯呢？就是因為生活忽然想也想不到的就單純起來，使她反而起了一種沒有依靠的感覺。

這生活一直過了半個月，林姑娘的母親才算熟悉下來。

可是在林姑娘，這時候，已經開始有點驕傲了。她在一群小同伴之中，只有她一個月可以拿到四塊錢。連母親也是吃她的飯。而那一群孩子，飛三、小李、二牛、劉二妹……還不仍舊去到山上打柴去。就連那王丫頭，已經十五歲了，也不過只給下江人洗一洗衣裳，一個月還不到一塊錢，還沒有飯吃。

因此林姑娘受了大家的忌妒了。

她發了瘧疾不能下河去擔水，想找王丫頭替她擔一擔。王丫頭卻堅決的站在房簷下，鼓著嘴無論如何也不肯。

王丫頭白眼眉的祖母，從房簷頭取下晒衣服的桿子來嚇著要打她。可是到底她不擔，她扯起衣襟來，抬起她的大腳就跑了。那白頭髮的老太婆急得不得了，回到屋裡跟她的兒媳婦說：

「隴格（這樣）多的飯，你沒有吃到！二天林婆婆送過飯來，你不張嘴吃嗎？」

王丫頭順著包穀林跑下去了，一邊跑著還一邊回頭張著嘴大笑。

林姑娘睡在帳子裡邊，正是冷得發抖，牙齒碰著牙齒，她喊她的奶媽。奶媽沒有聽到，只看著那連跑帶笑的王丫頭。她感到點羞，於是也就按著那拐腳的膝蓋，走回屋來了。

林姑娘這一病，病了五六天。她自己躺在床上十分上火。

她的媽媽東家去找藥，西家去問藥方。她的熱度一來時，她就在床上翻滾著，她幾乎是發昏了。但奶媽一從外邊回來，她第一聲告訴她奶媽的就是：

「奶媽，你到先生家裡去看看……是不是喊我？」

奶媽坐在她旁邊，拿起她的手來：

「林姑娘，隴格熱喲，你喝口水，把這藥吃到，吃到就好啦。」

林姑娘把藥碗推開了。母親又端到她嘴上，她就把藥推灑了。

「奶媽，你去看看先生，先生喊我不喊我。」

林姑娘比母親更像個大人了。

而母親只有這一次對於瘧疾非常忌恨。從前她總是說，打擺子，那個娃兒不打擺子呢？這不算好大事。所以林姑娘一發熱冷，母親就說，打擺子是這樣的。說完了她再不說別的了。並不說這孩子多麼可憐哪，或是體貼的在她旁邊多坐一會。冷和熱都是當然的。林姑娘有時一邊喊著奶媽一邊哭，母親聽了也並不十分感動。她覺得奶媽有什麼辦法呢？但是這一次病，與以前許多次，或是幾十次都不同了。母親忌恨這瘧疾比忌恨別的一切的病都甚。她有一個觀念，她覺得非把這頑強東西給掃除不可，怎樣能呢，一點點年紀就發這個病，可得發到什麼時候為止呢？發了這病人是多麼受罪呵！這樣折磨使娃兒多麼可憐。

小唇兒燒得發黑，兩個眼睛燒得通紅，小手滾燙滾燙的。

母親試想用她的兩臂救助這可憐的娃兒，她東邊去找藥，西邊去找偏方。她流著汗。她的腿開初感到沉重，到後來就痛起來了，並且在膝蓋那早年跌轉了筋的地方，又開始發炎。這腿三十年來就總是這樣。一累了就發炎的，一發炎就用紅花之類混著白酒塗在腿上。可是這次，她不去塗它。

她把女兒的價值抬高了，高到高過了一切，只不過下意識的把自己的腿不當做怎樣值錢了。無形中母親把林姑娘看成是最優秀的孩子了，是最不可損害的了。所以當她到別人家去討藥時，人家若一問她誰吃呢？她就站在人家門口，她開始詳細的解說。是她的娃兒害了病，打擺子，打得多可憐，嘴都燒黑了呢，眼睛都燒紅了呢！

她一點也不提是因為她女兒給下江人幫了工，怕是生病的人家辭退了她。但在她的夢中，她夢到過兩次，都是那下江人辭了她的女兒了。

母親早晨一醒來，更著急了。於是又出去找藥，又要隨時到那下江人的門口去看。

那糊著白紗的窗子，從外邊往裡看，是什麼也看不見。她想要敲一敲門，不知為什麼又不敢動手；想要喊一聲，又怕驚動了人家。於是她把眼睛觸到那紗窗上，她企圖從那細密的紗縫中間看到裡邊的人是睡了還是醒著。若是醒著，她就敲門進去；若睡著，好轉身回來。

她把兩隻手按著窗紗，眼睛黑洞洞的塞在手掌中間。她還沒能看到裡邊，可是裡邊先看到她了。裡邊立刻喊著：

「幹什麼的，去……」

這突然的襲來，把她嚇得一閃就閃開了。

主人一看還是她，問她：「林姑娘好了沒有……」

聽到這裡她知道這算完了，一定要辭她的女兒了。她沒有細聽下去，她就趕忙說：

「是……是隴格的……好了點啦，先生們要喊她，下半天就來啦……」

過了一會她才明白了，先生說的是若沒有好，想要向××學校的醫藥處去弄兩粒金雞納霜來。

於是她開顏的笑笑：

「還不好，人燒得滾燙，那個金雞納霜，前次去找了兩顆，吃到就斷到啦。先生去找，謝謝先生。」

她臨去時，還說，人還不好，人還不好的……

等走在小薄荷田裡，她才後悔方才不該把病得那樣厲害也說出來。可是不說又怕先生不給找那個金雞納霜來。她煩惱了一陣。又一想，說了也就算了。

她一抬頭，看見了王丫頭飛著大腳從屋裡跑出來，那粗壯的手臂腿子，她看了十分羨慕。林姑娘若也像王丫頭似的，就這麼說吧，王丫頭就是自己的女兒吧……那麼一個月四塊，說不定五塊洋錢好賺到手哩。

王丫頭在她感覺上起了一種親切的情緒，真像看到了自己的女兒似的，她想喊她一聲。

但前天求她擔水她不擔，那帶著侮辱的狂笑，她立刻記起了。

於是她沒有喊她。就在薄荷田中，她拐拉拐拉的向她自己的房子走去了。

林姑娘病了十天就好了，這次發瘧疾給她的焦急超過所有她生病的苦楚。但一好了，那特有的、新鮮的感覺也是每次生病所預料不到的，她看到什麼都是新鮮的。竹林裡的竹子，山上的野草，還有包穀林裡那剛剛冒纓的包穀。那纓穗有的淡黃色，有的微紅，一大撮粗亮的絲線似的，一個個獨立的捲捲著。林姑娘用手指尖去摸一摸它，用嘴向著它吹一口氣。她看見了她的小朋友，她就甜蜜蜜的微笑，好像她心裡頭有不知多少的快樂，這快樂是祕密的，並不說出來，只有在嘴角的微笑裡可以體會得到。她覺得走起路來，連自己的腿也有無限的輕捷。她的女主人給她買了一個大草帽，還說過兩天買一件麻布衣料給她。

她天天來回的跑著，從她家到她主人的家，只半里路的一半那麼遠。這距離的中間種著薄荷田。在她跑來跑去時，她無意的用腳尖踢著薄荷葉，偶爾也彎下腰來，扯下一枚薄荷葉咬在嘴裡。薄荷的氣味，小孩子是不大喜歡的，她趕快吐了出來。可是風一吹，嘴裡仍舊冒著涼風。她的小朋友們開初對她都懷著敵意，到後來看看她是不可動搖的了，於是也就上趕著和她談話。說那下江人，就是林姑娘的主人，穿的是什麼花條子衣服。那衣服林姑娘也沒有見過，也叫不上名來。那是什麼料子？也不是綢子的，也不是緞子的，當然一定也不是布的。

她們談著談著，沒有結果的紛爭了起來。最後還是別個讓了林姑娘，別人一聲不響的讓林姑娘自己說。

開初那王丫頭每天早晨和林姑娘吵架。天剛一亮，林姑娘從先生那裡掃地回來，她們兩個就在門前連吵帶罵的，結果大半都是林姑娘哭著跑進屋去。而現在這不同了，王丫頭走到那下江人門口，正碰到林姑娘在那裡洗著那麼白白的茶杯。她就問她：

「林姑娘，你的……你先生買給你的草帽怎麼不戴起？」

林姑娘說：

「我不戴，我留著趕場戴。」

王丫頭一看她腳上穿的新草鞋，她又問她：

「新草鞋，也是你先生買給你的嗎？」

「不是，」林姑娘鼓著嘴，全然否認的樣子，「不是，是先生給錢我自己去買的。」

林姑娘一邊說著還一邊得意的歪著嘴。

王丫頭寂寞的繞了一個圈子就走開了。

別的孩子也常常跟在後邊了，有時竟幫起她的忙來，幫她下河去抬水，抬回來還幫她把主人的水缸洗得乾乾淨淨的。但林姑娘有時還多少加一點批判。她說：

「這樣怎可以呢？也不揩淨，這沙泥多髒。」她拿起揩布來，自己親手把缸底揩了一遍。

林姑娘會講下江話了，東西打「亂」了，她隨著下江人說打「破」了。她母親給她梳頭時，拉著她的小辮髮就說：

「林姑娘，有多乖，她懂得隴多下江話哩。」

鄰居對她，也都慢慢尊敬起來了，把她看成所有孩子中的模範。

她母親也不像從前那樣隨時隨地喊她做這樣做那樣，母親喊她擔水來洗衣裳，她說：

「我沒得空，等一下下吧。」

她看看她先生家沒有燈碗，她就把燈碗答應送給他先生了，沒有透過她母親。

儼儼乎她家裡，她就是小主人了。

母親坐在那裡不用動，就可以吃三餐飯。她去趕場，很多東西從前沒有留心過，而現在都看在眼睛裡了，同時也問了問價目。

下個月林姑娘的四塊工錢，一定要給她做一件白短衫，林姑娘好幾年就沒有做一件衣裳了。

她一打聽，實在貴，去年六分錢一尺的布，一張嘴就要一角七分。

她又問一下那大紅的頭繩好多錢一尺。

林姑娘的頭繩也實在舊了。但聽那價錢，也沒有買。她想下個月就都一齊買算了。

四塊洋錢，給林姑娘花一塊洋錢買東西，還剩三塊呢。

那一天她趕場，雖然覺著沒有花錢，也已經花了兩三角。她買了點敬神的香紙，她說她好幾年都因為手裡緊沒有買香敬神了。

到家裡，艾婆婆、王婆婆都走過來看的。並且說她的女兒會賺錢了，做奶媽的該享福了。

林姑娘的母親還好像害羞了似的，其實她受人家的讚美，心裡邊感到十分慰安哩！

總之林姑娘的家常生活，沒有幾天就都變了。在鄰居們之中，她高貴了不知多少倍。洗衣裳不用皂莢了，就拿先生們洗衣裳的白洋鹼來洗了。桃子或是玉米時常吃著，都是先生給她的。皮蛋、鹹鴨蛋、花生米每天早晨吃稀飯時都有，中飯和晚飯有時那菜連動也沒有動過，就整碗的端過來了。方塊肉，炸排骨，肉絲炒雜菜，肉片炒木耳，雞塊山芋湯，這些東西經常吃了起來。而且飯一剩得少，先生們就給她錢，讓她去買東西去吃。

這錢算起來，不到幾天也有半塊多了。趕場她母親花了兩三角，就是這個錢。

還沒等到第二次趕場，人家就把林姑娘的工錢減了。這個母親和她都想也想不到。

那下江人家裡，不到飯館去包飯，自己在家請了個廚子，因為用不到林姑娘到鎮上去取飯，就把她的工錢從四元減到二元。

林婆婆一回到家裡。艾婆婆、王婆婆、劉婆婆，都說這怎麼可以呢？下江人都非常老實的，從下邊來的，都是帶著錢來的，逃難來，沒有錢行嗎？不多要兩塊，不是傻子嗎？看人家吃的是什麼，穿的是什麼，每天大洋錢就和紙片似的到處飄。她們告訴林婆婆為什麼眼看著四塊錢跑了呢，這可是混亂的年頭，千載也遇不到的機會，就是要他五塊，他不也得給嗎？不看他剛搬來那兩天沒有水吃，五分錢一擔，王丫頭不擔，八分錢還不擔，非要一角錢不可。他沒有法子，也就得給一角錢。下江人，他逃難到這裡，他啥錢不得花呢？

林姑娘才十一歲的娃兒，會做啥事情，她還能賺到兩塊錢，若不是這混亂的年頭，還不是在家裡天天吃她奶媽的飯嗎？城裡大轟炸，日本飛機天天來，就是官廳不也發下告示來說疏散人口，城裡只准搬出不准搬入。

王婆婆指點著一個從前邊過去的滑竿（轎子）：

「你不看到嗎？林婆婆，那不是下江人戴著眼鏡抬著東西不斷的往東陽鎮搬嗎？下江人穿的衣裳，多白多乾淨……多要幾個洋錢算個什麼。」

說著說著，嘉陵江裡那花花綠綠的汽船也來了，小汽船那麼飽滿，幾乎喘不出氣來，在江心的響，而不見向前走。載的東西太多，歪斜的掙扎的，因此那聲音特別大，很像發了警報之後日本飛機在頭上飛似的。

王丫頭喊林姑娘去看洋船，林姑娘聽了給她減了工錢心裡不樂，那裡肯去。

王丫頭拉起劉二妹就跑了。王婆婆也拿著她的大芭蕉扇一撲一撲的，一邊跟艾婆婆交談些什麼餵雞餵鴨的幾句家常事，也就走進屋去了。

只有林姑娘和她的奶媽仍坐在石頭上，坐了半天工夫，林姑娘才跑進去拿了一穗包穀啃著，她問奶媽吃不吃。

奶媽本想也吃一穗。立刻心裡一攪劃，也就不吃了。她想：是不是要向那下江人去說，非四塊錢不可？

林姑娘的母親是個很老實的鄉下人，經艾婆婆和王婆婆的勸誘，她覺得也有點道理。四塊錢一個月到冬天還好給林姑娘做起大棉袍來。棉花一塊錢一斤，一斤棉花，做一個厚點的。丈二青藍布，一尺一角四，丈二是好多錢哩……她自己算了一會可沒有算明白。但她只覺得這一打仗窮人就買不起棉花了，前年棉花是兩角五，去年夏天是六角，冬天是九角，臘月天就漲到一塊一。今年若買，就早點買，夏天買棉花便宜些……

林姑娘把包穀在尖尖上搯了一段遞在母親手裡，母親還嚇了一跳。因為她正想這事情到底怎麼解決呢？若林姑娘的爸爸在家，也好出個主意。所以那包穀咬在嘴裡並不知道是什麼味道就下去了。

母親的心緒很煩亂，想要洗衣裳，懶得動；想把那件破袂襖拿來縫一縫，又懶得動……吃完了包穀，把包穀棒子遠遠的拋出去之後，還在石頭上呆坐了半天，才叫林姑娘把她的針線給拿過來。可是對著針線懶洋洋的，十分不想動手。她呆呆的往遠處看著。不知看的什麼。林姑娘說：

「奶媽你不洗衣裳嗎？我去擔水。」

奶媽點一點頭，說：「是那個樣的。」

林姑娘的小水桶穿過包穀林下河去了。母親還呆呆的在那裡想。不一會那小水桶就回來了。遠看那小水桶好像兩個小圓胖胖的小鼓似的。

母親還是坐在石頭上想得發呆。

就是這一夜，母親一夜沒有睡覺。第二天早晨一起來，兩個眼眶子就發黑了。她想兩塊錢就兩塊錢吧。一個小女兒又不會什麼事情，娘兒兩個吃人家的飯，若不是先生們好，怎能洗洗衣裳就白白的給兩個人白飯吃呢。兩塊錢還不是白得的嗎？還去要什麼錢？

林婆婆是個鄉下老實人，她覺得她難以開口了，她自己果斷的想把這事情放下去。她拿起瓦盆來，倒上點水自己洗洗臉。洗了臉之後，她想緊接著就要洗衣裳，強烈的生活的慾望和工作的喜悅又在鼓動著她了。於是她一拐一拐的更加嚴厲的內心批判著昨天想去再要兩塊錢的不應該。

她把林姑娘喚起來下河去擔水。

這女孩正睡得香甜。糊裡糊塗的睜開眼睛，用很大的眼珠子看住她的母親。她說：

「奶媽，先生叫我嗎？」

那孩子在夢裡覺得有人推她，有人喊她，但她就是醒不來。後來她聽先生喊她，她一翻身起來了。

母親說：

「先生沒喊你，你去擔水，擔水洗衣裳。」

她擔了水來，太陽還出來不很高。這天林姑娘起得又是特別早，鄰居們都還一點聲音沒有的睡著。林姑娘擔了第二擔水來，王婆婆她們才起來。她們一起來看到林婆婆在那裡洗衣裳了。她們就說：

「林婆婆，隴格早洗衣裳，先生們給你好多錢！給八塊洋錢嗎？」

林婆婆剛剛忘記了這痛苦的思想，又被她們提起了。可不是嗎？

林姑娘擔水又回來了，那孩子的小肩膀也露在外邊，多醜。女娃不比男娃，一天比一天大。大姑娘，十一歲也不小了，那孩子又長得那麼高。林婆婆看到自己的孩子，那衣服破得連肩膀都遮不住了。於是她又想到那四塊錢。四塊錢也不多嘛，幾塊錢在下江人算個什麼，為什麼不去說一下呢？她又取了很多事實證明下江人是很容易欺侮的，她一定會成功的。

比方讓王丫頭擔水那件事吧，本來一擔水是三分錢，給五分錢，她不擔，就給她八分錢，並且向她商量著：「八分錢你擔不擔呢？」她說她不擔，到底給她一角錢的。

那能看到錢不要呢，那不是傻子嗎？

林姑娘幫著她奶媽把衣裳晒起，就跑到先生那邊去，去了就回來了。先生給她一件白麻布的長衫，讓她剪短了來穿。母親看了心想，下江人真是拿東西不當東西，拿錢不當錢。

這衣裳給她增加了不少的勇氣，她把自己堅定起來了，心裡非常平靜，對於這件事情，連想也不用再想了。就是那麼辦，還有什麼好想的呢？吃了中飯就去見先生。

女兒拿回來的那白麻布長衫，她沒有仔細看，順手就壓在床角落裡了。等一下就去見先生吧，還有什麼呢？

午飯之後，她竟站在先生的門口了。門是開著的，向前邊的小花園開著的。

不管這來的一路上心緒是多麼翻攪，多麼熱血向上邊沖，多麼心跳，還好像害羞似的，耳臉都一齊發燒。怎麼開口呢？開口說什麼呢？

不是連第一個字先說什麼都想好了嗎？怎麼都忘了呢？

她越走越近，越近心越跳，心跳把眼睛也跳花了。什麼薄荷田，什麼豆田，都看不清楚了，只是綠茸茸的一片。

但不管在路上是怎樣的昏亂，等她一站在先生門口，她完全清醒了。心裡開始感到過分的平靜，一刻時間以前那旋轉轉的一切退去了，煙消火滅了。她把握住她自己了，得到了感情自主那誇耀的心情，使她坦蕩蕩的，大大方方的變成一個很安定的，內心十分平靜的，理直氣壯的人。居然這樣的平坦，連她自己也想像不到。

她打算開口說了，在開口之前，她把身子先靠住了門框。

「先生，我的腿不好，要找藥來吃，沒得錢，問先生借兩塊錢。」

她是這樣轉彎抹角的把話開了頭，說完了這話，她就等著先生拿錢給她。

兩塊錢拿到手了。她翻動著手上的一張藍色花的票子，一張紅色花的票子。她的內心仍舊是照樣的平靜，沒有憂慮，沒有恐懼。折磨了她一天一夜的那強烈的要求，成功或者失敗，全然不關重要似的。她把她仍舊要四塊一個月的工錢那話說出來了。她還是拿她的腿開頭。她說她的腿不大好，因為日本飛機來轟炸城裡，下江人都到鄉下來，她租的房子，房租也抬高了。從前是三塊錢一年，現在一個月就要五角錢了。

她說了這番話，當時先生就給她添了五角，算做替她出了房錢。

但是她站在門口，她勝利的還不走。她又說林姑娘一點點年紀，下河去擔水洗衣裳好不容易……若是給別人擔，一擔水要好多錢哩……她說著還表示出委屈和冤枉的神氣，故意把聲音拉長，慢吞吞的非常沉著的在講著。她那善良的厚嘴唇，故意拉得往下突出著，眼睛還把白眼珠向旁邊一抹一抹的看著，黑眼珠向旁邊一滾，白眼珠露出來那麼一大半。

先生說：「你十一歲的小女孩能做什麼呢，擦張桌子都不會。一個月連房錢兩塊半，還給你們兩個人的飯吃，你想想兩個人的飯錢要幾塊？一個月你算算你給我做了什麼事情？兩塊半錢行了吧……」

她聽了這話，她覺得這是向她商量，為什麼不嚇嚇他一下，說幫不來呢？她想著想著就照樣說出來了。

「兩塊半錢幫不來的。」

她說完了看一看下江人並不十分堅決，他只是說：

「兩塊半錢不少了，幫得來了。林姑娘幫我們正好是半個月，這半個月的兩塊錢已拿去，下半個月再來拿兩塊。因為我和你講的是四塊，這個月就照四塊給你，下月就是兩塊半了。」

林婆婆站在那裡仍是不走。她想王丫頭擔水，三分不擔，問她五分錢擔不擔，五分錢不擔，問她八分錢她擔不擔，到底是一角錢擔的。

她一定不放過去，兩塊錢不做，兩塊半錢還不做，就是四塊錢才做。

所以她扯長串的慢慢吞吞的從她的腿說起，一直說到用燈的油也貴了，鹹鹽也貴了，連針帶線都貴了。

下江人站起來截住了她：

「不用多說了，兩塊半錢，你想想，你幫來幫不來。」

「幫不來。」連想也沒有想，她是早決心這樣說的。

說時她把手上的鈔票舉得很高的，像似連這錢都不要了，她表示著很堅決的樣子。

怎麼能夠想到呢，那下江人站起來，就說：

「幫不來算啦，晚飯就不要林姑娘來拿飯你們吃了。也不要林姑娘到這邊來，半個月的錢我已給你啦。」

所以過了一刻鐘之後。林婆婆仍舊站在那門口。她說：

「那個說幫不來的，幫得來的……先生……」

但是那一點用處也沒有了，人家連聽也不聽了。人家關了門，把她關在門外邊。

龍頭花和石竹子在正午的時候，各自單獨的向著火似的太陽開著。蝴蝶翩翩的飛來，在那紅色花上的，在那水黃色的花上，在那水紅色的花上，從龍頭花群飛到石竹子花群，來回的飛著。

石竹子無管是紅的是粉的，每一朵上都鑲著帶有鋸齒的白邊。晚香玉連一朵也沒有開，但都打了苞了。

林姑娘的母親背轉過身來，左手支著自己的膝蓋，右手捏著兩塊錢的紙票。她的脖子如同絳色的豬肝似的，從領口一直紅到耳根。

她打算回家了。她一邁步才知道全身一點力量也沒有了，就像要癱倒的房架子似的，鬆了，散了。她的每個骨節都像失去了筋的連繫，很危險的就要倒了下來，但是她沒有倒，她相反的想要邁出兩個大步去。她恨不能夠一步邁到家裡。她想要休息，她口渴，她要喝水，她疲乏到極點，她像二三十年的勞苦在這一天才吃不消了，才抵抗不住了。但她並不是單純的疲勞，她心裡羞愧。懊悔打算謀殺了她似的捉住了她，羞愧有意煎熬到她無處可以立足的地步。她自己做了什麼大的錯事，她自己一點也不知道。但那麼深刻的損害著她的信心，這是一點也不可消磨的，一些些也不會沖淡的，永久存在的，永久不會忘卻的。

羞辱是多麼難忍的一種感情，但是已經占有了她了，它就不會退去了。

在混擾之中，她重新用左手按住了膝蓋，她打算回家去了。

回到家裡，女孩子在那兒洗著那用來每日到先生家去拿飯的那個瓢兒。她告訴林姑娘，消夜飯不能到先生家去拿了。她說：

「林姑娘，不要到先生家拿飯了，你上山去打柴吧。」

林姑娘聽了覺得很奇怪，她正想要回問，奶媽先說了：

「先生不用你幫助他……」

林姑娘聽了就傻了，一動不動的站在那裡翻著眼睛。手裡洗溼的瓢兒，溜明的閃光的抱在胸前。

母親給她背好了背兜，還囑咐她要拾乾草，綠的草一時點不燃的。

立時晚飯就沒有燒的，她沒有吃的。

林婆婆靠著門框，看著走去的女兒，她想晚飯吃什麼呢？麥子在泥罐子裡雖然有些，但因為不吃，也就沒有想把它磨成粉，白米是一粒也沒有的。就吃老玉米吧。艾婆婆種著不少玉米，拿著幾百錢去攀幾棵去吧，但是錢怎麼可以用呢？從今後有去路沒來路了。

她看了自己女兒一眼，那背上的背兜兒還是先生給買的，應該送還回去才對。

女兒走得沒有影子了，她也就回到屋裡來。她看一看鍋兒，上面滿都是鏽；她翻了翻那柴堆上，還剩幾棵草刺。偏偏那柴堆底下也生了毛蟲，還把她嚇了一下。她想平生沒有這麼膽小過，於是她又理智的翻了兩下，下面竟有一條蚯蚓，曲曲連連的在動。她平常本來不怕這個，可以用手拿，還可以用手把牠撕成幾段。她小的時候幫著她父親在河上釣魚盡是這樣做，但今天她也並不是害怕牠，她是討厭牠。這什麼東西，無頭無尾的，難看得很，她抬起腳來踏牠，踏了好幾下沒有踏到，原來她用的是那隻殘廢的左腳，那腳游游動動的不聽她使用。等她一轉身打開了那盛麥子的泥罐子，那可真的把她嚇著了，罐子蓋從手上掉下去了。她瞪了眼睛，她張了嘴，這是什麼呢？滿罐長出來青青的長草。這罐子究竟是裝的什麼把她嚇忘了。她感到這是很不祥，家屋又不是墳墓，怎麼會長半尺多高的草呢！

她忍著，她極端憎惡的把那罐子抱到門外。因為是剛剛偏午，大家正睡午覺，所以沒有人看到她的麥芽子。

她把麥芽子扭斷了，還用一根竹棍向裡邊挖掘才把罐子裡的東西挖出來，沒有生芽子的沒有多少了，只有罐子底上兩寸多厚是一層整粒的麥子。

罐子的東西一倒出來，滿地爬著小蟲，圍繞著她四下竄起。她用手指捉著，她用那隻還可以用的腳踩著。平時，她並不傷害這類的小蟲，她對小蟲也像對於一個小生命似的，讓牠們各自的活著。可是今天她用著不可壓抑的憎惡，敵視了牠們。

她把那個並排擺在灶邊的從前有一個時期曾經盛過米的空罐子，也用懷疑的眼光打開來看，那裡邊積了一罐子底的水。她揚起頭來看一看房頂，就在頭上有一塊亮洞洞的白縫。這她才想起是下雨房子漏了。

把她的麥子給發了芽了。

恰巧在木蓋邊上被耗子啃了一寸大的豁口。水是從木蓋漏進去的。

她去刷鍋，鍋邊上的紅鏽有馬蓮葉子那麼厚。

她才知道，這半個月來是什麼都荒廢了。

這時林姑娘正在山坡上，背脊的汗一邊溼著一邊就乾了。她丟開了那小竹耙，她用手像梳子似的梳著那乾草，因為乾了的草都掛在綠草上。

她對於工作永遠那麼熱情，永遠沒有厭倦。她從七歲時開始擔水，打柴，給哥哥送飯。哥哥和父親一樣的是一個窯工。哥哥燒磚的窯離她家三里遠，也是挨著嘉陵江邊。晚上送了飯，回來天總是黑了的。一個人順著江邊走時，就總聽到江水格棱格棱的向下流，若是跟著別的窯工，就是哥哥的朋友一道回來，路上會聽到他們講的各種故事，所以林姑娘若和大人談起來，什麼她都懂得。關於娃兒們的，關於婆婆的，關於蛇或蚯蚓的，從大肚子的青蛙，她能夠講到和針孔一樣小的麥蚊。還有野草和山上長的果子，她也都認得。她把金邊蘭叫成菖蒲。她天真的用那小黑手摸著下江人種在花盆裡的一棵雞冠花，她喊著：「這大線菜，多乖呀⋯⋯」她的認識有許多錯誤。但正因為這樣，她才是孩子。關於嘉陵江的漲水，她有不少的神話。關於父親和哥哥那等窯工們，她知道得別人不能比她再多了。從七歲到十歲這中間，每天到哥哥那窯上去送三次飯。她對於那小磚窯很熟悉，老遠的她一看到那窯口上升起了藍煙，她就感到親切，多少有點像走到家裡那種溫暖的滋味。天黑了，她單個沿著那格稜格稜的江水，把腳踏進沙窩裡去了，一步步的拔著回來。

林姑娘對於生活沒有不滿意過，對於工作沒有怨言，對於母親是聽從的。她赤著兩隻小腳，梳了一個一尺多長的辮子，走起路來很規矩，說起話來慢吞吞，她的笑總是甜蜜蜜的。

她在山坡上一邊抓草，一邊還嘟嘟的唱了些什麼。

嘉陵江的汽船來了。林姑娘一聽了那船的哨子，她站起來，背上背筐就往山下跑。這正是到先生家拿錢到東陽鎮買雞蛋做點心的時候。因為汽船一叫，她就到那邊，已經成為習慣了。她下山下得那麼快，幾乎是往下滑著，已經快滑到平地，她想起來了，她不能再到先生那裡去了。她站在山坡上，她滿臉發燒，她想回頭來再上山採柴時，她看著那高坡覺得可怕起來，她覺得自己是上不去了，她累了。一點力量沒有了。那高坡就是上也上不去了。她在半山腰又採了一陣。若沒有這柴，奶媽用什麼燒麥粑，沒有麥粑，晚飯吃什麼？她心裡一急，她覺得眼前一迷花，口一渴。

打擺子不是嗎？

於是她更緊急的扒著，無管乾的或不乾的草。她想這怎麼可以呢？用什麼來燒麥粑？不是奶媽讓我來打柴嗎？她只恍恍惚惚的記住這回事，其餘的就連自己是在什麼地方也不曉得了。奶媽是在那裡，她自己的家是在那裡，她都不曉得了。

她在山坡上倒下來了。

林姑娘這一病病了一個來月。

病後她完全像個大姑娘了。擔著擔子下河去擔水，寂寞的走了一路。寂寞的去，寂寞的來，低了頭，眼睛只是看著腳尖走。河邊上的那些沙子石頭，她連一眼也不睬。那大石板的石窩落了水之後，生了小魚沒有，這個她更沒有注意。雖然是來到了六月天，早起仍是清涼的，但她不愛這個了。似乎顏色、聲音都得不到她的喜歡，大洋船來時，她再不像從前那樣到江邊上去看了。從前一看洋船來，連喊連叫的那記憶，若一記起，就有羞恥的情緒向她襲來。若小同伴們喊她，她用了深宏的海水似的眼光向她們搖頭。上山打柴時，她改變了從前的習慣，她喜歡一個人去。奶媽怕山上有狼，讓她多約幾個同伴，她覺得狼怕什麼，狼又有什麼可怕。這性情連奶媽也覺得女兒變大了。

奶媽答應給她做的白短衫，為著安慰她生病，雖然是下江人辭了她，但也給她做起了。問她穿不穿，她說：「穿它做啥喲，上山去打柴。」

紅頭繩也給她買了，她也說她先不縛起。

有一天大家正在乘涼，王丫頭傻裡傻氣的跑來了。一邊跑，一邊喊著林姑娘。王丫頭手裡拿著一朵大花。她是來喊林姑娘去看花的。

走在半路上，林姑娘覺得有點不對，先生那裡從辭了她連那門口都不經過，她繞著彎走過去，問王丫頭那花在那裡。王丫頭說：

「你沒看見嗎？不就是那下江人，你先生那裡嗎？」

林姑娘轉轉身來回頭就走。她臉色蒼白的，淒清的，鬱鬱不樂的在她奶媽的旁邊沉默的坐到半夜。

林姑娘變成小大人了，鄰居們和她的奶媽都說她。

二八年七月二十日

（作於1939年7月20日，篇末所標為民國紀年日期。刊於1940年《天下好文章》第1期，署名蕭紅。後收入《曠野的呼喊》）

後花園

後花園

後花園五月裡就開花的，六月裡就結果子，黃瓜、茄子、玉蜀黍、大藝豆、冬瓜、西瓜、番茄，還有爬著蔓子的倭瓜。這倭瓜秧往往會爬到牆頭上去，而後從牆頭它出去了，出到院子外邊去了。就向著大街，這倭瓜蔓上開了一朵大黃花。

正臨著這熱鬧鬧的後花園，有一座冷清清的黑洞洞的磨房，磨房的後窗子就向著花園。剛巧沿著窗外的一排種的是黃瓜。這黃瓜雖然不是倭瓜，但同樣會爬蔓子的，於是就在磨房的窗櫺上開了花，而且巧妙的結了果子。

在朝露裡，那樣嫩弱的須蔓的梢頭，好像淡綠色的玻璃抽成的，不敢去觸，一觸非斷不可的樣子。同時一邊結著果子，一邊攀著窗櫺往高處伸張，好像它們彼此學著樣，一個跟一個都爬上窗子來了。到六月，窗子就被封滿了，而且就在窗櫺上掛著滴滴嘟嘟的大黃瓜、小黃瓜；瘦黃瓜、胖黃瓜，還有最小的小黃瓜紐兒，頭頂上還正在頂著一朵黃花還沒有落呢。

於是隨著磨房裡打著銅篩羅的震抖，而這些黃瓜也就在窗子上搖擺起來了。銅羅在磨夫的腳下，東踏一下它就「咚」，西踏一下它就「咚」；這些黃瓜也就在窗子上滴滴嘟嘟的跟著東邊「咚」，西邊「咚」。

六月裡，後花園更熱鬧起來了，蝴蝶飛，蜻蜓飛，螳螂跳，螞蚱跳。大紅的外國柿子都紅了，茄子青的青、紫的紫，溜明湛亮，又肥又胖，每一棵茄秧上結著三四個、四五個。玉蜀黍的纓子剛剛才茁芽，就各色不同，好比女人繡花的絲線夾子打開了，紅的綠的，深的淺的，乾淨得過分了，簡直不知道它為什麼那樣乾淨，不知怎樣它才那樣乾淨的，不知怎樣才做到那樣的，或者說它是剛剛用水洗過，或者說它是用膏油塗過。但是又都不像，那簡直是乾淨得連手都沒有上過。

然而這樣漂亮的纓子並不發出什麼香氣，所以蜂子、蝴蝶永久不在它上邊搔一搔，或是吮一吮。

卻是那些蝴蝶亂紛紛的在那些正開著的花上鬧著。

後花園沿著主人住房的一方面，種著一大片花草。因為這園主並非怎樣精細的人，而是一位厚惇惇的老頭。所以他的花園多半變成菜園了。其餘種花的部分，也沒有什麼好花，比如馬蛇菜、爬山虎、胭粉豆、小龍豆……這都是些草本植物，沒有什麼高貴的。到冬天就都埋在大雪裡邊，它們就都死去了。春天打掃乾淨了這個地盤，再重種起來。有的甚或不用下種，它就自己出來了，好比大菽茨，那就是每年也不用種，它就自己出來的。它自己的種子，今年落在地上沒有人去拾它，明年它就出來了；明年落了子，又沒有人去採它，它就又自己出來了。

這樣年年代代，這花園無處不長著花。牆根上，花架邊，人行道的兩旁，有的竟長在倭瓜或者黃瓜一塊去了。那討厭的倭瓜的絲蔓竟纏繞在它的身上，纏得多了，把它拉倒了。

可是它就倒在地上仍舊開著花。

鏟地的人一遇到它，總是把它拔了，可是越拔它越生得快，那第一班開過的花子落下，落在地上，不久它就生出新的來。所以鏟也鏟不盡，拔也拔不盡，簡直成了一種討厭的東西了。還有那些被倭瓜纏住了的，若想拔它，把倭瓜也拔掉了，所以只得讓它橫躺豎臥的在地上，也不能不開花。

長得非常之高，五六尺高，和玉蜀黍差不多一般高，比人還高了一點，紅辣辣的開滿了一片。

人們並不把它當作花看待，要折就折，要斷就斷，要連根拔也都隨便。

到這園子裡來玩的孩子隨便折了一堆去，女人折了插滿一頭。

這花園從園主一直到來遊園的人，沒有一個人是愛護這花的。這些花從來不澆水，任著風吹，任著太陽晒，可是卻越開越紅，越開越旺盛，把園子煊耀得閃眼，把六月誇獎得和水滾著那麼熱。

胭粉豆，金荷葉，馬蛇菜，都開得像火一般。

其中尤其是馬蛇菜，紅得鮮明晃眼，紅得它自己隨時要破裂流下紅色汁液來。

從磨房看這園子，這園子更不知鮮明了多少倍，簡直是金屬的了，簡直像在火裡邊燒著那麼熱烈。

可是磨房裡的磨倌是寂寞的。

他終天沒有朋友來訪他，他也不去訪別人，他記憶中的那些生活也模糊下去了，新的一樣也沒有。他三十多歲了，尚未結過婚，可是他的頭髮白了許多，牙齒脫落了好幾個，看起來像是個青年的老頭。陰天下雨，他不曉得；春夏秋冬，在他都是一樣。和他同院的住些什麼人，他不去留心；他的鄰居和他住得很久了，他沒有記得；住的是什麼人，他沒有記得。

他什麼都忘了，他什麼都記不得，因為他覺得沒有一件事情是新鮮的。人間在他是全然呆板的了。他只知道他自己是個磨倌，磨倌就是拉磨，拉磨之外的事情都與他毫無關係。

所以鄰家的女兒，他好像沒有見過；見過是見過的，因為他沒有印象，就像沒見過差不多。

磨房裡，一匹小驢子圍著一盤青白的圓石轉著。磨道下面，被驢子經年的踢踏，已經陷下去一圈小窪槽。小驢的眼睛是戴了眼罩的，所以牠什麼也看不見，只是繞著圈瞎走。嘴也給戴上了籠頭，怕牠偷吃磨盤上的麥子。

小驢知道，一上了磨道就該開始轉了，所以走起來一聲不響，兩個耳朵尖尖的豎得筆直。

磨倌坐在羅架上，身子有點向前探著。他的面前豎了一個木架，架上横著一個用木做成的樂器，那樂器的名字叫「梆子」。

每一個磨倌都用一個，也就是每一個磨房都有一個。舊的磨倌走了，新的磨倌來了，仍然打著原來的梆子。梆子漸漸變成個元寶的形狀，兩端高而中間陷下，所發出來的音響也就不好聽了，不響亮，不脆快，而且是「踏踏」的沉悶的調子。

馮二成的梆子正是已經舊了的。他自己說：

「這梆子有什麼用？打在這梆子上就像打在老牛身上一樣。」

他儘管如此說，梆子他仍舊是打的。

磨眼上的麥子沒有了，他去添一添。從磨漏下來的麥粉滿了一磨盤，他過去掃了掃。小驢的眼罩鬆了，他替牠緊一緊。若是麥粉磨得太多了，應該上風車子了，他就把風車添滿，搖著風車的大手輪，吹了起來，把麥皮都從風車的後部吹了出去。那風車是很大的，好像大象那麼大。尤其是當那手輪搖起來的時候，呼呼的作響，麥皮混著冷風從洞口噴出來。這風車搖起來是很好看的，同時很好聽。可是風車並不常吹，一天或兩天才吹一次。

除了這一點點工作，馮二成子多半是站在羅架上，身子向前探著，他的左腳踏一下，右腳踏一下，羅底蓋著羅床，那力量是很大的，連地皮都抖動了，和蓋新房子時打地基的功夫差不多的，又沉重，又悶氣，使人聽了要睡覺的樣子。

所有磨房裡的設備都說過了，只不過還有一件東西沒有說，那就是馮二成子的小炕了。那小炕沒有什麼好記載的。總之這磨房是簡單、寂靜、呆板。

看那小驢豎著兩個尖尖的耳朵，好像也不吃草也不喝水，只曉得拉磨的樣子。

馮二成子一看就看到小驢那兩個直豎豎的耳朵，再看就看到牆下跑出的耗子，那滴溜溜亮的眼睛好像兩盞小油燈似的。再看也看不見別的，仍舊是小驢的耳朵。

所以他不能不打梆子，從午間打起，一打打個通宵。

花兒和鳥兒睡著了，太陽回去了。大地變得清涼了好些。從後花園透進來的熱氣，涼爽爽的，風也不吹了，樹也不搖了。

窗外蟲子的鳴叫，遠處狗的夜吠，和馮二成子的梆子混在一起，好像三種樂器似的。

磨房的小油燈忽咧咧的燃著（那小燈是刻在牆壁中間的，好像古墓裡邊站的長明燈似的），和有風吹著它似的。這磨房只有一扇窗子，還被掛滿了黃瓜，把窗子遮得風雨不透。可是從那裡來的風？小驢也在響著鼻子抖擻著毛，好像小驢也著了寒了。

每天是如此：東方快啟明的時候，朝露就先下來了，伴隨著朝露而來的，是一種陰森森的冷氣，這冷氣冒著白煙似的沉重重的壓到地面上來了。

落到屋瓦上，屋瓦從淺灰變到深灰色，落到茅屋上，那本來是淺黃的草就變成深黃的了。因為露珠把它們打溼了，它們吸收了露珠的緣故。

唯有落到花上、草上、葉子上，那露珠是原形不變，並且由小聚大。大葉子上聚著大露珠，小葉子上聚著小露珠。

玉蜀黍的纓穗掛上了霜似的，毛絨絨的。

倭瓜花的中心抱著一顆大水晶球。

劍形草是又細又長的一種野草，這野草頂不住太大的露珠，所以它的周身都是一點點的小粒。

等到太陽一出來時，那亮晶晶的後花園無異於昨夜灑了銀水了。

馮二成子看一看牆上的燈碗，在燈芯上結了一個紅澄澄的大燈花。

他又伸手去摸一摸那生長在窗櫺上的黃瓜，黃瓜跟水洗的一樣。

他知道天快亮了，露水已經下來了。

這時候，正是人們睡得正熟的時候，而馮二成子就像更煥發了起來。他的梆子就更響了，他拚命的打，他用了全身的力量，使那梆子響得爆豆似的。

不但如此，那磨房唱了起來了，他大聲急呼的。好像他是照著民間所流傳的，他是招了鬼了。他有意要把遠近的人家都驚動起來，他竟亂打起來，他不把梆子打斷了，他不甘心停止似的。

有一天下雨了。

雨下得很大，青蛙跳進磨房來好幾個，有些蛾子就不斷的往小油燈上撲，撲了幾下之後，被燒壞了翅膀就掉在油碗裡溺死了，而且不久蛾子就把油燈碗給掉滿了，所以油燈漸漸的不亮下去，幾乎連小驢的耳朵都看不清楚。

馮二成子想要添些燈油，但是燈油在上房裡，在主人的屋裡。

他推開門一看，雨真是大得不得了，瓢潑的一樣，而且上房裡也怕是睡下了，燈光不很大，只是影影綽綽的。也許是因為下雨上了風窗的關係，才那樣黑混混的。

「十步八步跑過去，拿了燈油就跑回來。」馮二成子想。

但雨也是太大了，衣裳非都溼了不可；溼了衣裳不要緊，溼了鞋子可得什麼時候乾。

他推開房門看了好幾次，也都是把房門關上了，沒有跑過去。

可是牆上的燈又一會一會的要滅了，小驢的耳朵簡直看不見了。他又打開門向上房看看，上房滅了燈了，院子裡什麼也看不見，只有隔壁趙老太太那屋還亮通通的，窗裡還有格格的笑聲。

那笑的是趙老太太的女兒。馮二成子不知為什麼心裡好不平靜，他趕快關了門，趕快去撥燈碗，趕快走到磨架上，開始很慌張的打動著篩羅。可是無論如何那窗裡的笑聲好像還在那兒笑。

馮二成子打起梆子來，打了不幾下，很自然的就會停住，又好像很願意再聽到那笑聲似的。

「這可奇怪了，怎麼像第一天那邊住著人。」他自己想。

第二天早晨，雨過天晴了。

馮二成子在院子裡晒他的那雙溼得透透的鞋子時，偶一抬頭看見了趙老太太的女兒，跟他站了個對面。

馮二成子從來沒和女人接近過，他趕快低下頭去。

那鄰家女兒是從井邊來，提了滿滿的一桶水，走得非常慢。等她完全走過去了，馮二成子才抬起頭來。

她那向日葵花似的大眼睛，似笑非笑的樣子，馮二成子一想起來就無緣無故的心跳。

有一天，馮二成子用一個大盆在院子裡洗他自己的衣裳，洗著洗著，一不小心，大盆從木凳滑落而打碎了。

趙老太太也在窗下縫著針線，連忙就喊她的女兒，把自家的大盆搬出來，借給他用。

馮二成子接過那大盆時，他連看都沒看趙姑娘一眼，連抬頭都沒敢抬頭，但是趙姑娘的眼睛像向日葵花那麼大，在想像之中他比看見來得清晰。於是他的手好像抖著似的把大盆接過來了。他又重新打了點水，沒有打很多的水，只打了一大盆底。

恍恍惚惚的衣裳也沒有洗乾淨，他就晒起來了。

從那之後，他也並不常見趙姑娘，但他覺得好像天天見面的一樣。尤其是到了深夜，他常常聽到隔壁的笑聲。

有一天，他打了一夜梆子。天亮了，他的全身都酸了。他把小驢子解下來，拉到下過朝露的潮溼的院子裡，看著那小驢打了幾個滾，而後把小驢拴到槽子上去吃草。他也該是睡覺的時候了。

他剛躺下，就聽到隔壁女孩的笑聲，他趕快抓住被邊把耳朵掩蓋起來。

但那笑聲仍舊在笑。

他翻了一個身，把背脊向著牆壁，可是仍舊不能睡。

他和那女孩相鄰的住了兩年多了，好像他聽到她的笑還是最近的事情。

他自己也奇怪起來。

那邊雖是笑聲停止了，但是又有別的聲音了：刷鍋、劈柴、燒火的聲音，件件樣樣都聽得清清晰晰。而後，吃早飯的聲音他都感覺到了。

這一天，他實在睡不著，他躺在那裡心中十分悲哀，他把這兩年來的生活都回想了一遍……

剛來的那年，母親來看過他一次。從鄉下給他帶來一筐子黃米豆包。母親臨走的時候還流了眼淚說：「孩兒，你在外邊好好給東家做事，東家錯待不了你的……你老娘這兩年身子不大硬實。一旦有個一口氣不來，只讓你哥哥把老娘埋起來就算了事。人死如燈滅，你就是跑到家又能怎樣！……可千萬要聽娘的話，人家拉磨，一天拉好多麥子，是一定的，耽誤不得，可要記住老娘的話……」

那時，馮二成子已經三十六歲了，他仍很小似的，聽了那話就哭了。他抬起頭看看母親，母親確是瘦得厲害，而且也咳嗽得厲害。

「不要這樣傻氣，你老娘說是這樣說，那就真會離開了你們的。你和你哥哥都是三十多歲了，還沒成家，你老娘還要看到你們……」

馮二成子想到「成家」兩個字，臉紅了一陣。

母親回到鄉下去，不久就死了。

他沒有照著母親的話做，他回去了，他和哥哥親自送的葬。

是八月裡辣椒紅了的時候，送葬回來，沿路還摘了許多紅辣椒，炒著吃了。

以後再想一想，就想不起什麼來了。拉磨的小驢子仍舊是原來的小驢子。

磨房也一點沒有改變，風車也是和他剛來時一樣，黑洞洞的站在那裡，連個方向也沒改換。篩羅子一踏起來它就「咚咚」響。他向篩羅子看了一眼，宛如他不去踏它，它也在響的樣子。

一切都習慣了，一切都照著老樣子。他想來想去什麼也沒有變，什麼也沒有多，什麼也沒有少。這兩年是怎樣生活的呢？他自己也不知道，好像他沒有活過的一樣。他伸出自己的手來，看看也沒有什麼變化；捏一捏手指的骨節，骨節也是原來的樣子，尖銳而突出。

他又回想到他更遠的幼小的時候去，在沙灘上煎著小魚，在河裡脫光了衣裳洗澡；冬天堆了雪人，用綠豆給雪人做了眼睛，用紅豆做了嘴唇；下雨的天氣，媽媽打來了，就往水窪中跑……媽媽因此而打不著他。

再想又想不起什麼來，這時候他昏昏沉沉的要睡了去。

剛要睡著，他又被驚醒了，好幾次都是這樣。也許是炕下的耗子，也許是院子裡什麼人說話。

但他每次睜開眼睛，都覺得是鄰家女兒驚動了他。他在夢中羞怯怯的紅了好幾次臉。

從這以後，他早晨睡覺時，他先站在地中心聽一聽，鄰家是否有了聲音。

若是有了聲音，他就到院子裡拿著一把馬刷子刷那小驢。

但是巧得很，那女孩子一清早就到院子來走動，一會出來拿一捆柴，一會出來潑一瓢水。總之，他與她從這以後，好像天天相見。

這一天八月十五，馮二成子穿了嶄新的衣裳，剛剛理過頭髮回來，上房就嚷著：「喝酒了，喝酒啦……」

因為過節是和東家同桌吃的飯，什麼臘肉，什麼松花蛋，樣樣皆有。其中下酒最好的要算涼拌粉皮，粉皮裡外加著一束黃瓜絲，還有辣椒油灑在上面。

馮二成子喝足了酒，退出來了，連飯也沒有吃，他打算到磨房去睡一覺。

常年也不喝酒，喝了酒頭有些昏。他從上房走出來，走到院子裡碰到了趙老太太，她手裡拿著一包月餅，正要到親戚家去。她一見了馮二成子，她連忙喊著女兒說：「你快拿月餅給老馮吃。過節了，在外邊的跑腿人，不要客氣。」

說完了，趙老太太就走了。

馮二成子接過月餅在手裡，他看那姑娘滿身都穿了新衣裳，臉上塗著胭脂和香粉。因為他怕難為情，他想說一聲謝謝也沒說出來，轉身就進了磨房。

磨房比平日更冷清了，小驢也沒有拉磨，磨盤上供著一塊黃色的牌位，上面寫著「白虎神之位」，燃了兩根紅蠟燭，燒著三炷香。

馮二成子迷迷昏昏的吃完了月餅，靠著羅架站著，眼睛望著窗外的花園。

他一無所思的往外看著，正這時又有了女人的笑聲，並且這笑聲是熟悉的，但不知這笑聲是從那方面來的，後花園還是隔壁？

他一轉身，就看見了鄰家的女兒站在大開著的門口。

她的嘴是紅的，她的眼睛是黑的，她的周身發著光輝，帶著吸力。

他怕了，低了頭不敢再看。

那姑娘自言自語的說：「這兒還供著白虎神呢！」

說著，她的一個小同伴招呼著她就跑了。

馮二成子幾乎要昏倒了，他堅持著自己，他睜大了眼睛，看一看自己的周遭，看一看是否在做夢。

這那裡是在做夢，小驢站在院子裡吃草，上房還沒有喝完酒的划拳的吵鬧聲仍還沒有完結。他站到磨房外邊，向著遠處都看了一遍。遠處的人家，有的在樹林中，有的在白雲中露著屋角，而附近的人家，就是同院子住著的也都恬靜的在節日裡邊升騰著一種看不見的歡喜，流蕩著一種聽不見的笑聲。

但馮二成子看著什麼都是空虛的。寂寞的秋空的游絲，飛了他滿臉，掛住了他的鼻子，繞住了他的頭髮。他用手把游絲揉擦斷了，他還是往前看去。

他的眼睛充滿了亮晶晶的眼淚，他的心中起了一陣莫名其妙的悲哀。

他羨慕在他左右跳著的活潑的麻雀，他妒恨房脊上咕咕叫的悠閒的鴿子。

他的感情軟弱得像要癱了的蠟燭似的。他心裡想：鴿子你為什麼叫？叫得人心慌！你不能不叫嗎？游絲你為什麼繞了我滿臉？你多可恨！

恍恍惚惚他又聽到那女孩子的笑聲。

而且和閃電一般，那女孩子來到他的面前了，從他面前跑過去了，一轉眼跑得無影無蹤的。

馮二成子彷彿被捲在旋風裡似的，迷迷離離的被捲了半天，而後旋風把他丟棄了。旋風自己跑去了，他仍舊是站在磨房外邊。

從這以後，可憐的馮二成子害了相思病，臉色灰白，眼圈發紫，茶也不想吃，飯也嚥不下，他一心一意的想著那鄰家的姑娘。

讀者們，你們讀到這裡，一定以為那磨房裡的磨倌必得要和鄰家女兒發生一點關係。其實不然的。後來是另外的一位寡婦。

世界上竟有這樣謙卑的人，他愛了她，他又怕自己的身分太低，怕毀壞了她。他偷著對她寄託一種心思，好像他在信仰一種宗教一樣。鄰家女兒根本不曉得有這麼一回事。

不久，鄰家女兒來了說媒的，不久那女兒就出嫁去了。

婆家來娶新媳婦的那天，抬著花轎子，打著鑼鼓，吹著喇叭，就在磨房的窗外，連吹帶打的熱鬧了起來。

馮二成子把頭伏在梆子上，他閉了眼睛，他一動也不動。

那邊姑娘穿了大紅的衣裳，搽了胭脂粉，滿手抓著銅錢，被人抱上了轎子。放了一陣炮仗，敲了一陣銅鑼，抬起轎子來走了。

走得很遠很遠了，走出了街去，那打鑼聲只能嗡嗡啦啦聽到一點。

馮二成子仍舊沒有把頭抬起，一直到那轎子走出幾里路之外，就連被娶親驚醒了的狗叫也都平靜下去時，他才抬起頭來。

那小驢蒙著眼罩靜靜的一圈一圈的在拉著空磨。

他看一看磨眼上一點麥子也沒有了，白花花的麥粉流了滿地。

那女兒出嫁以後，馮二成子常常和趙老太太攀談，有的時候還到老太太的房裡坐一坐。他不知為什麼總把那老太太當作一位近親來看待，早晚相見時，總是彼此笑笑。

這樣也就算了，他覺得那女兒出嫁了反而隨便了些。

可是這樣過了沒多久，趙老太太也要搬家了，搬到女兒家去。

馮二成子幫著去收拾東西。在他收拾著東西時，他看見針線簍裡有一個細小的白骨頂針。他想：這可不是她的？那姑娘又活躍躍的來到他的眼前。

他看見了好幾樣東西，都是那姑娘的。刺花的圍裙捲放在小櫃門裡，一團扎過了的紅頭繩子洗得乾乾淨淨的，用一塊紙包著。他在許多亂東西裡拾到這紙包，他打開一看，他問趙老太太，這頭繩要放在那裡？老太太說：「放在小梳頭匣子裡吧，我好給她帶去。」

馮二成子打開了小梳頭匣，他看見幾根扣髮針和一個假燒藍翠的戒指仍放在裡邊。他嗅到一種梳頭油的香氣。他想這一定是那姑娘的，他把梳頭匣關了。

他幫著老太太把東西收拾好，裝上了車，還牽著拉車的大黑騾子上前去送了一程。

送到郊外，迎面的菜花都開了，滿野飄著香氣。老太太催他回來，他說他再送一程。他好像對著曠野要高歌的樣子，他的胸懷像飛鳥似的張著，他面向著前面，放著大步，好像他一去就不回來的樣子。

可是馮二成子回來的時候，太陽還正晌午。雖然是秋天了，沒有夏天那麼鮮豔，但是到處飄著香氣。高粱成熟了，大豆黃了秧子，野地上仍舊是紅的紅綠的綠。馮二成子沿著原路往回走。走了一程，他還轉轉身去，向著趙老太太走去的遠方望一望。但是連一點影子也看不見了。藍天凝結得那麼嚴酷，連一些皺褶也沒有，簡直像是用藍色紙剪成的。

他用了他所有的目力，探究著藍色的天邊處，是否還存在著一點點黑點，若是還有一個黑點，那就是趙老太太的車子了。可是連一個黑點也沒有，實在是沒有的，只有一條白亮亮的大路，向著藍天那邊爬去，爬到藍天的盡頭，這大路只剩了窄狹的一條。

趙老太太這一去什麼時候再能夠見到，沒有和她約定時間，也沒有和她約定地方。他想順著大路跑去，跑到趙老太太的車子前面，拉住大黑騾子，他要向她說：「不要忘記了你的鄰居，上城裡來的時候可來看我一次。」

但是車子一點影也沒有了，追也追不上了。

他轉轉身來，仍走他的歸途，他覺得這回來的路，比去的時候不知遠了多少倍。

他不知為什麼這次送趙老太太，比送他自己的親娘還更難過。他想：人活著為什麼要分別？既然永遠分別，當初又何必認識！人與人之間又是誰給造了這個機會？既然造了機會，又是誰把機會給取消了？

他越走他的腳越沉重，他的心越空虛，就在一個有樹蔭的地方坐下來。

他往四方左右望一望，他望到的，都是在勞動著的，都是在活著的，趕車的趕車，拉馬的拉馬，割高粱的人，滿頭流著大汗。還有的手被高粱稈扎破了，或是腳被扎破了，還浸浸的沁著血，而仍是不停的在割。他看了一看，他不能明白，這都是在做什麼；他不明白，這都是為著什麼。他想：你們那些手拿著的，腳踏著的，到了終歸，你們是什麼也沒有的。你們沒有了母親，你們的父親早早死了，你們該娶的時候，娶不到你們所想的；你們到老的時候，看不到你們的子女成人，你們就先累死了。

馮二成子看一看自己的鞋子掉底了，於是脫下鞋子用手提鞋子，站起來光著腳走。他越走越奇怪，本來是往回走，可是心越走越往遠處飛。究竟飛到那裡去了，他自己也把捉不定。總之，他越往回走，他就越覺得空虛。路上他遇上一些推手車的，挑擔的，他都用了奇怪的眼光看了他們一下：你們是什麼也不知道，你們只知道為你們的老婆孩子當一輩子牛馬，你們都白活了，你們自己還不知道。你們要吃的吃不到嘴，要穿的穿不上身，你們為了什麼活著，活得那麼起勁！

他看見幾個賣豆腐腦的，搭著白布篷，篷下站著好幾個人在吃。有的爭著要多加點醬油，而那賣豆腐腦的偏偏給他加上幾粒鹽。賣豆腐腦的說醬油太貴，多加要賠本的。於是為著點醬油爭吵了起來。馮二成子老遠的就聽他們在嚷嚷。他用斜眼看了那賣豆腐腦的：你這個小氣人，你為什麼那麼苛刻？你都是為了老婆孩子！你要白白活這一輩子，你省吃儉用，到頭你還不是個窮鬼！

馮二成子這一路上所看到的幾乎完全是這一類人。

他用各種眼光批評了他們。

他走了一會，轉轉身去看看遠方，並且站著等了一會，好像遠方會有什麼東西自動向他飛來，又好像遠方有誰在招呼著他。他幾次三番的這樣停下來，好像他側著耳朵細聽。但只有雀子的叫聲從他頭上飛過，其餘沒有別的了。

他又轉身向回走，但走得非常遲緩，像走在蒴藜的草中。彷彿他走一步，被那蒴藜拉住過一次。

終於他全然沒有了氣力，全身和頭腦。他找到一片小樹林，他在那裡伏在地上哭了一袋煙的工夫。他的眼淚落了一滿樹根。

他回想著那姑娘束了花圍裙的樣子，那走路的全身愉快的樣子。他再想那姑娘是什麼時候搬來的，他連一點印象也沒有記住，他後悔他為什麼不早點發現她。她的眼睛看過他兩三次，他雖不敢直視過去，但他感覺得到，那眼睛是深黑的，含著無限情意的。他想到了那天早晨他與她站了個對面，那眼睛是多麼大！那眼光是直逼他而來的。他一想到這裡，他恨不得站起來撲過去。但是現在都完了，都去得無聲無息的那麼遠了，也一點痕跡沒有留下，也永久不會重來了。

這樣廣茫茫的人間，讓他走到那方面去呢？是誰讓人如此，把人生下來，並不領給他一條路子，就不管他了。

黃昏的時候，他從地面上抓了兩把泥土，他昏昏沉沉的站起來，仍舊得走著他的歸路。

他好像失了魂魄的樣子，回到了磨房。

看一看羅架好好的在那兒站著，磨盤好好的在那兒放著，一切都沒有變動。吹來的風依舊是很涼爽的。從風車吹出來的麥皮仍舊在大簍子裡盛著，他抓起一把放在手心上擦了擦，這都是昨天磨的麥子，昨天和今天是一點也沒有變。他拿了刷子刷了一下磨盤，殘餘的麥粉冒了一陣白煙。這一切都和昨天一樣，什麼也沒有變。耗子的眼睛仍舊是很亮很亮的跑來跑去。後花園靜靜的和往日裡一樣的沒有聲音。上房裡，東家的太太抱著孫兒和鄰居講話，講得仍舊和往常一樣熱鬧。擔水的往來在井邊，有談有笑的放著大步往來的跑，絞著井繩的轉車喀啦喀啦的大大方方的響著。一切都是快樂的，有意思的。就連站在槽子那裡的小驢，一看馮二成子回來了，也表示歡迎似的張開大嘴來叫了幾聲。馮二成子走上前去，摸一摸小驢的耳朵，而後從草包取一點草散在槽子裡，而後又領著那小驢到井邊去飲水。

他打算再工作起來，把小驢仍舊架到磨上，而他自己還是願意鼓動著勇氣打起梆子來。但是他未能做到，他好像丟了什麼似的，好像是被人家搶去了什麼似的。

他沒有拉磨，他走到街上來蕩了半夜，二更之後，街上的人稀疏了，都回家去睡覺去了。

他經過靠著縫衣裳來過活的老王那裡，看她的燈還未滅，他想進去歇一歇腳也是好的。

老王是一個三十多歲的寡婦，因為生活的憂心，頭髮白了一半了。

她聽了是馮二成子來叫門，就放下了手裡的針線來給他開門了。

還沒等他坐下，她就把縫好的馮二成子的藍單衫取出來了，並且說著：「我這兩天就想要給你送去，為著這兩天活計多，多做一件，多賺幾個，還讓你自家來拿⋯⋯」

她抬頭一看馮二成子的臉色是那麼冷落，她忙著問：「你是從街上來的嗎？是從那兒來的？」

一邊說著一邊就讓馮二成子坐下。

他不肯坐下，打算立刻就要走，可是老王說：「有什麼不痛快的？跑腿子在外的人，要舒心坦意。」

馮二成子還是沒有響。

老王跑出去給馮二成子買了些燒餅來，那燒餅還是又脆又熱的，還買了醬肉。老王手裡有錢時，常常自己喝一點酒，今天也買了酒來。

酒喝到三更，王寡婦說：「人活著就是這麼的，有孩子的為孩子忙，有老婆的為老婆忙，反正做一輩子牛馬。年輕的時候，誰還不是像一棵小樹似的，盼著自己往大了長，好像有多少黃金在前邊等著。可是沒有幾年，體力也消耗完了，頭髮黑的黑，白的白……」

她給他再斟一盅酒。

她斟酒時，馮二成子看她滿手都是筋絡，蒼老得好像大麻的葉子一樣。

但是她說的話，他覺得那是對的，於是他把那盅酒舉起來就喝了。

馮二成子也把近日的心情告訴了她。他說他對什麼都是煩躁的，對什麼都沒有耐性了。他所說的，她都理解得很好，接著他的話，她所發的議論也和他的一樣。

喝過了三更以後，馮二成子也該回去了。他站起來，抖擻一下他的前襟，他的感情寧靜多了，他也清晰得多了，和落過雨後又復見了太陽似的，他還拿起老王在縫著的衣裳看看，問她一件袷襖的手工多少錢。

老王說：「那好說，那好說，有袷襖儘管拿來做吧。」

說著，她就拿起一個燒餅，把剩下的醬肉通通夾在燒餅裡，讓馮二成子帶著：「過了半夜，酒要往上返的，吃下去壓一壓酒。」

馮二成子百般的沒有要，開了門，出來了，滿天都是星光；中秋以後的風，也有些涼了。

「是個月黑頭夜，可怎麼走！我這兒也沒有燈籠……」

馮二成子說：「不要，不要！」就走出來了。

在這時，有一條狗往屋裡鑽，老王罵著那狗：「還沒有到冬天，你就怕冷了，你就往屋裡鑽！」

因為是夜深了的緣故，這聲音很響。

馮二成子看一看附近的人家都睡了。王寡婦也在他的背後閂上了門，適才從門口流出來的那道燈光，在閂門的聲音裡邊，又被收了回去。

馮二成子一邊看著天空的北星，一邊來到了小土坡前。那小土坡上長著不少野草，腳踏在上邊，絨絨乎乎的。於是他蹲了雙腿，試著用指尖搔一搔，是否這地方可以坐一下。

他坐在那裡非常寧靜，前前後後的事情，他都忘得乾乾淨淨，他心裡邊沒有什麼騷擾，什麼也沒有想，好像什麼也想不起來了。晌午他送趙老太太走的那回事，似乎是多少年前的事情。現在他覺得人間並沒有許多人，所以彼此沒有什麼妨害，他的心境自由得多了，也寬舒得多了，任著夜風吹著他的衣襟和褲腳。

他看一看遠近的人家，差不多都睡覺了，尤其是老王的那一排房子，通通睡了，只有王寡婦的窗子還透著燈光。他看了一會，他又把眼睛轉到另外的方向去，有的透著燈光的窗子，眼睛看著看著，窗子忽然就黑了一個，忽然又黑了一個。屋子滅掉了燈，竟好像沉到深淵裡邊去的樣子，立刻消滅了。

而老王的窗子仍舊是亮的，她的四周都黑了，都不存在了，那就更顯得她單獨的停在那裡。

「她還沒有睡呢！」他想。

她怎麼還不睡？他似乎這樣想了一下。是否他還要回到她那邊去，他心裡很猶疑。

等他不自覺的又回到老王的窗下時，他終於敲了她的門。裡邊應著的聲音並沒有驚奇，開了門讓他進去。

這夜，馮二成子就在王寡婦家裡結了婚了。

他並不像世界上所有的人結婚那樣：也不跳舞，也不招待賓客；也不到禮拜堂去。而也並不像鄰家姑娘那樣打著銅鑼，敲著大鼓。但是他們莊嚴得很，因為百感交集，彼此哭了一遍。

第二年夏天，後花園裡的花草又是那麼熱鬧，倭瓜淘氣的爬上了樹，向日葵開了大花，惹得蜂子成群的鬧著，大菽茨、爬山虎、馬蛇菜、胭粉豆，樣樣都開了花。耀眼的耀眼，散著香氣的散著香氣。年年爬到磨房窗櫺上來的黃瓜，今年又照樣的爬上來了；年年結果子的，今年又照樣的結了果子。

唯有牆上的狗尾草比去年更為茂盛，因為今年雨水多而風少。

園子裡雖然是花草鮮豔，而很少有人到園子裡來，是依然如故。

偶然園主的小孫女跑進來折一朵大菽茨花，聽到屋裡有人喊著：「小春，小春……」

她轉身就跑回屋去，而後把門又輕輕的閂上了。

算起來就要一年了，趙老太太的女兒就是從這靠著花園的廂房出嫁的。

在街上，馮二成子碰到那出嫁的女兒一次，她的懷裡抱著一個小孩。

可是馮二成子也有了小孩了。磨房裡拉起了一張白布簾子來，簾子後邊就藏著出生不久的嬰孩和孩子的媽媽。

又過了兩年，孩子的媽媽死了。

馮二成子坐在羅架上打篩羅時，就把孩子騎在梆子上。夏晝十分熱了，馮二成子把頭垂在孩子的腿上，打著瞌睡。

不久，那孩子也死了。

後花園裡經過了幾度繁華，經過了幾次凋零，但那大菽茨花它好像世世代代要存在下去的樣子，經冬復歷春，年年照樣的在園子裡邊開著。

園主人把後花園裡的房子都翻了新了，只有這磨房連動也沒動，說是磨房用不著好房子的，好房子也讓篩羅「咚咚」的震壞了。

所以磨房的屋瓦，為著風吹，為著雨淋，一排一排的都脫了節。每颳一次大風，屋瓦就要隨著風在半天空裡飛走了幾塊。

夏晝，馮二成子伏在梆子上，每每要打瞌睡。他瞌睡醒來時，昏昏庸庸的他看見眼前跳躍著無數條光線，他揉一揉眼睛，再仔細看一看，原來是房頂露了天了。

以後兩年三年，不知多少年，他仍舊在那磨房裡平平靜靜的活著。

後花園的園主也老死了，後花園也拍賣了。這拍賣只不過給馮二成子換了個主人。這個主人並不是個老頭，而是個年輕的、愛漂亮、愛說話的，常常穿了很乾淨的衣裳來磨房的窗外，看那磨倌怎樣打他的篩羅，怎樣搖他的風車。

1940.4

（刊於1940年4月10至25日香港

《大公報》副刊《文藝》和《學生界》，署名蕭紅）

北中國

北中國

一

一早晨起來就落著清雪。在一個灰色的大門洞裡，有兩個戴著大皮帽子的人，在那裡響著大鋸。

「扔，扔，扔，扔……」好像唱著歌似的，那白亮亮的大鋸唱了一早晨了。

大門洞子裡，架著一個木架，木架上邊橫著一個圓滾滾的大木頭。那大木頭有一尺多粗，五尺多長。兩個人就把大鋸放在這木頭的身上，不一會工夫，這木頭就被鋸斷了。先是從腰上鋸開分做兩段，再把那兩段從中再鋸一道，好像小圓凳似的，有的在地上站著，有的在地上躺著。而後那木架上又被抬上來一條五尺多長的來，不一會工夫，就被分做兩段，而後是被分作四段，從那木架上被推下去了。

同時離住宅不遠，那裡也有人在拉著大鋸……城門外不遠的地方就有一段樹林，樹林不是一片，而是一段樹道，沿著大道的兩旁長著。往年這夾樹道的榆樹，若有窮人偷剝了樹皮，主人定要捉拿他，用繩子捆起來，用打馬的鞭子打。活活的樹，一剝就被剝死了。說是養了一百來年的大樹，從祖宗那裡繼承下來的，那好讓它一旦死了呢！將來還要傳給第二代、第三代兒孫，最好是永遠留傳下去，好來證明這門第的久遠和光榮。

可是，今年卻是這樹林的主人自己發的號令，用大鋸鋸著。

那樹因為年限久了，樹根扎到土地裡去特別深。伐樹容易，拔根難。樹被鋸倒了，根只好留待明年春天再拔。

樹上的喜鵲窩，新的舊的有許多。樹一被伐倒，喀喀喀的響著，發出一種強烈的不能控制的響聲；被北風凍乾的樹皮，觸到地上立刻碎了，斷了。喜鵲窩也就跟著覆到地上了，有的跌破了，有的則整個的滾下來，滾到雪地裡去，就坐在那亮晶晶的雪上。

是凡跌碎了的，都是隔年的，或是好幾年的；而有些新的，也許就是喜鵲在夏天自己建築的，為著冬天來居住。這種新的窩是非常結實，雖然是已經跟著大樹躺在地上了，但依舊是完好的，仍舊是呆在樹丫上。那窩裡的鳥毛還很溫暖的樣子，被風忽忽的吹著。

二

往日這樹林裡，是禁止打鳥的，說是打鳥是殺生，是不應該的，也禁止孩子們破壞鳥窩，說是破壞鳥窩，是不道德的事，使那鳥將沒有家了。

但是現在連大樹也倒下了。

這趟夾樹道在城外站了不知多少年，好像有這地方就有這樹似的，人們一出城門，就先看到這夾道，已經看了不知多少年了。在感情上好像這地方必須就有這夾樹道似的，現在一旦被砍伐了去，覺得一出城門，前邊非常的荒涼，似乎總有　點東西不見了，總少了一點什麼。雖然還沒有完全砍完，那所剩的也沒有幾棵了。

一百多棵榆樹，現在沒有幾棵了，看著也就全完了。所剩的只是些個木樁子，遠看看不出來是些個什麼。總之，樹是全沒有了。只有十幾棵，現在還在伐著，也就是一早一晚就要完的事了。

那在門洞子裡兩個拉鋸的大皮帽子，一個說：

「依你看，大少爺還能回來不能？」

另一個說：

「我看哪……人說不定有沒有了呢……」

其中的一個把大皮帽子摘下來，拍打著帽耳朵上的白霜。另一個從腰上解下小煙袋來，準備要休息一刻了。

正在這時候，上房的門喀喀的響著就開了，老管事的手裡拿著一個上面貼有紅綏的信封，從臺階上下來，懷懷疑疑，把嘴唇咬著。

那兩個拉鋸的，剛要點起火來抽菸，一看這情景就知道大先生又在那裡邊鬧了。於是連忙把煙袋從嘴上拿下來，一個說，另一個聽著：

「你說大少爺可真的去打日本去了嗎？……」

正在說著，老管事的就走上前來了，走進大門洞，坐在木架上，把信封拿給他們兩個細看。他們兩個都不識字，老管事的也不識字。不過老管事的閉著眼睛也可以背得出來，因為這樣的信，他的主人自從生了病的那天就寫，一天或是兩封三封，或是三封五封。他已經寫了三個月了，因為他已經病了三個月了。

寫得連家中的小孩子也都認識了。

所以老管事的把那信封頭朝下、腳朝上的倒念著：

大中華民國抗日英雄

耿振華吾兒收

父字

大中華民國抗日英雄

耿振華吾兒收

父字

老管事的全念對了，只是中間寫在紅綏上的那一行，他只念了「耿振華收」，而丟掉了「吾兒」兩個字。其中一個拉鋸的，一聽就聽出來那是他念錯了，連忙補添著說：

「耿振華吾兒收。」

他們三個都仔細的往那信封上看著，但都看不出「吾兒」兩個字寫在什麼地方，因為他們都不識字。反正背也都背熟的了，於是大家丟開這封信不談，就都談著「大先生」，就是他們的主人的病，到底是個什麼來歷。中醫說肝火太盛，由氣而得；西醫說受了過度的刺激，神經衰弱。而那會算命的本地最有名的黃半仙，卻從門簾的縫中看出了耿大先生是前生注定的骨肉分離。

因為耿大先生在民國元年的時候，就出外留學，從本地的縣城，留到了省城，差一點就要到北京去的，去進北京大學堂。雖是沒有去成，思想總算是革命的了。他的書箱子裡密藏著孫中山先生的照片，等到民國七八年的時候，他才敢拿出來給大家看，說是從前若發現了有這照片是要被殺頭的。

因此他的思想是維新的多了，他不迷信，他不信中醫。他的兒子，從小他就不讓他進私學館，自從初級小學堂一開辦，他就把他的女兒和兒子都送進小學堂去讀書。

他的母親活著的時候，很是迷信，跳神趕鬼，但是早已經死去了。現在他就是一家之主，他說怎麼樣就是怎麼樣。他的夫人，五十多歲了，讀過私學館，前清時代她的父親進過北京去趕過考，考是沒有考中的，但是學問很好，所以他的女兒《金剛經》、《灶王經》都念得通熟，每到夜深人靜，還常燒香打坐，還常拜斗參禪。雖然五十多歲了，其間也受了不少的丈夫的阻撓，但她善心不改，也還是常常偷著在灶王爺那裡燒香。

耿大先生就完全不信什麼灶王爺了，他自己不加小心撞了灶王爺板，他硬說灶王爺板撞了他。於是很開心的拿著燒火的叉子把灶王爺打了一頓。

他說什麼是神，人就是神。自從有了科學以來，看得見的就是有，看不見的就沒有。

所以那黃半仙剛一探頭，耿大先生唔嘮一聲，就把他嚇回去了，只在門簾的縫中觀了形色，好在他自承認他的功夫是很深的，只這麼一看，也就看出個所以然來。他說這是他命裡注定的前世的孽緣，是財不散，是子不離。「是財不散，是兒不死。」民間本是有這句俗話的。但是「是子不離」這可沒有，是他給編上去的，因為耿大少爺到底是死是活，誰也不知道，於是就只好將就著用了這麼一個含糊其詞的「離」字。

假若從此音信皆無，真的死了，不就是真的「離」了嗎？假若不死，有一天回來了，那就是人生的悲、歡、離、合，有離就有聚，有聚就有離的「離」。

黃半仙這一套理論，不能發揚而光大之，因為大先生雖然病得很沉重，但是他還時時的清醒過來，若讓他曉得了，全家上下都將不得安寧，他將要換著個兒罵，從他夫人罵起，一直罵到那燒火洗碗的小打。所以在他這生病的期中，只得請醫生，而不能夠看巫醫，所以像黃半仙那樣的，只能到下房裡向夫人討一點零錢就去了，是沒有工夫給他研究學理的。

現在那兩個大皮帽子各自拿了小煙袋，點了火，彼此的咳嗽著，正想著大大的發一套議論，討論一下關於大少爺的一去無消息。有管事的在旁，一定有什麼更豐富的見解。

老管事的用手把鬍子來回的抹著，因為不一會工夫，他的鬍子就掛滿了白霜。他說：

「人還不知有沒有了呢，看這樣子跑了一個還要搭一個。」

那拉木頭的就問：

「大先生的病好了一點沒有？」

老管事的坐在木架上，東望望，西望望，好像無可無不可的神情，似乎並不關心，而又像他心裡早有了主意，好像事情的原委他早已觀察清楚了，一步一步的必要向那一方面發展，而必要發展到怎樣一個地步，他都完全看透徹了似的。他隨手抓起一把鋸末子來，用嘴唇吹著，把那鋸末子吹了滿身，而後又用手拍著，把那鋸末子都拍落下去。而後，他彎下腰去，從地上搬起一個圓木墩子來，把那木墩子放在木架上，而後拍著，並且用手揪著那樹皮，撕下一小片來，把那綠盈盈的一層掀下來，放在嘴裡，一邊咬著一邊說：

「還甜絲絲的呢，活了一百年的樹，到今天算是完了。」

而後他一腳把那木墩子踢開。他說：

「我活了六十多年了，我沒有見過這年月，讓你一，你不敢二，讓你說三，你不敢講四。完了，完了……」

那兩個拉鋸的把眼睛呆呆的不轉眼珠。

老管事的把煙袋鍋子磕著自己的氈鞋底：

「跑毛子的時候，那俄大鼻子也殺也砍的，可是就只那麼一陣，過去也就完了。沒有像這個的，油、鹽、醬、醋、吃米、燒柴，沒有他管不著的；你說一句話吧，他也要聽聽；你寫一個字吧，他也要看看。大先生為了有這場病的，雖說是為著兒子的啦，可也不盡然，而是為著小……小□□。」

正說到這裡，大門外邊有兩個說著「咯大內、咯大內」的話的綠色的帶著短刀的人走過。老管事的他那掉在地上的寫著「大中華民國」字樣的信封，伸出腳去就用大氈鞋底踩住了，同時變毛變色的說：

「今年冬天的雪不小，來春的青苗錯不了呵！……」

那兩個人「咯大內、咯大內」的講著些個什麼走過去了。

「說鬼就有鬼，說鬼鬼就到。」

老管事的站起來就走了，把那寫著「大中華民國」的信封，一邊走著一邊撕著，撕得一條一條的，而後放在嘴裡咬著，隨咬隨吐在地上。他徑直走上正房的臺階上去了，在那臺階上還聽得到他說：

「活見鬼，活見鬼，他媽的，活見鬼……」

而後那房門喀喀的一響，人就進去了，不見了。

清雪還是照舊的下著，那兩個拉鋸的，又在那裡唰唰的工作起來。

這大鋸的響聲本來是「扔扔」的，好像是唱著歌似的，但那是離得遠一點才可以聽到的，而那拉鋸的人自己就只聽到「唰唰唰」。

鋸末子往下飛散，同時也有一種清香的氣味發散出來。那氣味甜絲絲的，松香不是松香，楊花的香味也不是的，而是甜的，幽遠的，好像是在記憶上已經記不得那麼一種氣味的了。久久被忘記了的一回事，一旦來到了，覺得特別的新鮮。因為那拉鋸的人真是伸手抓起一把鋸末子來放到嘴裡吞下去。就是不吞下這鋸末子，也必得撕下一片那綠盈盈的貼身的樹皮來，放到嘴裡去咬著，是那麼清香，不咬一咬這樹皮，嘴裡不能夠有口味。剛一開始，他們就是那樣咬著的。現在雖然不至再親切得去咬那樹皮了，但是那圓滾滾的一個一個的鋸好了的木墩子，也是非常惹人愛的。他們時或用手拍著，用腳尖觸著。他們每鋸好一段，從那木架子推下去的時候，他們就說：

「去吧，上一邊呆著去吧。」

他們心裡想，這麼大的木頭，若做成桌子，做成椅子，修房子的時候，做成窗框該多好，這樣好的木頭那裡去找去！

但是現在鋸了，毀了，劈了燒火了，眼看著一塊材料不成用了。好像他們自己的命運一樣，他們看了未免的有幾分悲哀。

清雪好像菲薄菲薄的玻璃片似的，把人的臉，把人的衣服都給閃著光，人在清雪裡邊，就像在一張大的紗帳子裡似的。而這紗帳子又都是些個玻璃末似的小東西組成的，它們會飛，會跑，會紛紛的下墜。

往那大門洞裡一看，隻影影綽綽的看得見人的輪廓，而看不清人的鼻子眼睛了。

可是拉鋸的響聲，在下雪的天氣時，反而聽得特別的清楚，也反而聽得特別的遠。因為在這樣的天氣裡邊，人們都走進屋子裡去過生活了。街道上和鄰家院子，都是靜靜的。人聲非常的稀少，人影也不多見。只見遠近處都是茫茫的一片白色。

尤其是在曠野上，遠遠的一望，白茫茫的，簡直是一片白色的大化石。曠野上遠處若有一個人走著，就像一個黑點在移動著似的；近處若有人走著，就好像一個影子在走著似的。

在這下雪的天氣裡是很奇怪的，遠處都近，近的反而遠了，比方旁邊有人說話，那聲音不如平時響亮。遠處若有一點聲音，那聲音就好像在耳朵旁邊似的。

所以那遠處伐樹的聲音，當他們兩個一休息下來的時候，他們就聽見了。

因為太遠了，那拉鋸的「扔扔」的聲音不很大，好像隔了不少的村莊，而聽到那最後的音響似的，似有似無的。假若在記憶裡邊沒有那伐樹的事情，那就根本不知道那是伐樹的聲音了。或者根本就聽不見。

「一百多棵樹。」因為他們心裡想著，那個地方原來有一百多棵樹。

在晴天裡往那邊是看得見那片樹的，在下雪的天裡就有些看不見了，只聽得不知道什麼地方「扔、扔、扔、扔」。他們一想，就定是那伐樹的聲音了。

他們聽了一會，他們說：

「百多棵樹，煙消火滅了，耿大先生想兒子想瘋了。」

「一年不如一年了，完了，完了。」

櫻桃樹不結櫻桃了，玫瑰樹不開花了。泥土牆倒了，把櫻桃樹給壓斷了，把玫瑰樹給埋了。櫻桃壓斷了，還留著一些枝杈，玫瑰竟埋得連影都看不見了。

耿大先生從前問小孩子們：

「長大做什麼？」

小孩子們就說：「長大當官。」

現在老早就不這麼說了。

他對小孩子們說：

「有吃有喝就行了，榮華富貴咱們不求那個。」

從前那客廳裡掛著的畫，威爾遜，拿破崙，現在都已經摘下去了，尤其是那拿破崙，英雄威武得實在可以，戴著大帽子，身上佩著劍。

耿大先生每早晨吃完了飯，往客廳裡一坐，第一個拿破崙，第二個威爾遜，還有林肯，華盛頓……挨著排講究一遍。講完了，大的孩子讓他照樣的背一遍，小的孩子就讓他用手指指出那個是威爾遜，那個是拿破崙。

他說人要英雄威武，男子漢，大丈夫，不做威爾遜，也做拿破崙。

可是現在沒有了，那些畫都從牆上摘下去了，另換上一個面孔，寬衣大袖，安詳端正，很大的耳朵，很紅的嘴唇，一看上去就是仁義道德。但是自從掛了這畫之後，只是白白的掛著，並沒有講。

他不再問孩子們長大做什麼了。孩子們偶爾問到了他，他就說：「只求足衣足食，不求別的。」

這都是日本人來了之後，才改變了的思想。

再不然就說：

「人生百年，三萬六千日，不如僧家半日閒。」

這還都是大少爺在家裡時的思想。大少爺一走了，開初耿大先生不表示什麼意見，心裡暗恨生氣，只覺得這孩子太不知好歹。但他想過了一些時候，就會回來的了，年輕的人，聽說那方面熱鬧，就往那方面跑。他又想到他自己年輕的時候，也是那樣。孫中山先生革命的時候，還偷偷的加入了革命黨呢。現在還不是，青年人，血氣盛，聽說是要打日本，自然是眼紅，現在讓他去吧，過了一些時候，他就曉得了。他以為到了中國就不再是「滿洲國」了。說打日本是可以的了。其實不然，中國也不讓說打日本這個話的。

本地縣中學裡的學生跑了兩三個。聽說到了上海就被抓起來了。聽說犯了抗日遺害民國的罪。這些或者不是事實，耿大先生也沒有見過，不過一聽說，他就有點相信。因為他愛子心切，所以是凡聽了不好的消息他就相信。他想兒子既走了，是沒有法子叫他回來的，只希望他在外邊碰了釘子就回來了。

看著吧，到了上海，沒有幾天，也是回來的。年輕人就是這樣，聽了什麼一個好名聲，就跟著去了，過了幾天也就回來了。

耿大先生把這件事不十分放在心上。

兒子的母親，一哭哭了三四天，說在兒子走的三四天前，她就看出來那孩子有點不對。那孩子的眼泡是紅的，一定是不忍心走，哭過了的，還有他問過他母親一句話，他說：

「媽，弟弟他們每天應該給他們兩個鐘頭念中國書。盡念日本書，將來連中國字都不認識了，等一天咱們中國把日本人打跑了的時候，還滿口日本話，那該多麼恥辱。」

媽就說：

「什麼時候會打跑日本的？」

兒子說：

「我就要去打日本去了……」

這不明明跟母親露一個話風嗎？可惜當時她不明白，現在她越想越後悔。假如看出來了，就看住他，使他走不了。假如看出來了，他怎麼也是走不了的。母親越想越後悔，這一下子怕是不能回來了。

母親覺得雖然打日本是未必的，但總覺得兒子走了，怕是不能回來了，這個陰影不知道從什麼地方來的。也許本地縣中學裡的那兩個學生到了上海就音信皆無，給了她很大的恐怖。總之有一個可怕的陰影，不知怎麼的，似乎是兒子就要一去不回來。

但是這話她不能說出來，同時她也不願意這樣的說，但是她越想怕是兒子就越回不來了。所以當她到兒子的房裡去檢點衣物的時候，她看見了兒子出去打獵戴的那大帽子，她也哭。她看見了兒子的皮手套，她也哭。哭得像個淚人似的。

兒子的書桌上的書一本一本的好好的放著，毛筆站在筆架上，鉛筆橫在小木盒裡。那兒子喝的茶杯裡還剩了半杯茶呢！兒子走了嗎？這實在不能夠相信。那書架上站著的大圓馬蹄表還在咔咔咔的一秒一秒的走著。那還是兒子親手上的表呢。

母親摸摸這個，動動那個。似乎是什麼也沒有少，一切都照原樣，屋子裡還溫熱熱的，一切都像等待著晚上兒子回來照常睡在這房裡，一點也不像這主人就一去也不回來了。

三

兒子一去就是三年，只是到了上海的時候，有過兩封信。以後就音信皆無了，傳說倒是很多。正因為傳說太多了，不知道相信那一條好。盧溝橋，「八一三」，兒子走了不到半年中國就打日本了。但是兒子可在什麼地方，音信皆無。

傳說就在上海張發奎的部隊裡，當了兵，又傳說沒有當兵，而做了政治工作人員。後來，他的一個同學又說他早就不在上海了，在陝西八路軍裡邊工作。過了幾個月說都不對，是在山西的一個小學堂裡教書。還有更奇妙的，說是兒子生活無著，淪落街頭，無法還在一個瓷器公司裡邊做了一段小工。

對於這做小工的事情，把母親可憐得不得了。母親到處去探聽，親戚，朋友，只要平常對於她兒子一有來往的地方，她就沒有不探聽遍了的。尤其兒子的同學，她總想，他們是年輕人，那能夠不通信。等人家告訴她實實在在不知道的時候，她就說：

「你們瞞著我，你們那能不通信的。」

她打算給兒子寄些錢去，可是往那裡寄呢？沒有通信地址。她常常以為有人一定曉得她兒子的通信處，不過不敢告訴她罷了；她常以為尤其是兒子的同學一定知道他在那裡，不過不肯說，說了出來，怕她去找回來。所以她常對兒子的同學說：

「你們若知道，你們告訴我，我絕不去找他的。」

有時竟或說：

「他在外邊見見世面，倒也好的，不然像咱們這個地方東三省，有誰到過上海。他也二十多歲了，他願意在外邊呆著，他就在外邊呆著去吧，我才不去找他的。」

對方的回答很簡單：

「我們不知道，我們不知道。」

有時她這樣用心可憐的說了一大套，對方也難為情起來了。說：

「老伯母，我們實在不知道。我們若知道，我們就說了。」

每次都是毫無下文，無結果而止。她自己也覺得非常的空虛，她想下回不問了，無論誰也不問了，事不關己，誰願意聽呢？人都是自私的，人家不告訴她，她心裡竟或恨了別人，她想再也不必問了。

但是過些日子她又忘了，她還是照舊的問。

怎麼能夠淪為小工呢？耿家自祖上就沒有給人家做工的，真是笑話，有些不十分相信，有些不可能。

但是自從離了家，家裡一個銅板也沒有寄去過，上海又沒有親戚，恐怕做小工也是真的了。

母親愛子心切，一想到這裡，有些不好過，有些心酸，眼淚就來到眼邊上。她想這孩子自幼又嬌又慣的長大，吃、穿都是別人扶持著，現在給人做小工，可怎麼做呢？可憐了我這孩子了！母親一想到這裡，每逢吃飯，就要放下飯碗，吃不下去。每逢睡覺，就會忽然的醒來，而後翻轉著，無論怎樣也再睡不著。若遇到颳風的夜，她就想颳了這樣的大風，若是一個人在外邊，夜裡睡不著，想起家來，那該多麼難受。

因為她想兒子，所以她想到了兒子要想家的。

下雨的夜裡，她睡得好好的，忽然一個雷把她驚醒了，她就再也睡不著了。她想，淪落在外的人，手中若沒有錢，這樣連風加雨的夜，怎樣能夠睡著？背井離鄉，要親戚沒有親戚，要朋友沒有朋友，又風雨交加。其實兒子離她不知幾千里了，怎麼她這裡下雨，兒子那裡也會下雨的？因為她想她這裡下雨了，兒子那裡也是下雨的。

兒子到底當了小工，還是當了兵，這些都是傳聞，究竟沒有證實過。所以做母親的迷離恍惚的過了兩三年，好像走了迷路似的，不知道東西南北了。

母親在這三年中，會說東忘西的，說南忘北的，聽人家唱鼓詞，聽著聽著就哭了；給小孩子們講瞎話，講著講著眼淚就流下來了。一說街上有個叫花子，三天沒有吃飯餓死了，她就說：「怎麼沒有人給他點剩飯呢？」說完了，她眼睛上就像是來了眼淚，她說人們真狠心得很……

母親不知為什麼，變得眼淚特別多，她無所因由似的說哭就哭，看見別人家娶媳婦她也哭，聽說誰家的少爺今年定了親了，她也哭。

四

可是耿大先生則不然，他一聲不響，關於兒子，他一字不提。他不哭，也不說話，只是夜裡不睡覺，靜靜的坐著，往往一坐坐個通宵。他的面前站著一根蠟燭，他的身邊放著一本書。那書他從來沒有看過，只是在那燭光裡邊一夜一夜的陪著他。

兒子剛走的時候，他想他不久就回來了，用不著掛心的。他一看兒子的母親在哭，他就說：「婦人女子眼淚忒多。」所以當兒子來信要錢的時候，他不但沒有給寄錢去，反而寫信告訴他說，要回來，就回來，不回來，必是自有主張，此後也就不要給家來信了，關裡關外的通信，若給人家曉得了，有關身家性命。父親是用這種方法要挾兒子，使他早點回來。誰知兒子看了這信，就從此不往家裡寫信了。

無音無信的過了三年，雖然這之中的傳聞他也都聽到了，但是越聽越壞，還不如不聽的好。不聽倒還死心塌地，就像未曾有過這樣的一個兒子似的。可是偏聽得見的，只能聽見，又不能證實，就如隱約欲斷的琴音，往往更耐人追索……

耿大先生為了忘卻這件事情，他已經養成了一個習慣，就是夜裡不願意睡覺，願意坐著。

他夜裡坐了三年，竟把頭髮坐白了。

開初有的親戚朋友來，還問他大少爺有信沒有，到後來竟問也沒有人敢問了。人一問他，他就說：

「他們的事情，少管為妙。」

人家也就曉得耿大先生避免著再提到兒子。家裡的人更沒有人敢提到大少爺的。大少爺住過的那房子的門鎖著，那裡邊鴉雀無聲，灰塵都已經滿了。太陽晃在窗子的玻璃上，那玻璃都可以照人了，好像水銀鏡子似的。因為玻璃的背後已經掛了一層灰禿禿的塵土。把臉貼在玻璃上往裡邊看，才能看到裡邊的那些東西，床、書架、書桌等類，但也看不十分清楚。因為玻璃上塵土的關係，也都變得影影綽綽的。

這個窗沒有人敢往裡看，也就是老管事的記性很不好，挨了不知多少次的耿大先生的瞪眼，他有時一早一晚還偷偷摸摸的往裡看。

因為在老管事的感覺裡，這大少爺的走掉，總覺得是鳳去樓空，或者是淒涼的家敗人亡的感覺。

眼看著大少爺一走，全家都散心了。到吃飯的時候，桌子擺著碗筷，空空的擺著，沒有人來吃飯。到睡覺的時候，不睡覺，通夜通夜的上房裡點著燈。家裡油鹽醬醋沒有人檢點，老廚子偷油、偷鹽，並且拿著小口袋從米缸裡往外灌米。送柴的來了，沒有人過數；送糧的來了，沒有人點糧。柴來了就往大廩上一扔，糧來了就往倉子裡一倒，夠數不夠數，沒有人曉得。

院牆倒了，用一排麥稈附上；房子漏了雨，拿一塊磚頭壓上。一切都是往敗壞的路上走。一切的光輝生氣隨著大少爺的出走失去了。

老管事的一看到這裡，就覺得好像家敗人亡了似的，默默的心中起著悲哀。

因為是上一代他也看見了，並且一點也沒有忘記，那就是耿大先生的父親在世的時候那種兢兢業業的。現在都那裡去了，現在好像是就要煙消雲散了。

他越看越不像樣，也就越要看。他覺得上屋裡沒人，他就蹺著腳尖，把頭蓋頂在那大少爺的房子的玻璃窗上，往裡看著。他自己也不知道他是要看什麼，好像是在憑弔。

其餘的家裡的孩子，誰也不敢提到哥哥，誰要一提到哥哥，父親就用眼睛瞪著他們。或者是正在吃飯，或者是正在玩著，若一提到哥哥，父親就說：

「去吧，去一邊玩去吧。」耿大先生整天不大說話。他的眼睛是灰色的，他在屋子裡坐著，他就直直的望著牆壁。他在院子裡站著，他就把眼睛望著天邊。他什麼也不說，什麼也不觀察，把嘴再緊緊的閉著，好像他的嘴裡邊已經咬住了一種什麼東西。

五

但是現在耿大先生早已經病了，有的時候清醒，有的時候則昏昏沉沉的睡著。

那就是今年陰曆十二月裡，他聽到兒子大概是死了的消息。

這消息是本街上兒子從前的一個同學那裡傳出來的。

正是這些時候，「滿洲國」的報紙上大加宣傳說是中國要內戰了，不打日本了，說是某某軍隊竟把某某軍隊一夥給殺光了，說是連軍人的家屬連婦人帶小孩都給殺光了。

這些宣傳，日本一點也不出於好心。為什麼知道他不是出於好心呢？因為下邊緊接著就說，還是「滿洲國」好，國泰民安，趕快的不要對你們的祖國懷著希望。

耿大先生一看，耿大先生就看出這又在造謠生事了。

耿大先生每天看報的，雖然他不相信，但也留心著，反正沒有事做，就拿著報紙當消遣。有一天報上畫著些小人，旁邊注著字：「自相殘殺」。另外還有一張畫，畫的是日本人，手裡拉著「滿洲國」的人，向前大步的走去，旁邊寫著：「日滿提攜」。

耿大先生看完了報說：

「小日本是亡不了中國的，小日本無恥。」

有一天，耿大先生正在吃飯。客廳裡邊來了一個青年人在說話，說話的聲音不大，說了一會就走了。他也絕沒想到客廳中有人。

耿太太也正在吃飯，知道客廳裡來了客人，過去就沒有回來，飯也沒有吃。

到了晚上，全家都知道了，就是瞞著耿大先生一個人不知道。大少爺在外邊當兵打仗死了。

老管事的打著燈籠到廟上去燒香去了，回來把鬍子都哭溼了，他說：「年輕輕的，那孩子不是那短命的，規矩禮法，溫文爾雅……」

戴著大皮帽子的家裡的長工，翻來覆去的說：

「奇怪，奇怪。當兵是窮人當的，像大少爺這身分為啥去當兵的？」

另外一個長工就說：

「打日本罷啦！」

長工們是在夥房裡講著。夥房的鍋臺上點起小煤油燈來，燈上沒有燈罩，所以從火苗上往上升著黑煙。大鍋裡邊煮著豬食，咕嚕咕嚕的，從鍋沿邊往上升著白汽，白汽升到房梁上，而後結成很大的水點滴下來。除了他們談論大少爺的說話聲之外，水點也在啪嗒啪嗒的落著。

耿太太在上屋自己的臥房裡哭了好一陣，而後拿著三炷香到房簷頭上去跪著念《金剛經》。當她走過來的時候，那香火在黑暗裡一東一西的邁著步，而後在房簷頭上那紅紅的小點停住了。

老管事的好像哨兵似的給耿太太守衛著，說大先生沒有出來。於是耿太太才喃喃的念起經來。一邊念著經，一邊哭著，哭了一會，忘記了把聲音漸漸的放大起來，老管事的在一旁說：

「小心大先生聽見，小點聲吧。」

耿太太又勉強著把哭聲收回去，以致那喉嚨裡邊像有什麼在橫著似的，時時起著咯咯的響聲。

把經念完了，耿太太昏迷迷的往屋裡走，那想到大先生就在玻璃窗裡邊站著。她想這事情的原委，已經被他看破，所以當他一問：「你在做什麼？」她就把實況說了出來：

「咱們的孩子被中國人打死了。」

耿大先生說：

「胡說。」

於是，拿起這些日子所有的報紙來，看了半夜，滿紙都是日本人的挑撥離間，卻看不出中國人會打中國人來。

直到雞叫天明，耿大先生伏在案上，枕著那些報紙，忽然做了一夢。

在夢中，他的兒子並沒有死，而是做了抗日英雄，帶著千軍萬馬，從中國殺向「滿洲國」來了。

六

耿大先生一夢醒來，從此就病了，就是那有時昏迷，有時清醒的病。

清醒的時候，他就指揮著伐樹。他說：

「伐呀，不伐白不伐。」

把樹木都鋸成短段。他說：

「燒啊！不燒白不燒，留著也是小日本的。」

等他昏迷的時候，他就要筆要墨寫信，那樣的信不知寫了多少了，只寫信封，而不寫內容的。

信封上總是寫：

大中華民國抗日英雄
耿振華吾兒收
父字
大中華民國抗日英雄
耿振華吾兒收
父字

這信不知道他要寄到什麼地方去，只要客人來了，他就說：

「你等一等，給我帶一封信去。」

老管事的提著酒瓶子到街上去裝酒，從他窗前一經過，他就把他叫住：

「你等一等，我這兒有一封信給我帶去。」

無管什麼人上街，若讓他看見，他就要帶一封信去。

醫生來了，一進屋，皮包還沒有放下，他就對醫生說：

「請等一等，給我帶一封信去！」

家裡的人，覺得這是一種可怕的情形。若是來了日本客人，他也把那抗日英雄的信託日本人帶去，可就糟了。

所以自從他一發了病，也就被幽禁起來，把他關在最末的一間房子的後間裡，前邊罩著窗簾，後邊上著風窗。

晴天時，太陽在窗簾的外邊，那屋子是昏黃的；陰天時，那屋子是發灰色的。那屋裡什麼也沒有，只有一個高大的暖牆，在一邊站著，那暖牆是用白淨的凸花的瓷磚砌的。其餘別的東西都已經搬出去了，只有這暖牆是無法可搬的，只好站在那裡讓耿大先生痴痴的看來看去。他好像不認識這東西，不知道這東西的性質，有的時候看，有的時候用手去撫摸。

家裡的人看了這情形很是害怕，所以把所有的東西都搬開了，不然他就樣樣的細細的研究，燈臺、茶碗、盤子、帽盒子，他都拿在手裡觀摩。

現在都搬走了，只剩了這暖牆不能搬了。他就細細的用手指摸著這暖牆上的花紋，他說：

「怕這也是日本貨吧！」耿大先生一天很無聊的過著日子。

窗簾整天的上著，風窗整天的上著，昏昏暗暗的，他的生活與世隔離了。

他的小屋雖然安靜，但外邊的聲音也還是可以聽得到的。外邊狗咬，或是有腳步聲，他就說：

「讓我出去看看，有人來了。」

或是：

「有人來了，讓他給我帶一封信去。」

若有人阻止了他，他也就不動了；旁邊若沒有人，他會開門就經過耿太太的臥房，再經過客廳就出去的。

有一天日本東亞什麼什麼協進會的幹事，一個日本人到家裡了，要與耿大先生談什麼事情，因為他也是協進會的董事。

這一天，可把耿太太嚇壞了。

「上街去了。」說完了，自己的臉色就變白了。

因為一時著急說錯了，假若那日本人聽說他病在家裡不見，這不是被看破了實情，無疑也有弊了。

於是大家商量著，把耿大先生又給換了一個住處。這房間又小又冷，原來是個小偏房，是個使女住的。屋裡沒有壁爐，也沒有暖牆，只生了一個炭火盆取暖。因為這房子在所有的房子的背後，或者更周密一些。

但是並不，有一天醫生來到家裡給耿大先生診病。正在客廳裡談著，說耿大先生的病沒有見什麼好，可也沒有見壞。

正這時候，掀開門簾，耿大先生進來了，手裡拿了一封信說：

「我好了，我好了。請把這一封信給我帶去。」

耿太太嚇慌了，這假若是日本人在，便糟了。於是又把耿大先生換了一個地方。這回更荒涼了，把他放在花園的角上那涼亭子裡去了。

那涼亭子的四角都像和尚廟似的掛著小鐘，半夜裡有風吹來，發出叮叮的響聲。耿大先生清醒的時候就說：

「想不到出家當和尚了，真是笑話。」

等他昏迷的時候他就說：

「給我筆，我寫信……」

那花園裡素常沒有人來，因為一到了冬天，滿園子都是白雪。偶爾一條狗從這園子裡經過，那留下來一連串的腳印，把那完完整整的潔淨得連觸也不敢觸的大雪地給踏破了，使人看了非常的可惜。假若下了第二次雪，那就會平了。假若第二次雪不來，那就會十天八天的留著。

平常人走在路上，沒有人留心過腳印。貓跪在桌子上，沒有留心過那蹤跡。就像鳥雀從天空飛過，沒有人留心過那影子的一樣。但是這平平的雪地若展現在前邊就不然了。若看到了那上邊有一個坑一個點都要追尋它的來歷。老鼠從上邊跳過去的腳印，是一對一對的，好像一對尖尖的棗核打在那上邊了。

雞子從上邊走過去，那腳印好像松樹枝似的，一個個的。人看了這痕跡，就想要追尋，這是從那裡來的？到那裡去了呢？若是短短的只在雪上繞了一個彎就回來了的，那麼一看就看清楚了，那東西在這雪上沒有走了那麼遠。若是那腳印一長串的跑了出去，跑到大牆的那邊，或是跑到大樹的那邊，或是跑到涼亭的那邊，讓人的眼睛看不到，最後究竟是跑到那裡去了？這一片小小的白雪地，四外有大牆圍，本來是一個小小的世界，但經過幾個腳印足痕的踩踏之後卻顯得這世界寬廣了。因為一條狗從上邊跑過了，那狗究竟是跳牆出去了呢，還是從什麼地方回來的。再仔細查那腳印，那腳印只是單單的一行，有去路，而沒有回路。

耿大先生自從搬到這涼亭裡來，就整天的看著這滿花園子的大雪。那雪若是剛下過了的，非常的平，連一點痕跡也沒有的時候，他就更寂寞了。

那涼亭裡邊生了一個炭火盆，他寂寞的時候，就往炭火盆上加炭。那炭火盆上冒著藍煙，他就對著那藍煙呆呆的坐著。

七

有一天，有兩個親戚來看他，怕是一見了面，又要惹動他的心事，他要寫那「大中華民國抗日英雄耿振華吾兒」的信了。

於是沒敢驚動，就圍繞著涼亭，踏著雪，企圖偷偷看了就走了。

看了一會，沒有人影，又看了一會，連影子也沒有。

耿太太著慌了，以為一定是什麼時候跑出去了。心下想著，跑到什麼地方去了呢？可不要闖了亂子。她急忙的走上臺階去，一看那吊在門上的鎖，還是好好的鎖著。那鎖還是耿太太臨出來的時候，她自己親手鎖的。

耿太太於是放了心，她想他是睡覺了，她讓那兩個客人站在門外，她先進去看看。若是他精神明白，就請兩位客人進來。若不大明白，就不請他們進來了。免得一見面第二句話沒有，又是寫那「大中華民國」的信了。但是當她把耳朵貼在門框上去聽的時候，她斷定他是睡著了，於是她就說：

「他是睡著了，讓他多睡一會吧。」

帶著客人，一面說話一面回到正房去了。

廚子給老爺送飯的時候，一開門，那滿屋子的藍煙，就從門口跑了出來。往地上一看，耿大先生就在火盆旁邊臥著，一隻手按著自己的胸口，好像是在睡覺，又好像還有許多話沒有說出來似的。

耿大先生被炭煙燻死了。

外邊涼亭四角的鈴子還在格稜格稜的響著。

因為今天起了一點小風，說不定一會工夫還要下清雪的。

1941.3.26

（刊於1941年4月13至29日香港

《星島日報．星座》第901至907期，署名蕭紅）

小城三月

小城三月

一

三月的原野已經綠了，像地衣那樣綠，透出在這裡那裡。郊原上的草，是必須轉折了好幾個彎兒才能鑽出地面的，草兒頭上還頂著那脹破了種粒的殼，發出一寸多高的芽子，欣幸的鑽出了土皮。放牛的孩子在掀起了牆腳下面的瓦時，找到了一片草芽子，孩子們回到家裡告訴媽媽，說：「今天草芽出土了！」媽媽驚喜的說：「那一定是向陽的地方！」搶根菜的白色的圓石似的籽兒在地上滾著，野孩子一升一斗的在拾著。蒲公英發芽了，羊咩咩的叫，烏鴉繞著楊樹林子飛。天氣一天暖似一天，日子一寸一寸的都有意思。楊花滿天照地飛，像棉花似的。人們出門都是用手捉著，楊花掛著他了。草和牛糞都橫在道上，放散著強烈的氣味。遠遠的有用石子打船的聲音，「……」的大聲傳來。

河冰化了，冰塊頂著冰塊，苦悶的又奔放的向下流。烏鴉站在冰塊上尋覓小魚吃，或者是還在冬眠的青蛙。

天氣突然的熱起來，說是「二八月，小陽春」，自然冷天氣要來的，但是這幾天可熱了。春帶著強烈的呼喚從這頭走到那頭……

小城裡被楊花給裝滿了，在榆樹錢還沒變黃之前，大街小巷到處飛著，像紛紛落下的雪塊……

春來了。人人像久久等待著一個大暴動，今天夜裡就要舉行，人人帶著犯罪的心情，想參加到解放的嘗試……春吹到每個人的心坎，帶著呼喚，帶著蠱惑……

我有一個姨，和我的堂哥哥大概是戀愛了。

姨母本來是很近的親屬，就是母親的姊妹。但是我這個姨，她不是我的親姨，她是我的繼母的繼母的女兒。那麼她可算與我的繼母有點血統的關係了，其實也是沒有的。因為我這個外祖母是在已經做了寡婦之後才來到我外祖父家，翠姨就是這個外祖母原來在另外一家所生的女兒。

翠姨生得並不是十分漂亮，但是她長得窈窕，走起路來沉靜而且漂亮，講起話來清楚的帶著一種平靜的感情。她伸手拿櫻桃吃的時候，好像她的手指尖對那櫻桃十分可憐的樣子，她怕把它觸壞了似的輕輕的捏著。

假若有人在她的背後喚她一聲，她若是正在走路，她就會停下了；若是正在吃飯，就要把飯碗放下，而後把頭向著自己的肩膀轉過去，而全身並不大轉，於是她自覺的閉合著嘴唇，像是有什麼要說而一時說不出來似的……

而翠姨的妹妹，忘記了她叫什麼名字，反正是一個大說大笑的，不十分修邊幅，和她的姊姊全不同。花的綠的，紅的紫的，只要是市上流行的，她就不大加以選擇，做起一件衣服來趕快就穿在身上。穿上了而後，到親戚家去串門，人家恭維她的衣料怎樣漂亮的時候，她總是說，和這完全一樣的，還有一件，她給了她的姊姊了。

我到外祖父家去，外祖父家裡沒有像我一般大的女孩子陪著我玩，所以每當我去，外祖母總是把翠姨喊來陪我。

翠姨就住在外祖父的後院，隔著一道板牆，一招呼，聽見就來了。

外祖父住的院子和翠姨住的院子，雖然只隔一道板牆，但是卻沒有門可通，所以還得繞到大街上去從正門進來。

因此有時翠姨先來到板牆這裡，從板牆縫中和我打了招呼，而後回到屋去裝飾一番，才從大街上繞了個圈來她母親的家裡。

翠姨很喜歡我。因為我在學堂裡念書，而她沒有，她想什麼事我都比她明白。所以，她總是有許多事務跟我商量，看看我的意見如何。

到夜裡，我住在外祖父家裡了，她就陪著我也住下。

每每睡下就談，談過了半夜，不知為什麼總是談不完……

小城三月

開初談的是衣服怎樣穿，穿什麼樣的顏色，穿什麼樣的料子。比如走路應該快或是應該慢。有時，白天裡她買了一個別針，到夜裡她拿出來看看，問我這別針到底是好看或是不好看。那時候，大概是十五年前的時候，我們不知城外如何裝扮一個女子，而在這個城裡，幾乎個個都有一條寬大的絨繩結的披肩，藍的紫的，各色的都有，但最多多不過棗紅色的。幾乎在街上所見的都是棗紅色的大披肩了。

那怕紅的綠的那麼多，但總沒有棗紅色的最流行。

翠姨的妹妹有一條，翠姨有一條，我的所有的同學，幾乎每人都有一條。就連素不考究的外祖母的肩上也披著一條，只不過披的是藍色的，沒有敢用最流行的棗紅色的就是了。因為她總算年紀大了一點，對年輕人讓了一步。

還有那時候都流行穿絨繩鞋，翠姨的妹妹就趕快的買了穿上，因為她那個人很粗心大意，好壞她不管，只是人家有她也有，別人是人穿衣裳，而翠姨的妹妹就好像被衣服所穿了似的，蕪蕪雜雜。但永遠合乎著應有盡有的原則。

翠姨的妹妹的那絨繩鞋，買來了，穿上了。在地板上跑著，不大一會工夫，那每隻鞋臉上繫著的一隻毛球，竟有一個毛球已經離開了鞋子，向上跳著，只還有一根繩連著，不然就要掉下來了。很好玩的，好像一顆大紅棗被繫到腳上去了。因為她的鞋子也是棗紅色的。大家都在嘲笑她的鞋子一買回來就壞了。

翠姨她沒有買，也許她心裡邊早已經喜歡了，但是看上去她都像反對似的，好像她都不接受。

她必得等到許多人都開始採辦了，這時候，看樣子她才稍稍有些動心。

好比買絨繩鞋，夜裡她和我談話問過我的意見，我也說是好看的，我有很多的同學她們也都買了絨繩鞋。

第二天，翠姨就要求我陪著她上街，先不告訴我去買什麼，進了鋪子選了半天別的，才問到我絨繩鞋。

走了幾家鋪子，都沒有，都說是已經賣完了。我曉得店鋪的人是這樣瞎說的，表示他家這店鋪平常總是最豐富的，只恰巧你要的這件東西，他就沒有了。我勸翠姨說，咱們慢慢的走，別家一定會有的。

我們坐馬車從街梢上的外祖父家來到街中心的。

見了第一家鋪子，我們就下了馬車。不用說，馬車我們已經是付過了價錢的。等我們買好了東西回來的時候，會另外叫一輛的，因為我們不知道要等多久。

大概看見什麼好，雖然不需要也要買點；或是東西已經買全了，不必要再多留連，也要留連一會；或是買東西的目的，本來只在一雙鞋，而結果鞋子沒有買到，反而囉裡囉唆的買回來許多用不著的東西。

這一天，我們辭退了馬車，進了第一家店鋪。

在別的大城市裡沒有這種情形，而在我家鄉裡往往是這樣：坐了馬車，雖然是付過了錢，讓他自由去兜攬生意，但他常常還仍舊等候在鋪子的門外。等一出來，他仍舊請你坐他的車。

我們走進第一個鋪子，一問沒有。於是就看了些別的東西，從綢緞看到呢絨，從呢絨再看到綢緞，布匹根本不看的。並不像母親們進了店鋪那樣子，這個買去做被單，那個買去做棉襖的，因為我們管不了被單、棉襖的事。母親們一月不進店鋪，一進店鋪又是這個便宜應該買；那個不貴，也應該買。比方一塊在夏天才用得著的花洋布，母親們冬天裡就買起來了，說是趁著便宜多買點，總是用得著的。而我們就不然了，我們是天天進店鋪的，天天搜尋些個是好看的，是貴的值錢的，平常時候絕對的用不到想不到的。

小城三月

那一天我們買了許多花邊回來，釘著光片的，帶著琉璃的。說不上要做什麼樣的衣服才配得著這種花邊。也許根本沒有想到做衣服，就貿然的把花邊買下了。一邊買著，一邊說好，翠姨說好，我也說好。到後來，回到家裡，當眾打開了讓大家批判，這個一言，那個一語，讓大家說得也有點沒有主意了，心裡已經五六分空虛了。於是趕快的收拾了起來，或者從別人的手裡奪過來，把它包起來，說她們不識貨，不讓她們看了。

勉強說著：

「我們要做一件紅金絲絨的袍子，把這個黑琉璃邊鑲上。」

或：「這紅的我們送人去……」

說雖仍舊如此說，心裡已經八九分空虛了，大概是這些所心愛的，從此就不會再出頭露面的了。

在這小城裡，商店究竟沒有多少，到後來又加上看不到絨繩鞋，心裡著急，也許跑得更快些。不一會工夫，只剩了三兩家了。而那三兩家，又偏偏是不常去的，鋪子小，貨物少。想來它那裡也是一定不會有的了。

我們走進一個小鋪子裡去，果然有三四雙，非小即大，而且顏色都不好看。

翠姨有意要買，我就覺得奇怪，原來就不十分喜歡，既然沒有好的，又為什麼要買呢？讓我說著，沒有買成回家去了。

過了兩天，我把買鞋子這件事情早就忘了。

翠姨忽然又提議要去買。

從此我知道了她的祕密，她早就愛上了那絨繩鞋了，不過她沒有說出來就是了。她的戀愛的祕密就是這樣子的。她似乎要把它帶到墳墓裡去，一直不要說出口，好像天底下沒有一個人值得聽她的告訴……

在外邊飛著滿天大雪，我和翠姨坐著馬車去買絨繩鞋。我們身上圍著皮褥子，趕車的車伕高高的坐在車伕臺上，搖晃著身子，唱著沙啞的山歌：「喝咧咧……」耳邊風嗚嗚的嘯著，從天上傾下來的大雪，迷亂了我們的眼睛，遠遠的天隱在雲霧裡，我默默的祝福翠姨快快買到可愛的絨繩鞋，我從心裡願意她得救……

市中心遠遠的朦朦朧朧的站著，行人很少，全街靜悄無聲。我們一家挨一家的問著，我比她更急切，我想趕快買到吧。我小心的盤問著那些店員們，我從來不放棄一個細微的機會，我鼓勵翠姨，沒有忘記一家。使她都有點兒詫異，我為什麼忽然這樣熱心起來。但是我完全不管她的猜疑，我不顧一切的想在這小城裡面，找出一雙絨繩鞋來。

只有我們的馬車，因為載著翠姨的願望，在街上奔馳得特別的清醒，又特別的快。雪下得更大了，街上什麼人都沒有了，只有我們兩個人，催著車伕，跑來跑去。一直到天都很晚了，鞋子沒有買到。翠姨深深的看著我的眼睛說：「我的命，不會好的。」我很想裝出大人的樣子，來安慰她，但是沒有等到找出什麼適當的話來，淚便流出來了。

二

翠姨以後也常來我家住著，是我的繼母把她接來的。

因為她的妹妹訂婚了，怕是她的家裡並沒有多少人，只有她的一個六十多歲的老祖父，再就是一個也是寡婦的伯母，帶一個女兒。

堂妹妹本該在一起玩耍解悶的，但是因性格的相差太遠，一向是水火不同爐的過著日子。

她的堂妹妹，我見過，永久是穿著深色的衣裳，黑黑的臉，一天到晚陪著母親坐在屋子裡。母親洗衣裳，她也洗衣裳；母親哭，她也哭。也許她幫著母親哭她死去的父親，也許哭的是她們的家窮。那別人就不曉得了。

小城三月

本來是一家的女兒，翠姨她們兩姊妹卻像有錢的人家的小姐，而那個堂妹妹，看上去卻像鄉下丫頭。這一點，使她得到常常到我們家裡來住的權利。

她的親妹妹訂婚了，再過一年就出嫁了。在這一年中，妹妹大大的闊氣了起來，因為婆家那方面一訂了婚就送來了聘禮。這個城裡，從前不用大洋票，而用的是廣信公司出的帖子，一百吊一千吊的論。她妹妹的聘禮大概是幾萬吊，所以她忽然不得了起來，今天買這樣，明天買那樣，花別針一個又一個的，絲頭繩一團一團的，帶穗的耳墜子，洋手錶，樣樣都有了。每逢上街的時候，她和她姊姊一道，現在總是她付車錢了。她的姊姊要付，她卻百般的不肯，有時當著人面，姊姊一定要付，妹妹一定不肯，結果鬧得很窘，姊姊無形中覺得一種權利被人剝奪了。

但是關於妹妹的訂婚，翠姨一點也沒有羨慕的心理。妹妹未來的丈夫，她是看過的，沒有什麼好看，很高，穿著藍袍子黑馬褂，好像商人，又像一個小土紳士。又加上翠姨太年輕了，想不到什麼丈夫，什麼結婚。

因此，雖然妹妹在她的旁邊一天比一天豐富起來，妹妹是有錢了，但是妹妹為什麼有錢的，她沒有考查過。

所以當妹妹尚未離開她之前，她絕對的沒有重視「訂婚」的事。

不過她常常的感到寂寞。她和妹妹出來進去的，因家庭環境孤寂，竟好像一對雙生子似的，而今去了一個。不但翠姨自己覺得單調，就是她的祖父也覺得她可憐。

所以自從她的妹妹嫁了人，她就不大回家，總是住在她的母親的家裡。有時我的繼母也把她接到我們家裡。

翠姨非常聰明，她會彈大正琴，就是前些年所流行在中國的一種日本琴。她還會吹簫或是會吹笛子。不過彈那琴的時候卻很多。住在我家裡的時候，我家的伯父，每在晚飯之後必跟我們玩這些樂器的。笛子、簫、日本琴、風琴、月琴，還有什麼打琴。真正的西洋的樂器，可一樣也沒有。

在這種正玩得熱鬧的時候，翠姨也來參加了。翠姨彈了一個曲子，和我們大家立刻就配合上了。於是大家都覺得在我們那已經天天鬧熟了的老調子之中，又多了一個新的花樣。於是立刻我們就加倍的努力，正在吹笛子的把笛子吹得特別響，把笛膜震抖得似乎就要爆炸了似的，滋滋的叫著。十歲的弟弟在吹口琴，他搖著頭，好像要把那口琴吞下去似的，至於他吹的是什麼調子，已經是沒有人留意了。在大家忽然來了勇氣的時候，似乎只需要這種胡鬧。

而那按風琴的人，因為越按越快，到後來也許是已經找不到琴鍵了，只是那踏腳板越踏越快，踏得嗚嗚的響，好像有意要毀壞了那風琴，而想把風琴撕裂了一般的。

大概所奏的曲子是〈梅花三弄〉，也不知道接連的彈過了多少圈，看大家的意思都不想要停下來。不過到了後來，實在是氣力沒有了，找不著拍子的找不著拍子，跟不上調的跟不上調，於是在大笑之中，大家停下來了。

不知為什麼，在這麼快樂的調子裡邊，大家都有點傷心，也許是樂極生悲了，把我們都笑得流著眼淚，一邊還笑。

正在這時候，我們往門窗外一看，我的最小的小弟弟，剛會走路，他也背著一個很大的破手風琴來參加了。

誰都知道，那手風琴從來也不會響的。把大家笑死了。在這回得到了快樂。

我的哥哥（伯父的兒子，鋼琴彈得很好）吹簫吹得最好，這時候他放下了簫，對翠姨說：「你來吹吧！」翠姨卻沒有言語，站起身來，跑到自己的屋子去了，我的哥哥好久好久的看住那簫子。

三

翠姨在我家，和我住一個屋子。月明之夜，屋子照得通亮。翠姨和我談話，往往談到雞叫，覺得也不過剛剛才半夜。

雞叫了，才說：「快睡吧，天亮了。」

有的時候，一轉身，她又問我：

「是不是一個人結婚太早不好，或許是女孩子結婚太早是不好的！」

我們以前談了很多話，但沒有談到這些。

總是談什麼衣服怎樣穿，鞋子怎樣買，顏色怎樣配；買了毛線來，這毛線應該打個什麼樣的花紋；買了帽子來，應該批判這帽子還微微有缺點，這缺點究竟在什麼地方，雖然說是不要緊，或者是一點關係也沒有，但批評總是要批評的。

有時再談得遠一點，就表姊表妹之類訂了婆家，或什麼親戚的女兒出嫁了，或是什麼耳聞的，聽說的，新娘子和新姑爺鬧彆扭之類。

那個時候，我們的縣裡早就有了洋學堂了。小學好幾個，大學沒有。只有一個男子中學，往往成為談論的目標。談論這個，不單是翠姨，外祖母、姑姑、姊姊之類，都願意講究這當地中學的學生。因為他們一切洋化，穿著褲子，把褲腿捲起來一寸；一張口，「格得毛寧」外國語，他們彼此一說話就「答答答」，聽說這是什麼俄國話。而更奇怪的是他們見了女人不怕羞。這一點，大家都批評說是不如從前了。從前的書生，一見了女人臉就紅。

我家算是最開通的了。叔叔和哥哥他們都到北京和哈爾濱那些大地方去讀書了，他們開了不少的眼界。回到家裡來，大講他們那裡都男孩子和女孩子同學。

這一題目，非常的新奇，開初都認為這是造了反。後來因為叔叔也常和女同學通信，因為叔叔在家庭裡是有點地位的人。並且父親從前也加入過國民黨，革過命，所以這個家庭都「咸與維新」起來。

因此在我家裡，一切都是很隨便的，逛公園，正月十五看花燈，都是不分男女，一齊去。

而且我家裡設了網球場，一天到晚打網球，親戚家的男孩子來了，我們也一齊的打。

這都不談，仍舊來談翠姨。

翠姨聽了很多的故事。關於男學生結婚的事情，就是我們本縣裡，已經有幾件事情不幸的了。有的結婚了，從此就不回家了；有的娶來了太太，把太太放在另一間屋子裡住著，而自己卻永久住在書房裡。

每逢講到這些故事時，多半別人都是站在女的一邊，說那男子都是念書念壞了，一看了那不識字的又不是女學生之類就生氣，覺得處處都不如他，天天總說婚姻不自由。可是自古至今，都是爹許娘配的，偏偏到了今天，都要自由。看吧，這還沒有自由呢，就先來了花頭故事了，娶了太太的不回家，或是把太太放在另一個屋子裡。這些都是念書念壞了的。

翠姨聽了許多別人家的評論，大概她心裡邊也有些不平，她就問我不讀書是不是很壞的，我自然說是很壞的。而且她看了我們家裡男孩子、女孩子通通到學堂去念書的。而且我們親戚家的孩子也都是讀書的。

因此她對我很佩服，因為我是讀書的。

但是不久，翠姨就訂婚了。就是她妹妹出嫁不久的事情。

她的未來的丈夫，我見過，在外祖父的家裡。人長得又矮又小，穿一身藍布棉袍子，黑馬褂，頭上戴一頂趕大車的人所戴的四耳帽子。

當時翠姨也在的，但她不知道那是她的什麼人，她只當是那裡來了這樣一位鄉下的客人。外祖母偷著把我叫過去，特別告訴了我一番，這就是翠姨將來的丈夫。不久翠姨就很有錢。她的丈夫的家裡，比她妹妹丈夫的家裡還更有錢得多。婆婆也是個寡婦，守著個獨生的兒子。兒子才十七歲，是在鄉下的私學館裡讀書。

翠姨的母親常常替翠姨解說，人小點不要緊，歲數還小呢，再長上兩三年兩個人就一般高了。勸翠姨不要難過，婆家有錢就好的。聘禮的錢十多萬都交過來了，而且就由外祖母的手親自交給了翠姨；而且還有別的條件保障著，那就是說，三年之內絕對不准娶親，藉著男的一方面年紀太小為辭，翠姨更願意遠遠的推著。

翠姨自從訂婚之後，是很有錢的了，什麼新樣子的東西一到，雖說不是一定搶先去買了來，總是過不了多久，箱子裡就要有的了。那時候夏天最流行銀灰色市布大衫，而翠姨穿起來最好，因為她有好幾件，穿過兩次不新鮮就不要了，就只在家裡穿，而出門就又去做一件新的。

那時候正流行著一種長穗的耳墜子，翠姨就有兩對：一對紅寶石的，一對綠的。而我的母親才能有兩對，而我才有一對。可見翠姨是頂闊氣的了。

還有那時候就已經開始流行高跟鞋了。可是在我們本街上卻不大有人穿，只有我的繼母早就開始穿，其餘就算是翠姨。並不是一定因為我的母親有錢，也不是因高跟鞋一定貴，只是女人們沒有那麼摩登的行為，或者說她們不很容易接受新的思想。

翠姨第一天穿起高跟鞋來，走路還很不安定，但到第二天就比較的習慣了。到了第三天，就說以後，她就是跑起來也是很平穩的。而且走路的姿態更加可愛了。

我們有時也去打網球玩玩，球撞到她臉上的時候，她才用球拍遮了一下，否則她半天也打不到一個球。因為她一上了場站在白線上就是白線上，站在格子裡就是格子裡，她根本不動。有的時候她竟拿著網球拍子站著一邊去看風景去了。尤其是大家打完了網球，吃東西的吃東西去了，洗臉的洗臉去了。唯有她一個人站在短籬前面，向著遠遠的哈爾濱市影痴望著。

有一次我同翠姨一同去作客。我繼母的族中娶媳婦。她們是八旗人，也就是滿人，滿人才講究場面呢，所有的族中的年輕的媳婦都必得到場，而且個個打扮得如花似玉。似乎咱們中國的社會，是沒這麼繁華的社交的場面的，也許那時候，我是小孩子，把什麼都看得特別繁華。就只說女人們的衣服吧，就個個都穿得和現在西洋女人在夜總會裡邊那麼莊嚴，一律都穿著繡花大襖。而她們是八旗人，大襖的襟下一律的沒有開口，而且很長。大襖的顏色棗紅的居多，絳色的也有，玫瑰紫色的也有。而那上邊繡的花色，有的荷花，有的玫瑰，有的松竹梅，一句話，特別的繁華。

她們的臉上，都擦著白粉，她們的嘴上都染得桃紅。

每逢一個客人到了門前，她們是要列著隊出來迎接的，她們都是我的舅母，一個一個的上前來問候了我和翠姨。

翠姨早就熟識她們的，有的叫表嫂子，有的叫四嫂子。而在我，她們就都是一樣的，好像小孩子的時候，所玩的用花紙剪的紙人，這個和那個都是一樣，完全沒有分別。都是花緞袍子，都是白白的臉，都是很紅的嘴唇。

就是這一次，翠姨出了風頭了，她進到屋裡，靠著一張大鏡子旁坐下了。女人們就忽然都上前來看她，也許她從來沒有這麼漂亮過，今天把別人都驚住了。依我看，翠姨還沒有她從前漂亮呢，不過她們說翠姨漂亮得像棵新開的臘梅。翠姨從來不搽胭脂的，而那天又穿了一件為著將來做新娘子而準備的藍色緞子滿是金花的夾袍。

翠姨讓她們圍起看著，難為情了起來，站起來想要逃掉似的，邁著很勇敢的步子，茫然的往裡邊的房間裡閃開了。

誰知那裡邊就是新房呢，於是許多的嫂嫂就譁然的叫著，說：

「翠姊姊不要急，明年就是個漂亮的新娘子，現在先試試去。」

當天吃飯飲酒的時候，許多客人從別的屋子來呆呆的望著翠姨。翠姨舉著筷子，似乎是在思量著，保持著鎮靜的態度，用溫和的眼光看著她們。彷彿她不曉得人們專門在看著她似的。但是別的女人們羨慕了翠姨半天了，臉上又都突然的冷落起來，覺得有什麼話要說，又都沒有說，然後彼此對望著，笑了一下，吃菜了。

四

有一年冬天，剛過了年，翠姨就來到了我家。

伯父的兒子——我的哥哥，就正在我家裡。

我的哥哥，人很漂亮，很直的鼻子，很黑的眼睛，嘴也好看，頭髮也梳得好看，人很長，走路很爽快。大概在我們所有的家族中，沒有這麼漂亮的人物。

冬天，學校放了寒假，所以來我們家裡休息。大概不久，學校開學就要上學去了。哥哥是在哈爾濱讀書。

我們的音樂會，自然要為這新來的角色而開了。翠姨也參加的。

於是非常的熱鬧，比方我的母親，她一點也不懂這行，但是她也列席，她坐在旁邊觀看。連家裡的廚子，女工，都停下了工作來望著我[illegible]似乎他們不是聽什麼樂器，而是在看人。我們聚滿了一客廳。這些[illegible]的聲音，大概很遠的鄰居都可以聽到。

第二天鄰居來串門的，就說：

「昨天晚上，你們家又是給誰祝壽？」

我們就說，是歡迎我們的剛到的哥哥。因此，我們家是很好玩的，很有趣的。不久，就來到了正月十五看花燈的時節了。

我們家裡自從父親維新革命，總之在我們家裡，兄弟姊妹，一律相待，有好玩的就一齊玩，有好看的就一齊去看。

伯父帶著我們，哥哥、弟弟、姨……共八九個人，在大月亮地裡往大街裡跑去了。那路之滑，滑得不能站腳，而且高低不平。他們男孩子們跑在前面，而我們因為跑得慢就落了後。

於是那在前邊的他們回頭來嘲笑我們，說我們是小姐，說我們是娘娘。說我們走不動。

我們和翠姨早就連成一排向前衝去，但是，不是我倒，就是她倒，到後來還是哥哥他們一個一個的來扶著我們。說是扶著，未免的太示弱了，也不過就是和他們連成一排向前進著。

不一會到了市裡，滿路花燈，人山人海。又加上獅子、旱船、龍燈、秧歌，鬧得眼也花起來，一時也數不清多少玩藝，那裡會來得及看，似乎只是在眼前一晃就過去了。而一會別的又來了，又過去了。其實也不見得繁華得多麼不得了，不過覺得世界上是不會比這個再繁華的了。

商店的門前，點著那麼大的火把，好像熱帶的大椰子樹似的，一個比一個亮。

我們進了一家商店，那是父親的朋友開的。他們很好的招待我們，茶、點心、橘子、元宵。我們那裡吃得下去，聽到門外一打鼓，就心慌了。而外邊鼓和喇叭又那麼多，一陣來了，一陣還沒有去遠，一陣又來了。

因為城本來是不大的，有許多熟人也都是來看燈的，都遇到了。其中我們本城裡的在哈爾濱念書的幾個男學生，他們也來看燈了。哥哥都認識他們。我也認識他們，因為這時候我到哈爾濱念書去了，所以一遇到了我們，他們就和我們在一起。他們出去看燈，看了一會，又回到我們的地方，和伯父談話，和哥哥談話。我曉得他們，因我們家比較有勢力，他們是很願和我們講話的。

所以回家的一路上，又多了兩個男孩子。

不管人討厭不討厭，他們穿的衣服總算都市化了。個個都穿著西裝，戴著呢帽，外套都是到膝蓋的地方，腳下很俐落清爽。比起我們城裡的那種怪樣子的外套，好像大棉袍子似的，好看得多了。而且頸間又都束著一條圍巾來，人就更顯得莊嚴，漂亮。

翠姨覺得他們個個都很好看。

哥哥也穿的西裝，自然哥哥也很好看。因此在路上她直在看哥哥。

翠姨梳頭梳得是很慢的，必定梳得一絲不亂，搽粉也要搽了洗掉，洗掉再搽，一直搽到認為滿意為止。花燈節的第二天早晨，她就梳得更慢，一邊梳頭一邊在思量。本來按規矩每天吃早飯必得三請兩請才能出席，今天必得請到四次，她才來了。

我的伯父當年也是一位英雄，騎馬、打槍絕對的好。後來雖然已經五十歲了，但是風采猶存。我們都愛伯父的，伯父從小也就愛我們。詩、詞、文章，都是伯父教我們的。翠姨住在我們家裡，伯父也很喜歡翠姨。今天早飯已經開好了。催了翠姨幾次，翠姨總是不出來。

伯父說了一句：「林黛玉……」

於是我們全家的人都笑了起來。

翠姨出來了，看見我們這樣的笑，就問我們笑什麼。我們沒有人肯告訴她。翠姨知道一定是笑的她，她就說：

「你們趕快的告訴我，若不告訴我，今天我就不吃飯了。你們讀書識字，我不懂，你們欺侮我……」

鬧嚷了很久，是我的哥哥講給她聽了。伯父當著自己的兒子面前到底有些難為情，喝了好些酒，總算是躲過去了。

翠姨從此想到了念書的問題，但是她已經二十歲了，那裡去念書？上小學，沒有她這樣大的學生，上中學，她是一字不識。怎麼可以？所以仍舊住在我們家裡。

彈琴、吹簫、看紙牌，我們一天到晚的玩著。我們玩的時候全體參加，我的伯父，我的哥哥，我的母親。

翠姨對我的哥哥沒有什麼特別的好，我的哥哥對翠姨就像對我們，也是完全的一樣。

不過哥哥講故事的時候，翠姨總比我們留心聽些，那是因為她的年齡稍稍比我們大些，當然在理解力上，比我們更接近一些哥哥的了。哥哥對翠姨比對我們稍稍的客氣一點。他和翠姨說話的時候，總是「是的」、「是的」的，而和我們說話則「對啦」、「對啦」。這顯然因為翠姨是客人的關係，而且在名分上比他大。

不過有一天晚飯之後，翠姨和哥哥都沒有了。每天飯後大概總要開個音樂會的。這一天，也許因為伯父不在家，沒有人領導的緣故，大家吃過也就散了，客廳裡一個人也沒有。我想找弟弟和我下一盤棋，弟弟也不見了。於是我就一個人在客廳裡按起風琴來，玩了一下，也覺得沒有趣。客廳是靜得很的，在我關上了風琴蓋子之後，我就聽見了在後屋裡，或者在我的房子裡是有人的。

我想一定是翠姨在屋裡。快去看看她，叫她出來張羅著看紙牌。

我跑進去一看，不單是翠姨，還有哥哥陪著她。

看見了我，翠姨就趕快的站起來說：

「我們去玩吧。」

哥哥也說：

「我們下棋去，下棋去。」

他們出來陪我來玩棋，這次哥哥總是輸，從前是他回回贏我。我覺得奇怪，但是心裡高興極了。

不久寒假終了，我就回到哈爾濱的學校念書去了。可是哥哥沒有同來，因為他上半年生了點病，曾在醫院裡休養了一些時候，這次伯父主張他再請兩個月的假，留在家裡。

以後家裡的事情，我就不大知道了。都是由哥哥或母親講給我聽的。我走了以後，翠姨還住在我家裡。

後來母親告訴過，就是在翠姨還沒有訂婚之前，有過這樣一件事情。我的族中有一個小叔叔，和哥哥一般大的年紀，說話口吃，沒有風采，也是和哥哥在一個學校裡讀書。雖然他也到我們家裡來過，但怕翠姨沒有見過。那時外祖母就主張給翠姨提婚。那族中的祖母一聽就拒絕了，說是寡婦的兒子，命不好，也怕沒有家教，何況父親死了，母親又出嫁了，好女不嫁二夫郎，這種人家的女兒，祖母不要。但是我母親說，輩分合，他家還有錢，翠姨過門是一品當朝的日子，不會受氣的。

這件事情翠姨是曉得的，而今天又見了我的哥哥，她不能不想哥哥大概是那樣看她的。她自覺的覺得自己的命運不會好的。現在翠姨自己已經訂了婚，是一個人的未婚妻；二則她是出了嫁的寡婦的女兒，她自己一天把這背了不知有多少遍，她記得清清楚楚。

五

翠姨訂婚，轉眼三年了，正這時，翠姨的婆家，通了消息來，張羅要娶。她的母親來接她回去整理嫁妝。

翠姨一聽就得病了。

但沒有幾天，她的母親就帶著她到哈爾濱辦嫁妝去了。

偏偏那帶著她採辦嫁妝的嚮導，又是哥哥介紹來的他的同學。他們住在哈爾濱的秦家崗上，風景絕佳，是洋人最多的地方。那男學生們的宿舍裡邊，有暖氣，洋床。翠姨帶著哥哥的介紹信，像一個女同學似的被他們招待著。又加上已經學了俄國人的規矩，處處尊重女子。所以翠姨當然受了他們不少的尊敬，請她吃大菜，請她看電影。坐馬車的時候，上車讓她先上；下車的時候，人家扶她下來。她每一動別人都為她服務。外套一脫，就接過去了；她剛一表示要穿外套，就給她穿上了。

不用說，買嫁妝她是不痛快的，但那幾天，她總算一生中最開心的時候。

她覺得到底是讀大學的人好，不野蠻，不會對女人不客氣，絕不能像她的妹夫常常打她的妹妹。

經這到哈爾濱去一買嫁妝，翠姨就不願意出嫁了。她一想那個又醜又小的男人，她就恐怖。

她回來的時候，母親又接她到我們家來住著，說她的家裡又黑又冷，說她太孤單可憐。我們家是一團和氣的。

到了後來，她的母親發現她對於出嫁太不熱心，該剪裁的衣裳，她不去剪裁；有一些零碎還要去買的，她也不去買。做母親的總是常常要加以督促，後來就要接她回去，接到身邊，好隨時提醒她。她的母親以為年輕的人必定要隨時提醒的，不然總是貪玩。而況出嫁的日子又不遠了，或者就是二三月。

想不到外祖母來接她的時候，她從心裡不肯回去，她竟很勇敢的提出來她要讀書的要求。她說她要念書，她想不到出嫁。

開初外祖母不肯，到後來，她說若是不讓她讀書，她是不出嫁的。外祖母知道她的心情，而且想起了很多可怕的事情⋯⋯

外祖母沒有辦法，依了她。給她在家裡請了一位老先生，就在自己家院子的空房子裡邊擺上了書桌，還有幾個鄰居家的姑娘，一齊念書。

翠姨白天念書，晚上次到外祖母家。

念了書，不多日子，人就開始咳嗽，而且整天的悶悶不樂。她的母親問她，有什麼不如意？陪嫁的東西買得不順心嗎？或者是想到我們家去玩嗎？什麼事都問到了。

翠姨搖著頭不說什麼。

過了一些日子，我的母親去看翠姨，帶著我的哥哥，他們一看見她，第一個印象，就覺得她蒼白了不少。而且母親斷言的說，她活不久了。

大家都說是念書累的，外祖母也說是念書累的，沒有什麼要緊的；要出嫁的女兒們，總是先前瘦的，嫁過去就要胖了。

而翠姨自己則點點頭，笑笑，不承認，也不加以否認。還是念書，也不到我們家來了，母親接了幾次，也不來，回說沒有工夫。

翠姨越來越瘦了，哥哥去到外祖母家看了她兩次，也不過是吃飯、喝酒，應酬了一番，而且說是去看外祖母的。在這裡，年輕的男子去拜訪年輕的女子，是不可以的。哥哥回來也並不帶回什麼歡喜或是什麼新奇的憂鬱，還是一樣和我們打牌下棋。

翠姨後來支持不了啦，躺下了，她的婆婆聽說她病了，就娶她，因為花了錢，死了不是可惜了嗎？這一種消息，翠姨聽了病就更加嚴重。婆家一聽她病重，立刻要娶她。因為在迷信中有這樣一章：病新娘娶過來一沖，就沖好了。翠姨聽了，就只盼望趕快死，拚命的糟蹋自己的身體，想死得越快一點兒越好。

母親記起了翠姨，叫哥哥去看翠姨。是我的母親派哥哥去的。母親拿了一些錢讓哥哥給翠姨送去，說是母親送她在病中隨便買點什麼吃的。母親曉得他們年輕人是很拘泥的，或者不好意思去看翠姨，也或者翠姨是很想看他的，他們好久不能看見了。同時翠姨不願意出嫁，母親很久的就在心裡猜疑著他們了。

男子是不好先去專訪一位小姐的，這城裡沒有這樣的風俗。母親給了哥哥一件禮物，哥哥就可去了。

哥哥去的那天，她家裡正沒有人，只是她家的堂妹妹迎接著這從未見過的生疏的年輕的客人。那堂妹妹還沒問清客人的來由，就往外跑，說是去找她們的祖父去，請他等一等。大概她想凡是男客就是來會祖父的。

客人只說了自己的名字，那女孩子連聽也沒有聽就跑出去了。

哥哥正想，翠姨在什麼地方？或者在裡屋嗎？翠姨大概聽出什麼人來了，她就在裡邊說：「請進來。」

哥哥進去了，坐在翠姨的枕邊，他要去摸一摸翠姨的前額，是否發熱，他說：

「好了點嗎？」

他剛一伸出手去，翠姨就突然的拉住他的手，而且大聲的哭起來了，好像一顆心也哭出來了似的。哥哥沒有準備，就很害怕，不知道說什麼，做什麼。他不知道現在該是保護翠姨的地位，還是保護自己的地位。同時聽得見外邊已經有人來了，就要開門進來了。一定是翠姨的祖父。

翠姨平靜的向他笑著，說：

「你來得很好，一定是姊姊，你的嬸母告訴你來的，我心裡永遠紀念著她。她愛我一場，可惜我不能去看她了……我不能報答她了……不過我總會記起在她家裡的日子的……她待我也許沒有什麼，但是我覺得已經太好了……我永遠不會忘記的……我現在也不知道為什麼，心裡只想死得快一點就好，多活一天也是多餘的……人家也許以為我是任性……

其實是不對的。不知為什麼，那家對我也會是很好的，但是我不願意。我小時候，就不好，我的脾氣總是，不從心的事，我不願意……這個脾氣把我折磨到今天了……可是我怎能從心呢……真是笑話……謝謝姊姊她還惦著我……請你告訴她，我並不像她想的那麼苦，我也很快樂……」翠姨苦笑了一笑：「我的心裡安靜，而且我求的我都得到了……」

哥哥茫然的不知道說什麼。這時，祖父進來了。看了翠姨的熱度，又感謝了我的母親，對我哥哥的降臨，感到榮幸。他說請我母親放心吧，翠姨的病馬上就會好的，好了就嫁過去。

哥哥看了看翠姨就退出去了，從此再沒有看見她。

哥哥後來提起翠姨常常落淚，他不知翠姨為什麼死，大家也都心中納悶。

尾聲

等我到春假回來，母親還當我說：

「要是翠姨一定不願意出嫁，那也是可以的，假如他們當我說。」

……

翠姨墳頭的草籽已經發芽了，一掀一掀的和土黏成了一片，墳頭顯出淡淡的青色，常常會有白色的山羊跑過。

街上有提著筐子賣蒲公英的了，也有賣小根蒜的了。更有些孩子們，他們按著時節去折了那剛發芽的柳條，正好可以擰成哨子，就含在嘴裡滿街的吹。聲音有高有低，因為哨子有粗有細。

大街小巷到處的嗚嗚嗚，嗚嗚嗚。好像春天是從他們的手裡招呼回來了似的。

但是這為期甚短。一轉眼，吹哨子的不見了。

接著楊花飛起來了，榆錢飄滿了一地。

在我的家鄉那裡，春天是快的。五天不出屋，樹發芽了，再過五天不看樹，樹長葉了，再過五天，這樹就像綠得使人不認識它了。使人想，這棵樹，就是前天的那棵樹嗎？自己回答自己：當然是的。春天就像跑的那麼快。好像人能夠看見似的，春天從老遠的地方跑來了，跑到這個地方，只向人的耳朵吹一句小小的聲音：「我來了呵。」而後很快的就跑過去了。

春，好像它不知道多麼忙迫，好像無論什麼地方都在招呼它。假若它晚到一刻，太陽會變色的，大地會幹成石頭，尤其是樹木，那真是好像再多一刻工夫也不能忍耐。假若春天稍稍在什麼地方留連了一下，就會誤了不少的生命。

春天為什麼它不早一點來，來到我們這城裡多住一些日子，而後再慢慢的到另外的一個城裡去，在另外一個城裡也多住一些日子。

但那是不能的了，春天的命運就是這麼短。

年輕的姑娘們，她們三兩成雙，坐著馬車，去選擇衣料去了，因為就要換春裝了。她們熱心的弄著剪刀，打著衣樣。想裝成自己心中想得出的那麼好。她們白天黑夜的忙著，不久春裝換起來了，只是不見載著翠姨的馬車來。

1941.7

（刊於 1941 年 7 月 1 日香港《時代文學》第 1 卷第 2 期，署名蕭紅）

後花園：

來自底層百姓的哀鳴，蕭紅短篇小說精選集

作　　者：蕭紅
發 行 人：黃振庭
出 版 者：複刻文化事業有限公司
發 行 者：複刻文化事業有限公司
E-mail：sonbookservice@gmail.com
粉 絲 頁：https://www.facebook.com/sonbookss/
網　　址：https://sonbook.net/
地　　址：台北市中正區重慶南路一段六十一號八樓 815 室
Rm. 815, 8F., No.61, Sec. 1, Chongqing S. Rd., Zhongzheng Dist., Taipei City 100, Taiwan
電　　話：(02)2370-3310
傳　　真：(02)2388-1990
印　　刷：京峯數位服務有限公司
律師顧問：廣華律師事務所 張珮琦律師

定　　價：420 元
發行日期：2023 年 11 月第一版
◎本書以 POD 印製
Design Assets from Freepik.com

國家圖書館出版品預行編目資料

後花園：來自底層百姓的哀鳴，蕭紅短篇小說精選集 / 蕭紅 著 . -- 第一版 . -- 臺北市：複刻文化事業有限公司 , 2023.11
面；　公分
POD 版
ISBN 978-626-97803-2-7(平裝)
857.63　112016024

電子書購買

臉書

爽讀 APP